匆匆时光

芭阿柚 著

中國華僑出版社

图书在版编目（CIP）数据

匆匆时光 / 芭阿柚著．—北京：中国华侨出版社，2015．3

ISBN 978-7-5113-5262-0

Ⅰ．①匆…　Ⅱ．①芭…　Ⅲ．①长篇小说—中国—当代　Ⅳ．①I247．5

中国版本图书馆 CIP 数据核字（2015）第 045563 号

匆匆时光

著　　者 / 芭阿柚
出 版 人 / 方　鸣
策　　划 / 周耿茜
责任编辑 / 文　蕾
责任校对 / 孙　丽
经　　销 / 新华书店
开　　本 / 710 毫米×1000 毫米　1/16　印张 /16　字数 /236 千字
印　　刷 / 北京中印联印务有限公司
版　　次 / 2015 年 4 月第 1 版　2015 年 4 月第 1 次印刷
书　　号 / ISBN 978-7-5113-5262-0
定　　价 / 28．80 元

中国华侨出版社　北京市朝阳区静安里 26 号通成达大厦 3 层　邮编：100028

法律顾问：陈鹰律师事务所

编辑部：（010）64443056　64443979

发行部：（010）64443051　传真：（010）64439708

网　址：www．oveaschin．com

E-mail：oveaschin@sina．com

目录
Contents

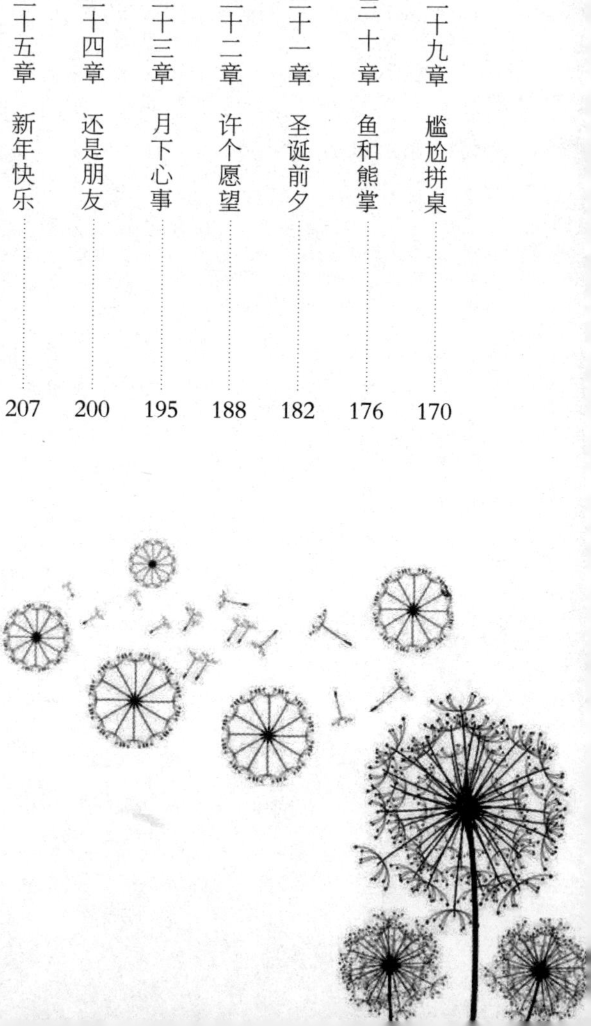

第一章　鸿毛泰山

“哦，天哪！”周围一片惊呼声。

命运真的是很不公平。为什么，同样是女生不小心摔倒的情节，别人家姑娘就能被从天而降的帅哥英雄救美，而她华歆却只能用厚重的惨烈来迎接这与华丽背道而驰的遭遇。

学校操场的塑胶跑道上，只是碰巧路过想要去上个洗手间的华歆竟然被正在测试100米短跑的男生给“咚”的一声撞飞了。用“撞飞”这个词，足以表明她华歆轻若鸿毛。没错，如果没有如泰山般的男人，想必也不会轻而易举地让华歆连个“啊”字都来不及喊就飞出去了。但万幸的是，她憋住了尿。

当然，是个胖子绝对没有那样刹不住的速度撞飞华歆。显然，肇事者是个拥有完美速度与激情，却忘记安装刹车的帅哥。

人猿泰山，不就是吗？

那时候，华歆已经被撞得有些懵了。连肇事者也没看，就自顾自地起来，拍了拍校服上的灰尘，啥事也没有地扭头走开了。当时，连在一旁测试的体育老师都惊呆了，想着那个撞飞的弧度实属艺术啊。

"门佑，你这速度几乎把人家女生的三魂七魄都给撞飞了啊。"

走到跑道外围的时候，华歆听到了一个有点缥缈的名字。耳熟吗，好像是的。但是，华歆停不下脚步，她感觉要是停下了回过头去，她马上就会羞愧难当咬舌自尽。

后来，华歆想了想，淑女真的不是那么好当的。

高三的上半个学期，华歆的父母不负责任地将她扔在了学校所在的城市，夫妻两个则潇洒地进行环球旅行去了，说是为了弥补度蜜月期间怀上华歆时的遗憾。

"钱多得花不完就是了，还给我冠上莫须有的罪名。"周末，华歆拖着无力的双腿前行，边走边嘀咕着，"不知道那个珍阿姨好不好相处……"

唉，有些事说多了都是泪。为什么不直接给她在外面租个房子算了，安排住在妈妈的好朋友家算是几个意思？

"哎呀，妈妈是想有人可以照顾你嘛……你要是一个人住在外面，不会烧水煮饭，就算给你脖子上挂个大饼，你没准也会饿死的！"

脑海里瞬间闪现妈妈当初给的解释，华歆顿时漏了气。眼看前面就要到珍阿姨家了，华歆振作了下，连同搬家公司刚送到的行李一起进了珍阿姨的家门。

踏进门的那刻，有个词就蹦了出来——叫作"寄人篱下"。

"哎哟喂，阿玲的女儿可真是可爱呢……"珍阿姨出门迎接，看见华歆就寒暄不已，那高兴的样子不像是装的，但好像确实挺夸张的。"就是皮肤黑了点……"

喂喂，阿姨，会不会夸人啊？华歆听到后立马汗了，但是又碍于要麻烦别人，只好暂时将自己皮肤晒黑的事实放到了一边。努力笑得很乖巧地说道："珍阿姨，我叫华歆。以后要麻烦你了，真是不好意思。"

珍阿姨马上爽朗地笑道："客气什么，当年在学校你妈妈和我可是同穿一条裤子的死党。放心在阿姨这里住着啊，住多久都无所谓。反正你爸妈一时半会儿是不打算把你要回去了。"

晴天霹雳啊！华歆总算是知道所谓的死党究竟关系铁到了什么程度，那就是能把对方的孩子完全看成是自己的，而且还有一种不准备归还的意思。当然，更深层的理解就是，爸妈似乎真的没有打算在短时间内将她带回家。

“呵呵，那谢谢阿姨。”脸部肌肉因为震惊而只能干笑的华歆想要借口先离开，便问道：“那阿姨我的房间在哪，我先把行李搬上去。”

说到这儿，珍阿姨终于正经了起来。从沙发上站起身，冲着二楼某个房间的位置喊道：“小佑，妈妈给你找的童养媳……呸，妈妈好朋友的女儿到了，下来帮忙搬行李。”

咳。华歆听到脱口而出的“童养媳”后，被自己诧异的口水呛到咳嗽个不停。她一直没听妈妈说过，珍阿姨家里有个孩子，而且还是个男孩子。

二楼某个房间的门应声打开，华歆抬头看去。一身形修长的男生悠然地从旋转楼梯上下来，那个时候首先映入华歆眼帘的是男生垂在裤缝两侧指骨分明，白净得像女孩子一样的手。

“不好意思，等得太久都有些困了。”男生语气里有着慵懒的调调，但还是笑着对她打招呼道：“你好。”

诶？华歆抬头后，本是自然友好的笑意忽而僵硬在了嘴角。眼前这位卖相颇好，眼神尤为迷人的男生她好像在哪里见过。

“我儿子，门佑。听说你们是一个学校的，今后上学就有伴了。尤其是歆歆，长这么可爱一个人回家不安全。以后就交给小佑了！”

门佑？门佑……门佑！

终于，这个名字在华歆的海马体里产生了共鸣，她睁大眼睛看着这个被誉为“唯一头脑派花美男”的门佑，在心底无比感叹。在学校都不曾见过几次的人，今天居然这么近距离地看到了。虽然有些离谱，但是要是被同班的一些花痴知道了，估计会发疯到咬死她吧？

在华歆遐想之际，门佑和他妈妈已经利索地帮她搬起了行李。因为是一个人，也没有太多的东西，除了书籍多了一点外，真的没有其他重物了。于是过了二十五分钟，东西都被整理到了某个房间。

“小佑，你帮歆歆先整理。我打个电话给阿玲，让她放心。把女儿交给我，那简直就是肉包子打狗有去无回……”珍阿姨自说自话地走出了为华歆准备的空房间，样子是神采飞扬的，就好像真的捡了个不要钱的儿媳妇。

华歆没有摸透这个语出惊人的珍阿姨的说话逻辑，只能面露尴尬地笑笑。然后回身的时候，却发现门佑望着自己一脸似笑非笑的表情。顿时，全身的细胞略微地紧张了起来。因为他看起来跟刚才在楼下的时候完全不一样。

“谢谢你，剩下的我自己整理就可以了。”华歆边说边转身想要将地上的箱子拆开，把里面的东西清理出来。可是却忽然被身后的门佑无征兆地拽住了胳膊，她神色一惊，望着有些古怪的门佑没有出声。

“我见过你。”门佑陡然间冒出的这句话，令华歆的心脏的跳动漏了几个节拍。

华歆悻悻地笑了笑，与他对视着说道：“呵，我们班好多女生都见过你。”

听到这话的门佑松开了华歆，脸上的神情还是那么的明朗。微笑着对她说：“嗯，我以为你不认识我。”

“学校就那么大，可是你的名气比学校还要大。”华歆说这话的时候做了个夸张的手势，语调也很是轻松俏皮。想来都是同学，相处起来会比较愉快吧。“我住你家可能会给你带来不便，我代表我爸妈向你道歉。”

门佑笑得很灿烂，但是他说出来的话却有些灿烂过头了。“应该是你替我谢谢你的爸妈。”

嗯？华歆冒着问号，但是也没有再说多余的话。因为门佑很主动地将她箱子里的书籍一本一本整齐有序地摆放到了书架上，对此华歆也只好投入到新房改造中去。老实说，她心里有了丝不该有的期待。

等到房间收拾得差不多了，门佑拍了拍手，环顾了下满意地点了点头。转身对还在忙着装饰房间的华歆说道：“肚子饿吗？”

“不饿。”其实是饿了，但是华歆总觉得应该客气一点。怎么说呢，好像是不假思索的问答，但是在心里又仿佛思考了上千遍。

门佑“哦”了声，然后坐在了床沿，就这么目不转睛地看着华歆将附有相框的照片一张一张地摆在床头的位置，其中的一张竟是她小时候扎着一角辫的照片，于是忍不住问道：“小时候就这么可爱吗?”

啪一声，华歆果断地将相框翻了下来，心跳加速。在见到门佑本尊前，她一直以为全天下的帅哥都是一副拽兮兮的模样，也认为门佑逃不开小说里那样冷酷形象设定的俗套。但是在他这么漫不经心地说出她可爱的时候，华歆才觉得帅哥也是平凡人。

就在这个时候，珍阿姨走了进来。看着差不多整理好的房间，对两个孩子说道：“小佑带歆歆下去吃饭，我先把她的床铺好。等会儿还得晒晒被子，可不能让我的儿媳妇受委屈了。”

一进门，从“童养媳”变成“儿媳妇”。这个婆婆连“未来”这个前缀都没有加，敢情是真的这么打算的。华歆不知道该说什么，也没有看门佑的表情，估计也是很无语吧。

“哦，那我们在下面等你一起吃饭。”门佑从床沿上起来，绕到了华歆的身边，伸手握住她的手腕，将她带出了房间。

这一系列的动作自然得不像话，让华歆这个害羞的女孩都没觉得哪里不对劲。

“女孩子的手腕都这么细吗，感觉捏一下都会断的样子。”到了楼下餐桌前，门佑似有若无地说。

顿时，华歆心里麻酥酥了一下，立马挣脱了。尴尬地别过脸看其他的地方支支吾吾地说：“呵呵，细归细，没有那么容易断的。”

“嗯，是吗?”门佑看了看她，转身去厨房拿碗筷。拿回来的时候又补充了一句，“可是你的看起来特别的细，我妈妈的都没有这样。”

关于手腕这个话题还有完没完了？华歆郁闷地想着，因为听不出来门佑到底想要表达什么。而且，华歆觉得光是直视他的眼睛都有些困难，毕竟对方是闪闪发光如星星一样耀眼的男生。

"你爸爸呢?"有些生硬的转移话题，反正华歆也豁出去了。

门佑淡定地回答:"哦，出差去了。"

然后，两个人在珍阿姨下来之前就是持续的沉默。华歆这才觉得自己找的话题分明就是在拒绝和门佑进行更深层次的对话。

因为是周末，华歆和门佑一个下午仍旧在忙忙碌碌地打扫她的房间。这期间，华歆也偷偷观察过门佑，但是除了觉得他很照顾自己外，没有什么特别的反应。

晚上的时候，门佑洗完澡，换好了衣服，头发还是濡湿的叩开了华歆的房门。脖子上还挂着毛巾，友好地对华歆说:"我房间就在隔壁，有什么事叫一声就可以。"

呵呵，就在隔壁呀。华歆略有点想入非非，但是一脸正经地点头说:"嗯，好的。"

然后，门佑上前了一步，俯身凑近华歆，在她耳畔轻声说道:"希望我们能友好地相处。"

耳边的声音总是充满了诱惑，像是咒语，你只能点头说好。华歆在刹那间闻到了门佑身上淡淡的清香，优雅从容。有那么一刻，她贪恋地享受这惊喜的拥抱。

"晚安，"门佑松开她，走出房间，翘起嘴角笑道:"鸿毛。"

第二章 完美身差

学校的时光，开始于周日也结束于周日。

“阿姨，对不起，都怪我起晚了。”华歆有些愧疚地坐在车子的后座上，看着驾驶位上的珍阿姨非常的抱歉。“麻烦你了……”

早上为了等华歆一起去上学的门佑错过了坐早班车的时间，于是珍阿姨临时当起了他们两个人的司机。

“没事没事，坐稳了啊。”珍阿姨说得很轻松，冲着后视镜里自己的儿子挤了挤眼睛，然后一脚油门就踩了上去。

门佑收到了妈妈那个诡异的眼神，还没来得及开口对华歆说“快抓好扶手”，车子一个拐弯就驶到了道路中央。然后在惯性的作用下，华歆同学华丽丽地栽倒在了门佑的怀里。

“哟哟……没有摔疼吧，歆歆？”珍阿姨很是故意地追问道。

当时华歆脑子里一片空白，在倒上去的刹那，她竟然又闻到了门佑身上淡淡的清香。于是立刻便面红耳赤地在门佑的帮助下重新坐直了身子。

门佑看着尴尬的华歆，担心地问道：“不要紧吧？”

怎么会不要紧？华歆羞愧地想着，怎么就被惯性打倒了呢？女生的矜持不是本能吗，应该本能地与惯性抗衡到底呀？吼，真是丢人！

“呵呵，没事没事。阿姨你的车技真的好炫啊。”

“那可不是，要不要再来一次？”

“不用了！”华歆立马阻止，可是她却惊讶地看向了门佑，因为他也回答了和自己一模一样的话。于是乎，又有一种莫名的情愫在心底蔓延。

门佑怔了怔后一脸正色地看着自己妈妈的后脑勺，正经地说道：“妈，好好开车。我们快迟到了。”

华歆觉得有些离谱，从她住到门佑家便觉得珍阿姨的行为很离谱。但是，这些莫名其妙的行为归结起来好像就是一场有意的恶作剧。如此，华歆怀疑起了爸妈环球旅行的真正目的。

到了学校门口，华歆匆匆地对珍阿姨说了句“再见”，没等门佑关上车门，低着头疯了一般地跑向自己所在班级的教学楼。留着瞠目结舌的门佑和自己的妈妈面面相觑。

“哎呀，看来也有不怎么喜欢我儿子的女孩子啊。”珍阿姨似有若无地说着：“你看看歆歆好像要被吃了一样。儿子，对她好一点，懂不？要是她在学校被欺负了，回头我揍你。”

门佑望着华歆消失的转角，回头问自己的母亲道：“妈，你看起来很喜欢华歆。所以实话告诉我，你想把华歆和我怎么样？”

“一男一女的我难不成让你们成为兄妹？”珍阿姨似乎还不是一个 16 岁孩子的妈妈，调皮地冲门佑挑挑眉，没等儿子做出反应，立马开车一溜烟地跑了。

“真是……”门佑无语，只好迈脚走向了自己的教室。

周一的早自习充斥着各种听写、默写还有背诵。门佑虽是理科生，却和华歆有着共同的英语老师以及数学老师。这个共同点，门佑很早就知道。

“我今天看见门佑从轿车上下来，怎么连下车的样子都那么帅。”好友陆敏拿着她那一面小镜子花痴地说道，脸颊上还泛着红晕。

本来从坐到位置上起就因为门佑心神不宁的华歆再次短时间内听到他的名字，连最简单的单词记了不下10遍都依旧无法准确地背出。顿时，埋怨起了陆敏。“你就不能好好记单词？等会听写听不出，不要抄我的。”

陆敏听到这样的话，立马将镜子塞回抽屉里。笑嘻嘻地对华歆说：“好姐妹，不要这样嘛。我犯花痴又不是一天两天了，你就别计较了。”

华歆才不计较她的花痴！华歆在意的是陆敏这个丫头居然没有看见和门佑同一时间下车的自己！那个时候，估计陆敏的眼里也只能看见门佑这棵草了。

“还有五分钟准备听写。”英语老师也就是班主任，不知道什么时候从后门走了进来。吓得坐在后排的陆敏和华歆立马闭嘴埋头发奋地记单词。“今天要是没听到100的，下午放学留下来重听。”

唉。华歆叹了口气，选文科不就是为的可以少读点数理化吗？可是为什么数理化照常，英语和语文也变本加厉了起来。真是，当初还不如选理科。

“死记的东西到底有什么好的？”末了，华歆嘀咕了一句。

理科和文科的教室刚好分在了两幢教学楼，但是这两幢教学楼由一条走廊连接着，而连接的地方就是刚好在中央的洗手间。碰巧，华歆和门佑的教室在同一层。所以按照常理来说，他们即便不同班，也会在洗手间门口偶遇。

课间的10分钟永远都是在为了下一堂课的45分钟做准备，幸好是上午的时间。否则，教室里永远都是倒下一大片。

“华歆，一起去洗手间？”陆敏照照镜子后对着趴在桌子上不知道在想什么的华歆邀请道。“赏个脸吧，小主。我觉得你一大早就有点精神不振，还是去洗把脸吧。”

不由华歆分说，陆敏便拉起她的手往洗手间走去。华歆一边推辞着说不去，一边又任由陆敏将自己拉到了洗手槽边。

没什么想法的华歆双手撑在水槽白瓷砖的边缘，吸了口气想：“可能是昨晚没睡好，毕竟不是自己家。总觉得有些力不从心。”然后，一抬头赫然发现洗手槽的大镜子上映着自己萎靡不振的脸还有永远焕发迷人光彩的门佑的脸。

他在看着她，不动声色。

水龙头拧开，华歆当即决定装作不认识，赶紧洗完手先走。事实上，真的让人有些不知所措。平时都不会搭理的陌生人一样存在的校友门佑，忽然间想要熟络起来貌似也有点强人所难。在家里还好，在学校就有些困难了……

洗完手后，华歆怔忡，不知道该有什么反应。换作平常，她根本就不会在意身边站着的男生是谁，甚至一点都不在意身边是不是站着全校的风云人物。可是，也就经过了一天，什么想法都被颠覆了。

“华歆。”从卫生间出来的陆敏站在她的旁边，低低地叫道：“快看你身边，是门佑诶!”

废话，老娘800年前就看见他在这里了。华歆很是尴尬，陆敏说话声即便再小，仅隔着她一个人的耳朵也足以传到门佑的耳朵里。

“看样子昨晚睡得不好。”就在华歆左右为难的时候，门佑忽然说话了。“眼睛里都有血丝了，今晚还是早点睡吧。”

“呃，哦。”回答的不是华歆也不是陆敏，而是和门佑一个班的男同学。显然，他有些讶异门佑对自己说的这番话。洗完手，呆呆地追问了一句，“你看起来睡得也不怎么好啊，是不是因为看世界杯啊?”

“对啊，昨晚的世界杯是我看过最精彩的一次。”

“很精彩吗，没觉得。话说，门佑你下课总喜欢站在走廊上是为什么……”

门佑说话的时候无意地瞟了眼镜子里的华歆。然后和他的同学并肩离开了，似乎没怎么真正留意过华歆一样。两个男生说话的声音也渐行渐远，华歆觉得自己有些可笑了。

但是看着他的背影，还是由衷的感叹了一句“个子真高”。

“现在门佑的净身高是一米七八，我们这样的个子站在他身边刚好是非常有爱的身高差啊。”陆敏总是抓住一切能够意淫的机会，侃侃而谈。

华歆和陆敏也走回教室，路上她纳闷地问道：“有爱的身高差指的是什么?”

“你的头应该刚好到他的肩膀，所以他摸你头的时候会是一幅相当有爱的场景。试着想象一下，如果是门佑摸着你的头说‘我喜欢你’……”

然后这个想象一直伴随着华歆捱到了放学。

“疯了。”事后，华歆又特别焦躁地责怪自己同陆敏一样的花痴。本来对门佑没有什么特别的感觉，七想八想之后反倒觉得门佑没准会对她有感觉！“真是疯了！”

整理完桌面上的东西，同陆敏告别后，华歆一个人走上了回家的路。待走到学校门口的十字路口的时候，华歆才想起她的“家”现在应该往右边拐。

早上因为坐珍阿姨的车子来，华歆一下搞不清楚方向。在拐过另外一个路口的时候，华歆有些懵了。就连公交车都不知道该往哪个方向坐了。

“吼，我真是个笨蛋。早知道就和门佑一起了……”站在原地懊恼的华歆正准备往回走的时候，忽然手腕被钳制住了。那个力道不轻不重，恰好的感觉就像是抚摸的温柔。华歆紧张地抬头，却意外地看到了门佑。说是意外，又好像并不觉得。

门佑抓着华歆的手，抬脚往左边的路口走去。“你是女孩子，怎么也不管不问地就随便乱走？”

“地球不是圆的吗，我以为……”

“你以为自己是哥伦布，还能发现新大陆？”

华歆抬头，听不出他话里的意思。就连语气也捉摸不透，不像是嘲讽也不像是责怪，当然听起来也不像是变相的担心。

“所以你不是来找我了吗？”

华歆实在是不知道说什么来反驳，但反正脱口而出的就是这句听起来像是在撒娇的话。可是在当时，华歆一点都没觉得自己肉麻。因为门佑出现得正好。

但是在门佑出人意料地停下脚步的刹那，华歆忽然觉得自己说了句像是在打情骂俏的话。立马甩开了门佑的手，拽着自己包包的带子，神色慌张地解释道：“我是说，能被你找到证明我走错的路还不至于太离谱。”

“呵。”门佑轻笑了下，抬手摸摸华歆的头说：“平时说了难为情的话都是这样子聪明地转了个弯吗?”

当时，华歆的耳朵里一点都接收不到门佑说的话。她脑海里始终灼热地翻滚着那几个字“被摸头了”、“被很有爱的摸头了”以及“完美的身高差”。

第三章　怎样都美

晚上7点多的时候才吃完晚饭，对于华歆来说这个点和晚饭无关，只有新闻联播。一边自己收拾着碗筷却不让华歆和门佑动手的珍阿姨完全就是典型的家庭主妇。

“你和小佑上去做作业，等会阿姨拿水果上来。”珍阿姨说着，推了门佑一把，示意他带华歆上楼去。

有些不好意思的华歆看了门佑一眼，却看到了门佑再次伸过来的手。或许是无意识的行为，华歆躲开了他的带领。门佑空手停在半空中的一瞬间，华歆看到了他眼里同第一次见面时不一样的东西，而那种莫名出现的眼神让她为之一颤。

门佑家里一直都有个专门的书房供他写作业、看书，华歆进到那个书房的时候才又感叹。那就是门佑其实是个少爷一般的存在。因为，普通人的家里怎么会把书房弄得比客厅还要大，更而且普通人的家里根本不会有书房这样的东西。

望着房间一排高到天花板的书架，华歆无法了解和自己同龄的门佑是怎么把数不清的书本看完的，又或许他根本没有看完，只是放着做摆设。

“你觉得我根本看不完这些书是吗？”已经坐在长桌子边的门佑冷不丁地说道，脸上的表情是得意的，但是你完全不会在意他无端的得瑟，因为他有那个资本。“你觉得不可能的事，我都能做到。这就是差距。”

莫名其妙，华歆看着背对着自己闷声说着炫耀的话的门佑，又感觉他像是在生气。弄不清楚为什么忽然之间又对自己这样，就算有差距也不是她希望的啊。

“嗯，是优等生和普通生的差距。”华歆拉开椅子，也闷闷地应了句。本不该计较的，可是不自愿的寄人篱下已经够让她忍受的，重要的是她根本没有招惹门佑。

刚翻到数学作业本第一页的门佑听到华歆这样赌气的话，动作停滞了会儿。然后回头看着华歆不动如山的背影，有丝疑惑。这个女生的脾气一直都是这么大吗？话说回来，脾气大的人应该是他吧。

“刚才为什么那样做？”

华歆听到这个没头没尾的问题，皱了皱眉头。转过身看着门佑笔直的脊背，困惑的反问：“什么为什么？”

“呵，你这女生可真是。”门佑无语地笑着转过头，勾起嘴角打量着表情认真的华歆，说道：“刚才在楼下为什么拒绝我牵你的手？”

“诶？”华歆承认，她被吓到了。被这一刻喜怒无常的门佑给吓到了，这个男生确定是傍晚的时候还温柔摸着她的头的那个门佑吗？怎么现在看起来特别像是在闹别扭的孩子？而且，说的话一定要这么直白吗？

门佑见她没反应，索性从自己位置上起身来到她的旁边，一把抓住了她的手腕，语气波澜不惊地说：“就这样让我牵着很为难吗？干嘛躲掉？”

“你干吗？”已经受了不小惊吓的华歆全身起了鸡皮疙瘩，她说不出自己内心怪异的感想，只是觉得门佑的行为相当反常。“不用牵着，我也可以自己上来啊。我又不是牛。”苍天，这是值得生气的事情吗？

“我妈让我带你上来，而不是让你跟着我上来。所以你明白吗？”门佑解释的话华歆一个字也没听明白，因为怎么听都像是在强词夺理。

但是华歆没有表态，只是想要抽回手。但是她还没来得及说话，门佑又抢先了一步单手拿起了她的作业本，扫了一眼后，盯着她的眼睛，冷淡地问道：“哦，你的脑袋里装了什么？为什么3的平方也能算成6?”

“你干吗乱动我作业本啊?”毁了毁了，华歆欲哭无泪。她这是为什么要和全校顶尖的学生在一起做作业？她这不是找死是什么?!

门佑显然不满足于她这样的回答，干脆绑架了她的作业本，鄙视地说道：“难道你想让你低级的错误被全班同学笑掉大牙？如果你想这样，不如我拿着你的作业本去学校广播站好了。全班知道不如全校知道，全校知道不如全世界都知道。”

“疯了你?”真是间歇性神经病，华歆急得也从位置上站了起来，但是自己的右手腕还被门佑拽着。“这样的事情不需要分享给全世界知道!”

莫名的门佑眼眸一亮，嘴角有一抹释然的微笑。

“你最好给我忘了!”趁着门佑傻兮兮的高兴之余，华歆手臂一伸将作业本从门佑手里拿了回来。然后怒瞪着他帅得一塌糊涂的脸说道：“你松开，我要做作业了。”

还真是一张冷冰冰的脸。门佑想着，但是听话地松开了。待到华歆重新整理好情绪坐在位置上准备认真做作业的时候，他还是站在她旁边。

“你生气的时候也这么好看吗?”

感觉像是挥之不去的蚊子，门佑的声音一而再再而三地在耳边响起。华歆抬眼无语地望着他，发现他也在看着自己。于是，那眼神里的东西再次令华歆手足无措。

“你也回去做作业。”果断地，在自己情绪失控之前，华歆抓起自己的语文书就扔到了门佑的俊脸上，几乎没有考虑过后果。

门佑挺拔的鼻梁当即受到重创，他沉默着拿着她的语文书回到自己的座位上。安静了几分钟后，他的声音再次传来。

“以后你帮我做笔记。”

“为什么?”

“因为你的字很漂亮。”

“……”

第二天体育课上，再度精神不振的华歆坐在看台的阶梯上，垂着头想着为什么，这到底是为什么？为什么她现在才知道原来她和门佑上的体育课竟是同个时间段的课程?!

唉，好累，感觉不会再爱了。

“华歆，你不是最爱打羽毛球的吗?”陆敏拿着从老师手里抢来的球拍，屁颠屁颠地跑到看台上。“你干吗啊，怎么好像这个星期突然变安静了?”

华歆不敢抬头眺望整个操场，因为她怕一抬头就看见门佑。可是有门佑的地方就永远有陆敏，这是定理。

“我告诉你快点和我去打羽毛球，那边门佑正在打篮球。”

果然……华歆扶住额头，昨晚好像被门佑精神摧残了一样，但是她正常的生活总不能因此被打断吧？可是真的好奇怪，为什么前半个学期的体育课她都没有发现门佑的身影？尽管陆敏一直在耳边喋喋不休，可是她真正看见的次数几乎没有。

“你知道，我打羽毛球会整个操场都跑回来嘛。”最终，华歆还是接过羽毛球拍同陆敏一起来到了操场。

陆敏笑嘻嘻地说:“你要不是喜欢绕着整个操场跑我还不找你呢。跑来跑去，才能看见帅哥俊脸的各个角度。”

“你还能再花痴一点吗?”

“哈哈，能。”

于是，体育课自由活动的时间华歆和陆敏在操场上发疯似的跑来跑去，华歆每次都无视球场范围，拼死拼活要把球接回来。这个谁都不懂，这种无谓的执着到底源自哪里。

“喂，小心!”不知哪里来的声音迅速窜进华歆的耳朵里，她顺着那个声音望去。只感觉到一只旋转而来的篮球和一个急速飞奔而来的人影吞噬了她所有的视线。

“咚”的一声响后，华歆被门佑安全揽入怀里，而篮球砸到了陆敏的脑袋。顿时，篮球场上一阵沸腾。

“哎哟，英雄救美……”

“门佑少爷，你倒是跑得挺快啊！”

“难怪从一开始就盯着美女看啊。”

男生们笑着，吹着口哨起哄着。华歆抬头看了一眼门佑，差点就说出一句“你是故意的吧”，但是她还是忍住了。因为陆敏被砸得不省人事了，于是华歆没有说任何谢谢，推开门佑跑向了扶着额头叫痛的好姐妹身边。

“陆敏，你没事吧？”华歆紧张地扶起陆敏，有些生气地瞪了站在旁边无关紧要的门佑一眼。“痛不痛？”

“我会不会失忆？”陆敏天马行空地想着，然后一下子锁定了旁边的门佑，即刻推开了华歆的手，笑着抿着唇说：“我失忆了也不会忘记门佑的！”

华歆哑然失笑，这个陆敏现在是在干什么？没准真的是被篮球砸坏脑子了，脑浆成了豆腐渣了吧。

门佑笑着对陆敏点点头说：“谢谢。”然后径直走向一边无语地跺了跺脚的华歆，看了她几眼，然后抬手捋了捋她耳边缠绕在一起的发丝说：“不要这么来回跑，会受伤的。”

“知道了。”华歆不想要反驳，在操场上看起来特别显眼。真是，门佑这个人干什么到底？有些紧张到好像要被捉奸的地步，华歆立马拎起花痴陆敏的衣领，捡起地上的羽毛球掉头就逃离了现场。

“门佑，你认识那两个文科生？”

“唔，和其中一个关系比较密切。”

“哪个？”

“生气的时候看起来也很漂亮的那个。”

“呜呼……”

操场上的起哄声更加大了，男生们勾肩搭背地忘了那时候的囧事，重新投入热血的运动中。对于男生来说，不只有篮球热血，关于力量的一切都是令他们热血沸腾的。

第四章 其实一样

上完体育课的同学们纷纷都往小卖部走去，一下子小卖部就像超级大卖场一样热闹拥挤。挤在人群中的华歆只能站在那里先看着货架上的饮料，想着今天喝什么好。倒是小个子陆敏一两下就挤到了队伍的前面，指着货架上的百事可乐就说："老板，给我两瓶。"

听到陆敏这么说，华歆心里还乐了一下，没怎么想就从队伍中退了出来。站在小卖部门口的华歆果真从陆敏手中接过了饮料，她笑笑说："我不爱喝碳酸饮料啊。"

"谁说要给你喝的？"哪知陆敏非常欠揍地这么说了句，瞟了眼队伍那边站着三三两两的男生中的门佑。"我是让你给门佑的。"

有些震惊，虽然陆敏一直花痴门佑，但是这么主动的行为还是第一次。于是华歆接受不了，特别嫌弃地将饮料还给了她，不满地嘟囔着："你自己给。"

陆敏诧异地望着转身去冰柜里拿了瓶矿泉水的华歆，急忙拦住她说："怎么能这样呢？我是替你感谢人家，要不是他，被砸脑袋的就是你了。我们两个当中有一个脑残就够了，再多一个不是添乱吗？"

"你这话说得倒是蛮有道理的。"

“所以，去吧。”陆敏再次把饮料塞到了她的手里，悄声对她说：“你再不快点，等会多得是女生给他递饮料，你连他的头发都看不见了。”

“可是……”唉，华歆郁闷地望着手里还冰凉的饮料，这种送男生饮料的事情她还真是没做过，不会觉得怪怪的吗？而且……她看了眼那边的门佑，他现在就已经被包围得水泄不通了好吗？

算了，等会再给吧。

华歆回头时，陆敏已经果断地抛下她离开了。毕竟给男生送饮料这种事需要女生单独行动，否则会赔了夫人又折兵的。就在华歆暗暗地咒骂陆敏时，门佑又神不知鬼不觉地站在了她的旁边，两个人暂时就站在了小卖部的侧门口。

“在等我吗？”门佑翘着嘴角，若无其事地问道。

华歆吓了一跳，没有料到他会从热情的关爱中抽身而出，而且她又被他猜中心思了。真不知道门佑家里书架上摆着的书是不是有心理学之类的……

“没没没，没有啊。我干吗等你？”下意识地就否定了，话一出口华歆就后悔了。这接下去要怎么把饮料给他，难道带回家给他吗？

门佑不相信地撇撇嘴，然后看到了她手里喝了几口的矿泉水，出其不意地伸手把矿泉水拿了过来，拧开盖子就大口大口地喝了起来。

“你干吗喝我的啊？这瓶才是给你的好不好？”华歆急了，抡起百事可乐就砸了下门佑的手臂。

“不用这么大力吧？”门佑拧好矿泉水的瓶盖，但是没有要还给华歆的意思。“我再给你买一瓶。”

“不要。”华歆刚拒绝就被门佑抓着手腕拉到了冰柜前，现在华歆有些明白了。只要是他说的话，她的任何反对都是无效的。

和华歆自己买的一模一样的矿泉水重新放到了她的手里，门佑瞟了眼那瓶没有开封过的百事可乐，挑着眉问道：“谁买的？”

“就，就和我一起的朋友。她说，谢谢你。虽然我不觉得有什么好谢的……”华歆说话几乎要没什么底气了，为什么他连饮料不是她买的都知道？

门佑没让华歆往下说，很爽快地接过百事可乐，对她说了句：“以后除了我给的东西外，别人的都不能要。”

“在说什么啊你？”华歆无语，看了看从他们身边走过去的同学们，都用奇怪的眼神打量着。“你还是好好管管自己吧，没准你回到教室桌子上都是别人送你的东西。”

“是啊，桌子上总是有女生送来的各种信和好吃的。”门佑丝毫不避嫌，坦然地说着全校女生对他的爱意。“不过也有你的。”

什么意思？华歆抬眼和他对视，她什么时候干过这种吃力不讨好的事情？“不和你说了，我回教室了。”华歆也懒得在这种公共场合下和他纠缠下去，赶紧挣脱他的束缚，快步朝自己的教室走去。

门佑耸耸肩，正巧同伴同学过来。他将百事可乐甩给了另外一个爱喝碳酸饮料的男同学，“给你，我不爱喝。”

男同学受宠若惊，但是不用问也知道，这肯定是其他女生送给他的。“所以你还是比较爱喝纯净水？”

“嗯，大概是。”门佑想了想后，意味深长地说道。

回到教室准备下堂课的华歆震惊地发现自己的语文书不见了，在座位上翻了个底朝天也没有看见语文书的影子。

“饮料给门佑了吗？”陆敏无视华歆紧张的样子，从始至终地问着门佑。

华歆“嗯”了声，还是埋头整理着书籍。无奈才问道：“有见过我的语文书吗？”

“没有啊，你的语文书跑了？”陆敏开玩笑道。

“奇怪，我明明就放在包里的……”华歆一时半会儿想不起语文书的去向，愣在座位上愁眉苦脸的。

“没事，上课的时候我们共用一本好了。回家再找找，可能忘在家里了。”陆敏不紧不慢地分析着，“昨天不是有作业嘛。”

是啊，昨天有语文作业。华歆思索了下，立马恍然大悟！昨晚她用语文课本揍了门佑，然后……然后就没有然后了。

“肯定是把我书给藏起来了，这个混蛋。”

“谁把你的书藏起来了？”

“啊？没有没有，我肯定是落在家里了。”

结果好好的一堂语文课全都被华歆拿来惆怅自己寄人篱下的人生了，话说自己的爸妈环球旅行之后真的是一个电话都没有打过来啊。究竟是不是亲生的啊！

放学回家的路上，门佑没有说话，华歆也坚决地没有同他说过一个字。两个人看起来像是在享受沉默的放学时光，但是华歆知道门佑一定是想拿沉默抵罪！

不巧，今晚珍阿姨约隔壁的阿姨搓麻将去了。反正华歆到现在也没搞清楚珍阿姨的先生是做什么的，但应该蛮有钱的。想想也知道，那么大的房子，加上那么惊人的书房。

“晚饭去吃砂锅怎么样？”打开冰箱后发现自己亲爱的母亲大人忘记添购食品的门佑，关上冰箱门，准备和华歆到外面去吃。

结果，华歆直接伸手说道：“把语文书还给我。”

门佑看着她，皱着眉头问道：“一路上不说话就是为了拿回语文书做铺垫？”

“所以你真的把我语文书藏起来了？”华歆惊讶了，不可思议地说：“你知道我语文课上被老师追问了多少次，我有多尴尬吗？”

“你自己扔到我脸上的，你忘了？”

“那你扔回来啊。”

看来和睦相处只能是个传说了，才相处两三天果断就吵架了。华歆承认自己没有那个能力和门佑沟通，但是至少她的东西总不要乱拿吧。

“嗯，回头再扔。现在还是去吃砂锅吧，我真的很饿了。”

最后，门佑不由分说地拉着华歆的手一起出去了。头一次，华歆单独和男生一起吃饭，而且是吃晚饭。

“会被同学看见的。”坐在小店里心神不宁的华歆如此说道，因为本身这条街就属于夜市范围，人来人往的，一个抬头没准就是熟人。

门佑拿了双一次性筷子拆开后递给华歆，然后单手托着下巴一直注视着她。华歆不明其意，只管大方吃着自己的东西。

“我想吃你……”

“啊，你个变态说什么？”忽然间听到门佑说了没头没脑的话，华歆整个神经都紧绷起来，相当警惕地移了下自己的椅子。

门佑拿筷子敲了敲过于敏感的华歆的脑袋，眼睛瞟向了她正在吃的砂锅说：“我想吃你的那份。是不是和我在一起容易让你单纯的脑子里充斥着各种偶像剧的情节？”

这个门佑是不是疯子？华歆无语地想着，看他脸上的表情完全是在拿着他所有外在以及潜在的资本向她炫耀。“我不看偶像剧的，要不然我就会和陆敏一样花痴了。你，你干吗要吃我这份，我吃过了而且……”

门佑没有理会华歆的拒绝，直接将她的那份移到了自己的面前，而把自己的那份推到了她的面前，然后自顾自地吃得津津有味。华歆盯着自己眼前本是他的砂锅，很是困惑。他一口都没有吃过自己碗里的，好像就是准备和自己换的。

“所以你喜欢看什么电视剧？”门佑总是出其不意地抛出一个问题来。

华歆怔了怔，终于动起手中的筷子吃起了他这份稍微贵一点的砂锅，随后回答道：“美剧之类的。心情不好的时候会一个人看恐怖片，不过很少完整地看完一部。”说完，华歆自己都笑了。

门佑好奇地看着她，看着她那双漂亮的大眼睛，问：“一个人看不怕吗？”

“怕啊。”华歆笑笑，摆出一副得意的样子回答：“但如果不是一个人看的话，我会把别人吓哭的。还有我真的觉得很奇怪，体育课上你明明自己能买到矿泉水为什么喝我的，而且你自己点的砂锅不是你自己更爱吃的吗？”

门佑听完，笑道：“因为我觉得你的就是我的。”

第五章　孤男寡女

自从领略到门佑不为人知的一面后，华歆开始担心和他独处的时候。即使他压根儿没做什么事，光是盯着她看，华歆就觉得自己会崩溃。因为她永远猜不到他在想什么，而门佑却永远能知道她在想什么。

所谓的差距，大概指的就是这个。

“啊，阿姨你要去同学会?”华歆不敢相信，堵在门口阻止珍阿姨的下一步行动。“去几天，什么时候回来?”

珍阿姨看着华歆怪怪的举动，暧昧地笑道：“你还怕我儿子吃了你不成? 吃了阿姨一定让他负责娶你回家。就这样啊，阿姨时间要来不及了。你和小佑在家要是闲着没事就帮忙大扫除。我下个礼拜二回来。”

爽快地抛下儿子和华歆的珍阿姨开心地开车走了，望尘莫及的华歆愣在门口咀嚼着珍阿姨那句吃了就让门佑负责娶她回家的话，这年头奔放的妈妈可真是不少。

“走了吗?”耳边忽而有热气吹来，华歆一个激灵差点没从台阶上跌下来，好在门佑手长脚长的，眼疾手快将她拦腰抱回。搁在腰上的手令华歆焦躁不安，赶紧站直身子，整理了下表情要进屋。

“喂。”门佑是个不按常理出牌的人，这不又一把拽住了她的胳膊将她推向门框，俯身凑近她坏笑道：“大人都不在了，我是不是终于可以对你为所欲为了？”

“你有病是不是啊？”华歆虽不吃美男计这套，但是这么近的距离又是送上门的帅哥，六根清净也免不了动凡心嘛。更何况，门佑看她的眼神就感觉想要吃了她一样。结果又一阵鸡皮疙瘩。“你离我远点！”

等等，忽然间华歆好像记起他刚才话里说的一个关键词，那就是“终于”。难不成门佑一直在伺机准备对她为所欲为？才十六七岁的男生，脑子里装的都是些什么玩意？

门佑似乎喜欢这样调戏容易脸红又抵死不承认的华歆的举动，他笑得更加欢乐了，故意又靠近她轻声说道：“男生在女生眼里不都是色色的吗？”

“离——我——远——点！”华歆真的是受不了自己发烫到差不多能够自燃的脸上的温度，挣扎着抬起手，手掌撑在门佑俊朗的脸上，使劲将他的脑袋推开。“男生色这是事实，女生也有色的，就比如老是说你长得帅的女生。”

“那你呢？”门佑轻而易举地就扒下华歆摁在自己脸上的手，抓在手心里，挑着眉问。“觉得我不帅吗？你要是觉得我不帅，我得让我妈妈送你去眼科医院检查下了。”

“我两只眼睛视力都是 2.5，谢谢。”

“难道你是睁眼瞎？”

“……”华歆想着自己在学习这方面基本上是斗不过门佑了，没想到连斗嘴也占不了上风。顿时有点气馁还加上莫名其妙的恼火。“你对你自己的长相这么自信，喜欢你的那些女生知道吗？”

门佑看着她，语气里有古怪的别扭：“不知道，我就在你面前特别没信心。”

不知道是被这样一句没头没脑的话给震惊了还是大脑反射弧过长的原因，华歆有整整一分钟的时间处于哑口无言的状态。清醒之后，突然挣开门佑的束缚，二话不说噔噔地上楼重重地关上了房门。

被留在楼下的门佑叹了口气，怅然地摸摸后脑勺，做了下伸展运动，嘴里默念着：“不能急，不能急，要用长远的眼光看待问题，不能用部分代替整体。政治老师说了，科技是发展的第一手段……我大脑的知识好像有点凌乱了。”

回到房间躺在床上辗转反侧的华歆其实非常懊恼，后悔自己当时怎么会说出“有很多女生喜欢他”这样试探性的话来。现在想了想，这难道不是女人可耻的嫉妒比较的心理吗？这种节骨眼上，门佑肯定误会她了。而且，门佑这个人乍看挺正经的，但是接触下来其实就是个普通少年。真是，他怎么能在全校这么多女生面前装得这么完美呢？

结果一晚上，一墙之隔的两个人怀揣着各自的心思入眠。

周六的早上是个阴天，但是空气并不沉闷。早起的门佑出去做运动顺便买了早餐回来，便到房门口叫华歆起床。敲了几声没人应答，门佑便打开门走了进去。

对，房间是上锁了。但是门佑都有备用钥匙。

“唔，还没醒。”门佑看着还睡得很香的华歆，温和地笑笑拉过她房间书桌的椅子坐在床沿附近看着她，就像看睡梦中的婴儿一样。

这时候门佑发现了华歆床头边的手机，拿起来看了看后又笑了笑。

一直到 9：30 才吃完早餐的华歆还是睡眼惺忪的，等到她看到门佑拿着扫把抹布走过来的时候才睁大了双眼。“你怎么知道阿姨让我们大扫除？”

“你们说话的时候我一直在二楼走廊上看着，怎么会不知道？”

“那就是说……”

“嗯，我妈妈说我吃了你也没关系。”

恶魔，这对母子一定是恶魔！当时珍阿姨一定看见门佑了，所以才肆无忌惮地说那种话。原来如此啊，那种“吃了就负责娶回家”的话是说给门佑听的啊！

“你要是乱来的话就死定了！”昨晚的阴影没过，早上又重复了一遍。华歆觉得自己迟早会被整得精神分裂。

门佑这次倒是很乖的没有其他惊人的举动，而是把打扫工具交给了华歆说：“我们从三楼开始好了。”

于是，接下来的时间华歆虽然不怎么搭理门佑，也尽量和他保持着距离。但是，起码这段有保证的时间里，他们是和平共处的。

“这个书房要怎么打扫？上面的架子应该要弄个梯子吧？”到二楼的书房时，华歆觉得有些累了。这么多书架而且都这么高，没个梯子还是别打扫了。

门佑想了想后说：“这里有梯子的，因为好方便拿书。”紧接着就从某个书柜里抽出了一架梯子，看起来还蛮稳固的。“不要自己上去，会受伤的。我去拿块干净的抹布。”

华歆表面上是点了点头，但还是冲着那个背影吐了吐舌头说：“这个有什么好怕的，简直就是小菜一碟。想当年我爸登雪山的时候……”说话间她已经利索地爬了上去，轻松地擦拭着书柜的顶层。

等到门佑进来看到这场面，立马皱眉对她呵斥道：“我不是说了让你不要上去！没人扶着梯子不安全。”

“好好好，我下来。你不是怕我弄脏了你的书吧。”华歆看他表情十分的不悦，也没管他是不是在紧张自己，就准备从梯子上下来。

门佑不知道为什么很紧张，单手扶着梯子，另一只伸向华歆。“慢点下，抓着我的手。”

“诶，不用了……”不知怎么一得瑟的华歆当即踩空了阶梯，身体直直地往地面上倒去。这个时候她终于看见了门佑大惊失色的样子。

“咣当”一声，梯子连同人都摔倒在地。不同的是，门佑接住了华歆将她护在了身下，而梯子却重重地砸在了他抬起的手臂上。

“门佑，你没事吧？”华歆震惊，立马起身移开压在他身上的梯子，歉疚万分地扶起他坐在椅子上，然后慌忙卷起他的衣袖。“怎么办，都青了好大一块，肿起来了。”

“所以我不是说了不要自己上去吗？”门佑也倒抽了几口冷气，但是仍旧安慰她道：“没关系，擦点红花油就没事了。”

华歆看着那触目惊心的颜色有些慌神，但还是振作地到自己房间拿了一瓶红花油过来，坐在他旁边，小心翼翼地给他抹在手臂上。“是不是很疼？”

“嗯，话说刚才你好像叫我名字了。”门佑这会笑得很灿烂，好像忘记了疼痛一般。

可是华歆不这么认为，她皱着眉头瞪了门佑一眼，说道：“都这样了还开玩笑。”

“你不生我的气吧？”

“没有。”华歆听到这样的话，心里不知道什么滋味。“我没有生气，我只是，我只是不知道该怎么和你相处……我是不是想得有点多了？”

门佑望着华歆不知所措的样子，忍不住悸动，但还是克制住想要拥抱她的举动。只是拍拍她的头轻声说道：“没关系，我们来日方长。”

华歆感觉到头皮一阵发麻，就连身上也起了鸡皮疙瘩，然后下意识地就推开了他。说道：“你受伤了就不能老实一点吗？君子动口不动手。”

“我不是君子，我是男人。”门佑回答得很坦然，好像根本就没有什么需要遮掩的。

华歆依然被呛得无语，只好继续帮他涂抹受伤的地方。想着要是珍阿姨看见了一定会非常心疼吧。门佑还没有把她吃掉，她就把门佑给弄残了，唉……

于是接下来的大扫除活动华歆便拍胸脯全部包揽了下来，更甚至包括午饭还有晚饭。这样看来真的是和童养媳相差无几啊，难道她真的是这个命？

“明天你准备干什么？”休息的时候，华歆问身边已经昏昏欲睡的门佑。“如果没什么事情，我去买些水果回来，给你补补臂力。”

“明天有约会。”门佑回答得很快，也很直接。但是没有再说什么了。

华歆点点头，虽然不知道约会的对象是谁，但估计像门佑这样的男生有女朋友也不奇怪吧。周末什么的去约个会很正常，只是为什么表情有点不自然呢。

门佑从沙发上起身，伸了个懒腰，意味深长地瞥了眼有些怅然失落的华歆，简单地说了句：“晚安。”

“嗯，晚安。”

门佑约会的对象是谁？果然华歆还是想知道，但是又似乎没有必须知道的理由，于是就这样失去了语言表达能力。

第六章　周末约会

热闹的场景，欢腾的音乐，还有飘香的小吃。站在晨华高中的门口，还泛着迷糊的华歆揉了揉眼睛，盯着不断与自己擦肩而过的人，悠悠地问道："这是?"

"这是晨华的游园会啊！马上就要到文艺节了，我们学校不也是在准备着晚会呢吗?"

华歆把这话听进去了，但是固执地扭头望着身边的人，满不情愿地说了句："所以你大早上的就把我叫了出来?"

"那有什么关系，反正你都出来了。"陆敏理直气壮，但也丝毫不想过分解释这样的事情。在她眼里，周末就是姐妹的聚会。

于是，华歆叹了口气。自从脱离了"六一"儿童节之后，她就对这样的游园会失去了兴趣。记得小时候闯关成功，得到几颗糖都觉得是上帝的恩惠。随着年龄增长，越来越觉得现实中的好多奖励缺少了实际需要的必要因素。

整个晨华高中现在成了游乐场，门口也被华而不实的彩带和气球装饰着，唯独将晨华的闪亮的门牌留着空隙。

"这些旧书就应该放在图书馆，有灰尘才有历史嘛。"华歆穿着黑色连帽衣，衣服有些松垮，长长的秀发随意披肩，这样的状态看起来特别的慵懒可爱。

陆敏在意的永远不会是那些死的事物，她明亮的双眼总是在网罗这出没人群中的各种帅哥与美女。对，她也非常喜欢观察美女，想要知道美女为什么成了美女。

走到教学楼附近的时候，有几个晨华的男生围了上来，手里拿着游戏宣传单，对陆敏和华歆热情地说："同学，来我们班玩游戏吧。"

华歆想要拒绝，她讨厌拉客。可是陆敏不一样，一眼就看见其中一位眉清目秀卖相颇好的男同学，很是迅速地松开了华歆的手。也热情地上前了一步，眼睛看着那个男生问道："那请问是什么游戏？鬼屋什么的，我一个女孩子可不敢玩呢。"

什么叫你一个女孩子？明明就是我们女孩子，好不好？华歆听到这话，差点没喷出一口老血溅陆敏一身。

男生笑得很阳光，也很有礼貌，介绍道："鬼屋是三班的游戏，我们班是智力闯关，可以两个人一起，一道题目就可以有两次机会。闯关成功就赠送黑龙堂奶茶店的两张兑换券。"

"呵呵，谢谢。"华歆非常自信地拒绝了。"玩智力还不如去鬼屋呢。对吧，陆敏？"

看起来有些挣扎的陆敏再一次鼓起勇气说道："华歆，你智力不够，你去玩鬼屋。"然后又笑意盈盈地对那位男同学说："那同学，麻烦你带我上去好吗？能不能和你一起玩，然后一起去喝奶茶……"

陆敏你大爷！华歆周遭立刻空荡荡的了，她脸上的表情尴尬到几乎看不见五官了。但是，还剩下几个男生貌似对华歆也很感兴趣，极力邀请着。

华歆正对陆敏重色轻友的行径感到发指，想着上去玩游戏赢了她，让她知道抛弃好友的严重后果，想了想后决定答应。

"怎么自己一个人来玩？"不知什么时候门佑站在了她的身边，更不知道他是什么时候在人群中发现了她。总之，就是好巧不巧地出现在了她的身边，脸上还是如同在学校那般的明亮笑容。"还是说，被甩了？"

华歆皱眉，一脸的不爽。门佑似乎总能轻而易举地看透别人的心思，这点让华歆心里相当不舒服，但也有点意外。“对，被甩了。那你呢，是不是甩了别人？”

“呵，没有啊。”这时候，门佑一扭头，周围立刻出现了好几个男生。

华歆一怔，然后发现这些个男生全部都露出似笑非笑的表情打量着她。于是，她立马扭头让长发遮住自己的脸。

“门佑，这位美女是……”

“是上次差点被篮球砸到的女生！”

有人眼神就特别犀利，隔了些时日的事情居然还记得一清二楚。华歆将头垂得更低了，她从门佑出现一开始就想走了，但是门佑从出现的一开始就拽着她的手不放了。

“你居然还记得？”

“嘿嘿，长得蛮漂亮的，所以就不自觉地记住了。”

周围的男生还是在饶有兴趣地讨论着华歆的身份，也皮笑肉不笑地望着门佑，寻思着这两个人非同一般的关系。

“我刚来，有什么地方好玩的？”挣脱不开，华歆只好妥协地问了一句。走动起来，总比站在同一个地方引人注目的好。当然，引人注目的也只有门佑。

“他们班的智力游戏太弱了，我已经通关了。所以要不要一起先去喝杯奶茶？”门佑拿着两张奶茶兑换券，眉眼稍显得意。

身边的同伴有些失望，但仍旧支持地说：“去吧去吧，和美女共进一杯。我们就不等你了，不过晚上的篝火晚会一定要来啊！钓美女就靠你了！”

“你的奶茶还是留着钓美女吧。”华歆说得淡然，但是听的人就莫名地感觉到了一股醋意。

门佑笑而不语，把手中的奶茶券送了身边的好友，然后做了个赶紧给爷解散的手势。随后，他笑意盈盈地问道：“生气了？”

“没有。”又一次在他面前表露出了内心小小的不满，但立马又被赤裸裸地点破了。这门佑真的是一个狠角色，华歆懊恼无力地想着。

“那不介意一起吧。”

面对门佑的邀请，华歆略微惊讶地抬头看了他一眼。即便是在这种阴天，门佑看起来还是光芒万丈。这形容就像是把他捧为了圣人，但事实也是华歆无法拒绝圣人的恩惠。

一起走的时候，门佑松开了华歆的手，似乎是确定了此时的华歆不会转身逃跑。而华歆用余光看了看各自垂在裤缝边的手，有些不自然。然后她只好拽紧了自己挎包的带子。

两个人没怎么说话走了半段路，华歆再次内疚地关心道："对了，你的手臂怎么样?"

"现在垂着就很痛，昨晚上都一直没睡着。"门佑的回答很直接，然后无辜地望着华歆，等着她的反应。

"那怎么办?"没想到伤势会这么严重的华歆有些不知所措，然后猛然觉得肩头一沉，门佑将左手伸过来搭在了她的右肩头上。"……所以横着就不痛了?"

门佑笑得很灿烂说："嗯，反应挺快。不过，我没骗你。"

如果他只是说了前半句话，华歆就要将他的手狠狠地甩下去了。可是这家伙却忽然间把后半句话说得如此真诚，华歆一下子觉得自己很罪过。

"诶，门佑，你也在啊?"正当他们准备去挑战新的游戏时，迎面快速走过来一位笑得花枝乱颤的女生。华歆循声抬头一眼就认出这个女生是学生会的宣传委员吴筱，但她和门佑有什么关系，门佑既不是学生会的也不是校团委的，更不是同班同学。

门佑看到熟人也没有将那暧昧的勾肩动作撤销，反而相当熟络地打起了招呼，对着那个女生官方地笑着说："嗯，自从'六一'儿童节后就没再参加过了，来回忆一下。"

嗯?听到门佑这样的解释，华歆不由自主地就将目光聚拢在了他的身上。隐约觉得他们之间是不是存在某种默契。

吴筱走近了一步，陡然发现被门佑拥着的华歆，脸上的神色都变了，然后才招呼道："这么巧，华歆也在啊?"

诶？华歆纳闷，她既不是学生会的也不是校团委的，更不是同班同学，吴筱是怎么认识她的？而且，她看过来的眼神煞有芥蒂。

“我好像和你不是很熟。”然后下一秒，华歆就把这话扔出去了。

顿时，吴筱哑口无言，尴尬地站在他们跟前。有种“我没招惹你，干吗让我下不来台”的感觉。

门佑觉得华歆的反应很可爱，知道她并没有恶意，于是就对吴筱说：“你朋友呢，怎么没有一起？”

门佑的解围也没有令吴筱舒坦多少，她自然不会告诉门佑她是从二楼走廊窗户上看到了门佑，然后抛下了朋友，独自奔向他的。于是，只能强撑笑容地说：“她在另一个教室玩游戏，我过去找她了。那再见。”

吴筱往前走了几步后，似乎想想不甘又回头对华歆说道：“我认识你是因为你是这年度刚被全校男生选出来的校花之一。”可是这话说出来似乎也没有扳回多少，反倒又将华歆提升到了另一个档次。

听到这话，华歆怔了怔，看向忍俊不禁的门佑问道：“校花是什么，能吃吗？”

“能啊。我妈不是让我吃了你吗，要不先让我尝尝？”门佑恶作剧般的凑近她，做出想要咬她的动作。

华歆立马伸出手强硬地捂住了他的嘴巴，有些气急败坏地拧起眉头对他说：“别闹了。我要去找陆敏，你和你的小伙伴继续玩吧。”

“我的小伙伴是你啊。”门佑耍起了无赖，右手抓住了她捂上脸的手，没有想要放手的意思。“你的小伙伴不是我吗？”

“是你个大头鬼！”华歆不明白，为什么她总是被门佑弄得心慌意乱，俗称小鹿乱撞的愚蠢行为。“你不是今天有约会，那还不快去。跟着我做什么？”

门佑听到这话，忽然收敛了下，然后松开华歆说：“嗯，我差点忘了。不过那也是三个小时后的事情，你也一起去。”

“你约会我干吗一起去！”

结果，三个小时后，华歆随着人群拥挤在一个非常大的舞台前。因为是白天，华丽的灯光暂且派不上用场，但是随着一个乐团的入场，再华丽的装饰都成了他们的衬托物。

“哇！好帅，我要晕了！”

“啊啊啊啊，是门佑诶！”

没错，门佑没有同华歆一起在拥挤的人群中。他轻而易举地站上了整个游园会最绚丽耀眼的舞台，成了乐团里面负责架子鼓的乐手。

这点，华歆感到惊讶。她原以为门佑或许会是主唱，或许会是贝斯手，但没想到却是打架子鼓如此动感的乐器。想着，门佑给的惊喜应该远不止这些。

舞台上，随着主唱的动情地开嗓，整个音乐的轮廓便浮现在了人群中。是一首很轻快也很舒服的摇滚歌曲。华歆几乎没有听懂在唱什么，她全部的注意力都在打架子鼓的门佑身上，因为他手臂上的伤还没好。

明明不是她身上的痛，她却吓出了一头的冷汗。

等到演出结束，没有等来门佑的华歆却等到了终于回归的陆敏。见到她一脸兴奋的样子，华歆知道那个眉清目秀的小帅哥已经被她果断地抛弃，显然这个时候门佑的重要性已经大于全世界了。

“天哪，我们学校的门佑简直就是巨星啊！我这个铁粉居然不知道他还组乐团啊！真是天才，我爱死他了！”

华歆忍不住翻了个白眼，坐在校园的花坛边。她想，爱门佑的人一定多过鸿毛吧。

“我们一起去那边等篝火晚会，可以和帅哥一起跳舞！”陆敏刚刚高呼爱死门佑，这边立马又拽起华歆准备投奔到下一场艳遇中。果然，女人心海底针啊。

火被安全地点燃，有人已经围着火开始疯癫了。陆敏神经质一般的冲向同样癫狂的人群，围着圈圈跳着不知道是什么的舞蹈。

手心忽的温热，华歆本能地挣扎了下，然后抬头看见了不知从哪里窜出来的门佑。牵着自己的手准备也加入那个豪华阵容的篝火舞蹈大会。

“听说参加篝火晚会，跳的最好的有大奖送。”

“呵呵，我不会跳。”

“瞎跳是艺术，看不懂就赢了。”

对于门佑的说服，华歆差点笑喷。但是就像他说的那样，他们两个胡乱编造的夏威夷草裙舞居然拿到了篝火晚会的特等奖。

而特等奖就是，一只榨汁机。

第七章　隔窗风景

对于华歆而言，刚过去的周末是她至今为止最心动奇妙的愉快时光。只有她和门佑的时间就像是施了魔法般的甜蜜，没有隔阂。

但，魔法过了午夜十二点就失效了。

新的星期如期而至，华歆甚至已经忘了这周他们即将进行一次月考。所以当她知道体育课不能正常进行的时候，张大嘴巴讶异了许久，然后抱头低喊："我要拿什么拯救我的数学！"

"呵呵，谁让你周末和男神玩得那么起劲。他肯定在害你，要不然明明知道月考这等大事，还把你骗出去玩了那么久。"陆敏照着镜子，分析得有理有据。

华歆丧气地抽出数学书扔在桌面上，嘴里自顾自地叽里咕噜的半天又惊觉黑板上写着换座位几个大字。不免又烦躁了起来，她说："不能等到考完了再换？一般不是很爱用名次来决定座位的等级？"

陆敏摇晃着食指，"啧啧"了几声说："所以为了防止产生这种阶级性的心理，老师采用了迂回战术。先换位置，稳定军心，等到成绩出来，再做打算。"

"总结起来，就是不干掉一批在平均分上拉后腿的，老师是不会善罢甘休的。"华歆也开始眉飞色舞地说起了些有的没的。

可是她们不知道，此刻老师就在后门那里瞪着牛一样大的眼睛监视着趁空聊天不学习的学生。于是，中午换位置时，华歆和陆敏果断被楚河汉界。华歆从当中的后排位置换到了靠窗的座位，感觉空气都瞬间清新了起来。尽管以前的位置也能透过窗户看到外面的风景，但那仅仅只限于张望。

新同桌是一个非常严谨的四眼妹张洪笑，平时不怎么搭理人，也不怎么说话。全身心都投入到学习中，自然成绩也是数一数二的。有时候，华歆就不明白，自己学习的时间只有她的三分之一，可是她的成绩也不比张洪笑差多少。

虽然心里有些得意，但是华歆对于执着的人还是很敬佩的。正想着要怎么合适地开口打招呼，华歆明显感觉有人在看着她。于是，她抬头也张望了下教室，一眼就看见隔着三排座位的陆敏在冲自己招手。

“真是，还嬉皮笑脸。”华歆对此也只是笑笑，两个人虽然不是年级前十的尖子生，但是年级前三十还是非常有把握的。

陆敏朝她扮鬼脸，然后做了个加油的手势，之后就没再打扰过华歆。但华歆埋头整理座位的时候，仍旧感受到别人停留在她身上的目光。

是错觉，还是身边的张洪笑一直在用余光打量自己？冷不丁这么想，华歆打了个寒噤，吓了一跳。

“我看见你们了。”上课做着笔记时，张洪笑忽然没征兆地开口说了这么一句。

华歆立马寒毛直竖，紧张地瞧了瞧自己的周围，低声问：“什么，看见谁？”

“你和理科班的男生，在游园会上。”

没想到像她这样的乖学生也会在周末参加这样的活动，华歆虽然意外，但是仍旧分毫不差地抓住了她话里的重点。

“啊，你说的是门佑？”

“不熟的人没必要说出名字。”张洪笑很是淡然地解释，但是她越这么说越让华歆觉得这是欲盖弥彰。

华歆没有再接着说，因为她的话并不是没有道理。门佑谁都认识，可并不是谁都和他很熟，也并不是他和谁都很熟。只是，基本上所有的女生都巴不得和门佑很熟，比如那天的吴筱。

水龙头里的水开得太大，水花都溅到了衣服上。

“衣服都湿了。”

就算是课间休息十分钟也能每次都在上洗手间的时候碰上门佑，华歆每次都能不知所措甚至乱了手脚。听到旁边的门佑这么说，华歆伸手想要去关了水龙头，一双白净修长的手立马伸了过来。

“不好意思，我也要洗。”华歆侧过脸，有丝不悦。这不是那天的吴筱吗，敢情这是回头来找她碴了还是怎么的。不就是洗个手干吗一定要这么得瑟？

门佑站在一旁看见了，没有说什么，只是看着华歆悠悠地说道：“做题目的时候专心一点，老是转笔会分散注意力，而且容易把笔油划到衣服上。”

这个时候，华歆才慢慢地低头看到了胸前有一条一厘米长的圆珠笔油，顿时面红耳赤，推了门佑一把，难堪地辩驳：“要你管！转笔是为了发散思维，好不好？”

“嗯，思维发散太厉害，可能会把 3 + 3 算成 9 的。”

“……滚回你的理科班！”

等门佑悻悻地转身离开后，吴筱叫住了华歆，脸上的表情没有不友好，但是也没有半点显示出友好。她笑着说：“那天我说错了，男生好像因为你黑了点把你从校花的名单上撤掉了。那些男生也真是，没事选什么校花啊。”

华歆眯着眼打量着幸灾乐祸的吴筱，看着她反问道：“那你有提名为校花吗？”

“我才不稀罕什么校花呢，外在和内在是成反比的。”

真是死鸭子嘴硬。看着面露难色的吴筱，华歆叹了口气，继续问道：“那你是外在更胜一筹还是内在稍逊一筹？”

“我……”这个问题不好回答，吴筱自知搬起石头砸自己的脚，便气愤地拧上水龙头，转身就大步地走回到自己的教室。

华歆感觉到了自己身边的环境变得有些不一样了，而这些不一样统统都是门佑带来的负面效果。她明明在家和他说好了，在学校里不要随便和对方搭话。可这个门佑每次都把这句话抛到下水道里。真是欠揍。

回到教室，张洪笑在讲台上擦着黑板，面无表情。华歆走过去，拿起另外一块黑板擦帮她擦起了另外一半的板书。对此，张洪笑没有表露出任何感激的话语，吝啬的就连一个温和的表情都没有。

华歆也不在意，擦完后她到窗台那边拍着黑板擦上的粉尘。粉尘随风而去，然后她又感觉到自己被人注视，终于抬头望去，对面走廊上站着双手插裤袋的门佑。

她看不清他什么表情，但她总算知道究竟是谁在有事没事望着她了。

“从你搬过来开始，他有空就站在那里看着。”这是张洪笑和她擦肩而过时说的话，“或许更早的时候他就这样做了。”

“呵，我能理解为你在关心我吗？”华歆觉得有那么点好笑，其实她想说张洪笑看起来不像是个会多管闲事的人，而且她即便要选择关心的对象也一定不是她华歆。但是她完全相信张洪笑是善意的，她并没有如吴筱一般将厌恶写在脸上，当然也不会藏在心底。

张洪笑坐回位置上，始终没有朝对面望去一眼，但也没有再搭理华歆。她垂下眼的瞬间，华歆好像看到了她眼底写的东西，只是那个时候她无法理解得更加深刻。

不想被全世界都揣摩她和门佑的关系，华歆无奈之下第一次主动地发了条短信给门佑——“你再这样站走廊，身上会长蘑菇的。”

没一会儿，手机上就收到了门佑的回复——“那你会来把我采回家吗？”

“有病！”华歆低声咒骂着，心里却泛起了层层涟漪……呸，这个时候还泛什么涟漪！早就波涛汹涌、惊涛骇浪了好吗！

懒得继续纠缠，华歆将手机收起，调成静音，不再理会对面的白痴。脸上风平浪静，可只有华歆自己知道，心脏在无节操地迅速跳动着。

学校广播里到点就播放眼保健操，华歆每次都做得特别认真，尽管她知道她按的穴位一定不是正确的。但是通过心理暗示，她觉得她的视力都是靠着这个才傲然屹立在 2.5 上的。

很显然，同桌张洪笑已经丝毫不相信眼保健操的功能，因为她始终埋头解着数学中的函数题目。老实说，华歆就是输在了这上面。

她恨抛物线，犹如恨那些侵害女性利益的罪犯。所以她纵使不喜欢张洪笑这个女生，也会由衷地佩服她克服抛物线的毅力。

“函数有那么难吗？”晚上回到家，在书房做着各自作业的门佑和华歆自然而然地谈起了数学。门佑对于华歆的牢骚表示不解，于是有了这样的对话。

“难，非常难。我不明白做这样的题目意义在哪里。”

“我不明白的是，这样有标准答案的题目究竟难在了哪里。”

“我不明白你的不明白，有标准答案的题目不代表它解题的过程也是一对一的标准。不知道一题多解吗？”

“我明白你的不明白，可问题是关于函数，你会的解法有几样？”

“……”话题终止，华歆再次觉得自己没事找事，和一个学霸讨论数学题目难不难这不是纯粹找死吗？闷头看着数学书上的母题，只能祈祷在月考来临之际还能有所补救。

门佑很快将作业做好，拉过椅子坐在了她的旁边，单手托着侧脸，不动声色地看着她。

“……你看着我，我题目就更做不出来了。”华歆的笔尖艰难地停留在题目的空白处，瞟了眼门佑，又看了眼他的手臂，担心地问道：“消肿了吗？”

“我教你吧。”

“不要。”华歆一本正经地拒绝，“我会用自己的聪明才智征服函数的，你不要打扰我。没事了就早点休息，我明早要做值日，所以就不等你了。”

门佑倒也没有胡搅蛮缠，点头很是配合地起身，走出了书房。过了五分钟，他端着洗好的葡萄放到了华歆的桌上，说：“这题目复习你大概会看到很晚，饿了就吃点水果。如果真的不会，摘到另外的本子上，放在这里，我明天会帮你。”

“知道了。你快点去睡觉吧。”华歆脸一红，急着将门佑推出了书房。关上门，她才喘了口气，总算是能平静地做作业了。

华歆一直不知道，原来长得好看的男生还有阻挡她奋发向上的能力，这样不好，不好。

第八章　考场座位

次日，学校里就安排出了隔天月考的教室座位。因为只是月考，所以没有强制让学生将桌子里的课本全部清理掉，但是理科班与文科班交叉考试。也就是说，文科班的学生到理科班的教室考试。

一下子，教室里不管是学习好的还是差的都开始埋头苦读。华歆瞟了眼淡定地看着数学错题的张洪笑，本想开口问她能把第一次做错的题目重新做对的概率是多少。但转念一想，自己好像有些多管闲事。

昨晚做题目到 11：40，等华歆回房间睡觉，已经看不见门佑房间里的亮光了。自从她和门佑的关系变得不那么陌生，华歆就有种每时每刻都想和门佑在一起的错觉。即使是深夜了，她居然也想和他道个晚安。可是，如果他站在她的面前，她又是无论如何都说不出口的。相反，如果门佑主动道“晚安”，她没准还会回一个“神经病”。

“你不过去看看自己的座位在理科班的哪一个班吗?”在自顾自地遐想时，那个看似认真复习的女生再一次主动搭话了。

华歆托着下巴，懒懒地回答：“等下再去，现在那边的走廊已经人满为患了。”

这边刚回答完，陆敏就蹦跶过来了。死活要拉着华歆挤进那人头攒动的理科班门口，说什么可以和旁边坐着的同学串通一下如何可以获得准确答案。

“直接说想串通作弊不就完了，说得那么好听。”华歆一针见血地刺破了陆敏做的白日梦，随后还是出于姐妹的道德拿着自己的准考证陪着陆敏一起来到了理科班的走廊。

每次考试，陆敏的反应总是不同于其他大多数女生。她会很兴奋，没由来地兴奋。后来华歆总结出来了，陆敏纯粹是因为能看到各个班不认识的同学。她将来没准能成为外交官，因为她是自来熟。三两句就可以和别人成为朋友，当然和华歆的友谊是个例外。

征服华歆，陆敏用了整整一个学期的时间。

“你的准考证是多少？”一晃就来到门佑教室门口的陆敏对着站在人群外的华歆喊道：“快把准考证给我，我帮你看看。”

华歆站在外围，双手插进口袋里，犹豫了会儿把口袋里的准考证纸条拿了出来，伸长手臂费了好大劲才把纸条递给了陆敏。然后同身边好多女孩子一样，环顾了下教室的四周，没有发现门佑的身影。

“华歆你的位置在第二排的第五个，有点后面呢。传纸条方便了。”陆敏从人群中挤了出来，表情有些羡慕。“我就惨了，在你隔壁班的那个教室的第一个位置！坐我旁边的是一个叫吴筱的……”

哦，吴筱。华歆从陆敏那里拿回了准考证，根本就不在意自己究竟坐在哪里。反正到头来她还是要自己重新去看一遍。两个人正准备折回自己教室的时候，人群中的女生骚动了起来，感觉敏锐的陆敏一下子在原地拉住了华歆。

“是门佑，真想我坐的位置是他的。”

“美吧你，是不是想偷偷塞纸条？”

“嘿嘿，小点声。”

华歆听到了她们的窃窃私语，也确实看到了门佑从楼下老师办公室上来。脸上的表情永远是有礼貌充满魅力的微笑。站在走廊最边上的华歆莫名地转移视线，松开了陆敏，自己想要快速地离开这条完全属于门佑的走廊。

站在楼梯口的门佑一眼就看见了华歆，与之擦肩的瞬间，门佑不经意地伸手从她手里将准考证抽了过来。

“你干吗？”华歆低声抗议，但是没有想要在大庭广众之下动手抢回准考证。

门佑没有解释，自顾自地往自己的教室里走去。陆敏眼睛贼尖地看见了这亲密的一幕，于是不动声色地上前重新拉起华歆，蹦蹦跳跳地离开了那是非之地。

教室门口的女同学在近距离看到门佑之后也恋恋不舍地离开。门佑驻足在贴在教室门中央位置的那张座位表前，看了眼手中华歆的座位号。对了下后，目光停留在了自己某个同班同学的座位上。

回到自己教室的华歆整个情绪都躁动了，明天就考试了，这个门佑拿走自己的准考证做什么？万一弄丢了怎么办？

“喂，你和门佑的关系不一般吧？是不是上次砸篮球砸出感情来了？”陆敏这个人果然是心细如针，嘴角挂着一抹八卦的微笑，逼近愁眉苦脸的华歆。

“不。一般。”华歆站在自己座位上，望着对面门佑的教室，各种不安。

陆敏笑了笑，又继续说：“老实说，我好想看看你这么精明又乖巧的女生早恋的样子。会影响你的学习，还是会改变你略微冰山的性格？”

华歆撩了下长发，回头不解地无辜地睁着大眼睛看着陆敏问道：“唉，冰山美人什么的太抬举我了。”

“我只是说你性格冰山，谁说你美人了？”显然，陆敏没有招架住华歆突如其来的装美卖萌，只好扶额做失败状。“但是华歆说真的，为什么门佑要拿走你的准考证？”

华歆刚想开口解释，却见刚刚不在位置上的张洪笑不知道什么时候已经坐在了座位上。出于一种女人的直觉，华歆决定不理会陆敏的问题。“嗯，放学后你先走。今天我值日。”

琢磨了下华歆的表情，陆敏识相地点头说好。然后，朝永远埋头苦读的张洪笑嘟嘟嘴就走开了。华歆低声笑笑陆敏的幼稚行为，便也将目光收了回来，安静地坐回到位置上。

“你去看过座位了?”张洪笑永远冷不丁地会抛出一句话来，也丝毫不管华歆现在有没有空听她说话。从某一层面上来说，张洪笑是个以个人为中心的女孩子。

华歆从不计较，她认为这种方式可能是张洪笑的个人标签，有着识别作用。于是，也没有抬头看她，淡淡地回答了个“嗯”字。

“我和你同考场。”

“呵呵，我不需要传纸条。”华歆其实很不想理会这样的有意无意的信息，所以她已经很谦虚地将原本要说的那句“我不感兴趣”换成了如上的陈述句。

张洪笑向来淡定的表情，这会儿难得尴尬地蹙了蹙眉。挣扎了许久，又蠕动嘴唇，甚是艰难又假装平静地补充了句:“我坐的就是门佑的那张桌子。”

“原来你也喜欢门佑吗?”

然后，张洪笑紧张地抖了抖眉毛。之后，便再也没有和华歆搭过话。华歆也没有将这个隐晦的真相真正往心里去，毕竟有些人的喜欢被人说破就会面临崩溃。不过，能博得这么多女孩子的喜欢，门佑可真不简单啊。

下午放学，华歆真的一个人留下来最后整理桌子椅子。然后在黑板上写上明天要值日的同学，无可奈何又写到了张洪笑和陆敏。

陡然间瞥到教室门口悠然自得倚在门框上，好看得和画报里的模特都有的一比的门佑。华歆放下了手中的粉笔，回到桌位上拿起包走到了他的身边。“把准考证还给我。”

门佑笑着从包里拿出一包湿巾，抽出一张后，握住了她的手，细心轻柔地擦拭着她留在指腹上的粉笔灰，说道:“只是拿走准考证而已，有必要这么生气吗?”

在他帮忙着清洁手指的时候，华歆想过要抽离，可是他动作很温柔，那种不由自主地就被他管控住了所有的感官的感觉，很奇妙。

“我不是生气，而是奇怪你为什么要那么做。”华歆一直盯着自己的指尖，灼热的视线都不敢与门佑接触。

门佑确定华歆的手指干净后，同她一起关上教室的门，并肩从教学楼走下来。边走边说：“我也只是好奇你坐在我们教室的谁的座位上考试。”

“你可以直接问我，不需要拿走我的准考证。”

“万一你坐在倒数第一的位置上，考运会直线下降。”

“你可以不这么直接地诅咒我吗？”

“所以，明天感谢我吧。”

门佑说着望向华歆，抬起手臂有些情不自禁地想要搂住她的肩，可在动作进行到三分之一后，他停住了。折回手挠挠自己的后脑勺，佯装无事地笑了笑。

华歆不知道他想干什么，但是她看见了他想做什么。于是绵延起伏的心在这会儿有了些石沉大海的感觉。女生总是会对男生不经意间的动作感到心慌意乱，而男生总是会自以为是地补上一句“你想多了”。

“我想多了。”末了，华歆淡然地自言自语。

这句话，成了放学余晖下的句号。

隔天，小规模的月考浩浩荡荡地开始了。考试铃声响之前的半个小时，所有人都拿着考试必备用品往各自的考场移动。

当华歆坐到考场指定的位置时，瞟了眼隔壁邻桌的张洪笑，脸上的表情极其古怪。华歆怔忡，好奇地打开了此时坐着的座位的抽屉。结果，一眼就看见了里面搁置的纸条。

“考试加油。——门佑”

华歆看完纸条，立马将抽屉关了回去，心里各种诧异，各种惊喜。张洪笑坐的不是门佑的位置吗，为什么现在她坐的反而是门佑的座位？

猛然间，华歆想起了门佑昨天说的话。所谓的感激，原来是指这么回事。再回望张洪笑，华歆知道她表情为什么古怪了。

第九章 你很特别

面对突发状况，华歆只好自我安慰。且不论这是门佑刻意为之，还是临时调整的位置，当前重要的是将发下来的空白卷子填上高分的内容。在名字一栏上工整的写好自己的名字后，华歆忽然慌神了几秒钟。

铃——

“本场考试结束，请考生把试卷、答题纸、草稿纸都放在桌子上，等监考老师收卷确认后再离开……”

第一场语文结束后，时间就已经是中午 11：30 了。肚子饿得咕咕叫的陆敏早就等候在华歆教室门口，同她一起去吃午饭。

“快点啊，华歆！再不跑起来，食堂的队伍就排到辛辛那提啦！”陆敏火急火燎地拼命扯着她往前，满脑子都是午餐。

这样没心没肺的行为起初令华歆也很讶异，其他同学都在似有若无地对着答案，就算不对答案，也企图知道别人考得怎么样，但陆敏从来没有这样担心过。

“有时候，我都不知道你是真的不在意，还是假装不在意。”华歆这样说着，但这话说给谁听都不重要。因为，她自己或许也是这样的人。

然后，等她们马力全开进军到食堂时，状况就像陆敏最一开始说的那样，队伍已经排到辛辛那提了……

“我的错。”看着陆敏怨恨的双眼，华歆很是自觉地垂下眼帘道歉。阻拦一个吃货享受美食的时间，就等同于谋杀。“我去排队，你去找座位吧。”

陆敏听到这样赎罪的话满意地点点头说：“虽然我们家华歆有时候冷淡了点，但是关键时刻还是能放出来遛遛的。”

“我是狗吗请问？”华歆无语地白了她一眼，然后心甘情愿地排到队伍的最末端，叹了口气。按照前面那龟速，轮到她的时候估计陆敏已经饿死了。

“移动得真的好慢啊。”后面排着的一位男同学伸长脖子，有些憔悴地说。但是眼睛看着前面的华歆，这次对着她说：“同学，你介意让我插个队吗？”

华歆悠悠地回头，打量了下这个搭讪的男生，然后说道：“如果你说服前三个让你插队的话，顺便也帮我买一下，我也很想插队。”

男生露出了惊讶的表情，不仅是她的这番话，还有她漂亮可爱的样子。忽然间，游刃有余的搭讪成了结结巴巴的回答：“哦，我……呵呵，只是开个玩笑。不要介意，不要介意。”

“不介意。”华歆浅笑着摇头，然后又补充了句，“我是真的想插队。”

后面的男生愣了愣，想着如果可以他绝对肝脑涂地地帮她插队。可是，现在前面的基本上都是焦躁的男生还有三两个更焦躁的女生，万一出手绝对是死伤无数啊。

当然，华歆是个守纪律的好学生。插队这等事情，她也实在是做不出来，无奈那边早已等候的陆敏已经差不多要油尽灯枯了。队伍慢悠悠地向前，华歆口袋里的手机震动了下，还没来得及拿出来看，自己的手臂就被某个人给抓住了。

“嗯？”华歆一抬头就看见门佑略微纠结地看着她，然后她试着动了动自己的手臂，无果。“你想插队？”

门佑看了她一眼，笑着说：“你昨天吵着闹着要吃的黄花菜我已经买好了，再不去吃要凉了。”

华歆不由得脸一阵红，但是不由得她解释什么，门佑已经将她拉出了队伍。不过，即便华歆想要解释，她也不知道该解释给谁听。

“哟，回来啦？”看着终于被门佑带回来的华歆，陆敏笑得腻腻地说道。

手臂上被握着的温存感让华歆非常难为情，她不知道门佑为什么要说那样令人误会的话，也不知道他为什么总喜欢对自己“毛手毛脚”的。华歆也没有想过，如果换作别的男生对她这样，她会做出什么反应。

“胡扯什么黄花菜。”扫了眼桌子上还算丰富的菜肴，华歆嘟囔了一句。然后看向陆敏，这才反应过来拿出手机看了看那时候的短信。果然，“发这种‘他过来了’的短信有几个意思啊你？”

陆敏知道最终矛头一定会指向她，于是笑着向门佑求助。“求帮忙说几句好话呗，要不然我回去会被她活埋的。”

门佑站在桌子旁边，并没有一起坐下。歪着头看着红着脸表情也很纠结的华歆说：“这算是我对那瓶可乐的回报了。下午好好考试。”虽然有些意犹未尽，但是说完门佑就走向了另外一桌，同他自己班的男生一起吃饭了。

“诶，这不是没有帮我说好话吗？”陆敏沮丧地看向那不远处吃着饭的门佑，有些后怕又非常八卦地对华歆说：“男神每说一句话都是看着你的，借着还可乐的好意想要讨好你吧。要不然这成天有人送他这个那个的，他还不亏死！”

“吃你的饭吧。”华歆很尴尬，也很感激。她想象门佑或许看见自己处在水深火热的队伍中，所以自作主张地为她们点了几样色香味俱全的菜，以节省她们的时间。不过，门佑应该不知道自己喜欢吃什么。

但是，每一样菜她都觉得格外美味。

下午的数学，华歆考得还算顺利，于是第一天很是太平地度过了。等到放学回家，在校门口有意无意地等着门佑时，同桌张洪笑面无表情地走到她身边停下，眼睛不看她，也不和她说话，似乎眺望远方在想些事情。停留了一分钟后，张洪笑若无其事地走了。而与此同时，门佑从教学楼走了出来，走向她。

“看谁呢？”门佑见她发呆，便弯下腰也顺着她的视线过去，放眼望去都是同学，他也不确定她在看谁。

华歆收回视线，看着他说：“一个奇怪的人。”

说着，两个人并肩地走到街的对面去坐公交车。没怎么掩人耳目，就这么大大方方的一起走。

“你也很奇怪啊。”听到华歆这么说，门佑笑着看向她。

正巧，5分钟一趟的公交车停在了站牌下。门佑走在后面，华歆走在前面，用公交卡刷了两个人的车费。走到倒数第二排两个人的位置，华歆往靠窗的位置坐下，门佑坐在了过道边的位置上。

“为什么我很奇怪？”没有放过那个时候的话，华歆打开车窗后随即问道。

门佑愣了愣，明明是自己说的话，但对方要求解释的时候，却发现难以成句。沉默了一会儿才说：“也不是奇怪。确切地说，是很特别。”

这回轮到华歆字不成句了，只是琢磨着他话里“特别”二字。有太多人都希望自己是独一无二的存在，可这个世上根本就没有这样的存在。所以，听到“特别”就好像是在形容自己是“独一无二”的。

“把3的平方算成6难道不是一件很奇葩、很与众不同的事情吗？”

又是3的平方。华歆真是觉得够了，索性望向窗外，说：“你准备拿这件事调侃我多久？犯这样的错误是应该被原谅的。”

门佑边听她说话边点头表示认同，随后从包里拿出一根棒棒糖递给她，说：“对不起。”

华歆怔忡着接过棒棒糖，诧异地问道：“你买的吗？”

“不是。因为指出了数学卷子上的一处常识性错误，老师奖励的。”门佑说得很平常，语气里根本没有那种骄傲。

这个解释，害得华歆差点就将棒棒糖从窗户上扔了出去。这个门佑，真的是在挑战她的忍耐极限。

“骗你的。老师就算要奖励也是奖励我额外的分数，棒棒糖是去超市买了饮料，店老板说没零钱，硬塞给我的。”

额外的分数……噗，华歆一口老血就喷了出来。他简简单单地指出一个老师的错误就得到了额外的分数，像她们一道证明题写了大半才只拿到一两分啊！真是太恨这种天生的不公平了，智商什么的最讨厌了。

这个时候公交车停下，上来了一个母亲，怀里抱着一个三四月大的孩子，脚边还跟着一个5岁大的孩子。此时，公交车上已经人满为患，司机拼命叫乘客往里挤。越过很多障碍，这个辛苦的母亲挤到了华歆和门佑的座位旁。

“阿姨，你坐。”门佑想也没想就拎着包站了起来，扶着上头的吊环。

阿姨很是感激地坐下，然后看了眼身边的华歆，有丝内疚地对门佑说：“不好意思啊，要让你的女朋友和我的孩子挤挤了。”

门佑听到这话，看着不知道说什么好的华歆，笑得很诡秘。

“没事，让你孩子坐吧。我们下一站就要到了。”华歆坐立难安，干脆也起身将位置让给了那个5岁的孩子。

华歆站起身走出去的时候，手自然地握住了门佑伸过来帮忙的手，然后扶着他的手臂稳稳地站在了他的旁边。因为个子的问题，华歆只好扶着前面座位没有接触到乘客的后背部分。车子开得不稳，重心的缘故，华歆紧绷着腿上的神经都快抽过去了。

“扶着我好了。”门佑看不下去，对着僵硬着身子死撑的华歆说。

华歆咬咬牙，摇着头说：“不用了。物理上说放低重心就可以了……啊！”

话没说完，司机在红绿灯口一个急刹车。因为惯性，向前倒的华歆低喊一声后就被不动如山的门佑一把拦腰抱回，脸正好撞在他的胸口。

“想死啊，横穿马路，那么大的红灯看不见啊！”司机骂骂咧咧地重新启动着车子往前进，车上的乘客也自管自事，摆弄着手机刷着微博或是听着歌。还有的，在安抚着哭个不停的小孩。

“痛。”不仅脑袋痛，更严重的是鼻梁骨。华歆的鼻子结结实实地撞到了门佑坚硬的胸骨上，顿时酸痛的感觉直达天灵盖。

门佑单手抓着她的手臂，想要看看她是否安好。“没事吧？”

“嗯。”华歆捂着鼻子，眼泪都掉出来了啊。没事把胸脯肉都练得这么结实干什么？

一边天真无邪的小孩看见后，拉拉妈妈的衣角对妈妈说：“姐姐哭了，为什么哭啊？”

“姐姐只是太疼了。”

“那妈妈帮她吹吹不就不疼了？”

“呵呵，姐姐有大哥哥啊。”

打败天真的是无邪，没错就是无邪。天真的华歆在听到这样的话后，哭得那个泣不成声啊。被 5 岁的小孩子赤裸裸地调戏了啊有没有！就连周围的乘客都笑得那个暧昧啊，透露出来的眼神就是“快让大哥哥赶紧给姐姐吹吹气”。

然后天真的门佑很是认真地抓着她捂住鼻子的手，凑近她真的轻轻地吹了口气，单手擦拭着她忍不住流下来的泪水，轻笑道：“民间秘方应该有疗效。”

扑哧一下，华歆破涕为笑，聚集在眼角的泪水也因为笑而又流了下来。她红着脸，推了门佑一下，低声道：“有病。”

门佑见状，松了口气，但是也有点不好意思地朝座位上的那个阿姨笑笑，说：“谢谢阿姨啊。”

阿姨一边安抚着怀里的孩子一边说：“可不是。阿姨是过来人，哄女朋友就像哄小孩一样。你们这么小还都是学生吧？在一起可要好好学习啊。”

这是委婉的告诫他们不要早恋吗？华歆有些羞愧地掐了下门佑的手臂，示意他不要乱说话。可门佑皱了下眉后，又微笑着说：“阿姨，我们一定会努力考上好大学的。”

华歆哑然，望着静定自若的门佑有一种想要从车窗户跳下去的冲动。

然后，下一站到了。

第十章 联谊生疑

第二天，月考最后几门英语和政史地也完美收官。华歆尤其还记得自己从那张本不该是门佑的桌子前起身离开时，撞见张洪笑面色凝重的样子。背后一凉，华歆加快了离开的脚步。“我总觉得张洪笑这个人怪怪的，说不出什么感受。”考完试已经是下午3点了，和陆敏一起到楼下小卖部买饮料的华歆心有余悸地说着。

没想到陆敏也深有同感地使劲点点头，说：“我初中和她是同一个学校的，大家都传言她是个有怪癖的女孩子。长得虽然不怎么样，但是好像总会被说抢别人的男朋友。”

“初中就抢男朋友，是不是夸张了点?”说真的，华歆觉得应该将“夸张”换作“早熟”。她可是一直到快进入初三了才来初潮，所以情窦初开什么的在她身上根本就还没有发生过。

“应该是很奇怪。”对此，陆敏纠正道：“我是反正没亲眼看到过她抢别人的男朋友，所以也就当作八卦听听。所以没火的地方不会有烟，肯定是含有真实的成分的。”

华歆抿抿干燥的嘴唇，想着张洪笑即便再喜欢门佑，也应该不会拿她这个无关紧要的人“开刀”。但是，她和门佑之间的联系可能确实让张洪笑看在了眼里。

因为考试浪潮刚结束，楼下小卖部也遇上体育课结束时的火爆时机。这个时刻，华歆忍不住悄悄环视周围，假装不经意地搜寻着某个人的身影，尽管一无所获。但陆敏还是一如既往地奋勇挤进人群中。

“同学？”

耳边传来似曾相识的声音，华歆站在人口流动频繁的店门口扭头看见了昨天在食堂见过的那个男生。因为是下午，落日余晖的作用，现在看这男生有了那么点的不一样。

华歆想起后淡然地打了个招呼：“哦，是你。”

“呵呵，你还记得我啊。”男生略微不好意思地笑笑，然后看向她说：“我叫余西，是高三（7）班的。”

7 班的？那就是门佑隔壁班的男生了，想到这里华歆对这个余西有了点好感。也自我介绍道：“华歆，是（13）班的。”

余西在听到这个名字后怔了怔，顿时想起在前不久理科班男生自发的投票选最强校花的时候，他因为没有见过华歆，所以轻而易举地将她从自己的名单上剔除。现在见到了庐山真面目后，对自己那个时候鲁莽不理智的决定感到了一百分的懊悔。

“呵呵，那我们就算认识了。”余西赶忙将自己惭愧的表情敛于眼底，转换话题说：“对了。我们有个聚会，你来吗？可以带上自己的朋友。”

“月考结束的欢乐会？”

“差不多。也有好多女生的，就当交朋友。放学的时候我来找你。”余西生怕华歆拒绝，话里补充了“也有好多女生”这样的信息。

华歆低笑道：“你这是联谊会吧，那么多女生。”

“没有没有，绝对没有。”余西还是个害羞的大男孩，遇到尴尬的问题只知道低头傻笑。长得虽然没有门佑那般精致帅气但浓眉大眼的，小麦色的皮肤让他看起来特别的健康。

有时候华歆纳闷，为什么门佑身上好像鲜有同龄男生的那种幼稚，还有一种奇怪的距离感，但或许就是这种距离感令女生对他无法自拔。

“什么联谊?”正说着，陆敏像只兔子一样地窜了出来，睁着大眼睛，饶有兴味地等待着他们的回答。

余西见又来了个女生，极力推荐道：“是我们组织的一次聚会，有好吃的好玩的，就是认识认识新朋友。”

“去！这么赤裸裸的联谊会太适合我了!”

就知道陆敏会答应，华歆也只好无奈地说：“嗯，我们去。不过不能待到太晚。”

余西见此，立马兴奋了起来。拍着胸脯打包票说：“太晚了，我会负责把你们送回家的。”说完，高兴地跑向了理科班的教学楼。

陆敏将手里的一个面包塞给了华歆，然后和她一起手挽手走向教学楼的楼梯，边走边说：“这个男生不就是那天和你搭讪的吗，蛮可爱的啊。”

“都是一个学校的同学，‘搭讪’这个词不太适合。”华歆想了想后，认真地给出了另外一个词。“‘交流’比较贴切。”

“别整那一套官方的啊。”陆敏毫不留情地撕破华歆的文艺范儿的脸皮，猛然间又想起什么似的问：“要是门佑也参加了你怎么办?”

门佑吗？华歆不知道，按理门佑应该不会参加吧。说到这个，放学后不和他一起回家应该提前跟他打个招呼，免得他担心。想着就拿出手机，编辑了一条短信发送了出去。

发完短信后，华歆一本正经地对陆敏说：“我可告诉你，到时候别看见帅哥就把我晾一边忘记收，我可是拍拍屁股就会走人的。”

陆敏立马讨好地挨到华歆的身上，撒娇道：“哎哟，人家哪有这样重色轻友啊。就算有，也只有一丢丢！放心，我这次一定坐怀不乱!”

你那一丢丢就足以把我忘到西边去了。华歆嘴上不说，但是心里已经开始吐槽了。

结果一直到放学，华歆都没有收到门佑的短信。不知怎么地，心里隐隐地焦躁起来。手机看了又看，愣是没有一条信息，就连 10086 此刻都忙着没有理她。

“走咯。”陆敏拎着包来找华歆，“余西在门口等我们呢。”

“哦。”华歆不得不收起手机，也拎着包同陆敏一起来到了教室外，看见了门外笑得很灿烂又很可爱的余西。华歆故装平静地问道：“都有哪些人参加啊？”

余西和她们边走边说：“我们班的几个男生，可能还有其他班的。具体我不知道，我只负责邀请女生。”

“哟，这么说来。余西的异性缘是最好的啊。”陆敏拿着他开玩笑，笑着又挽住了华歆的手臂说：“仔细看看，余西也是个帅哥。”

果然，脸皮薄的余西又脸红了。他憨憨地笑着说：“没有啦。我只是负责把他们给我的名单上的女生邀请来。你们是我真的想邀请的女生。”

“诶，开个玩笑，不要那么认真嘛。”陆敏听出余西话里的意思，赶忙换了个语气，扯扯华歆说：“到时候不能败给其他女生。”

华歆想笑着点头说好，可是脑海里全都是“为什么门佑没有回我信息”。想着想着，直接把陆敏的话给过滤掉了。

走到校门口，三个人一起坐上了 2 路的公交车。以为会去什么奇怪的娱乐场所，但还好是到了一个中心幼儿园里。这个幼儿园是省三级幼儿园，规模都比较大。华歆这才记起，自己曾经也是这个幼儿园的学生，只不过建筑物翻修得比以前更加上档次了。

下了车之后，余西解释说：“这幼儿园是同学的舅妈开的，这里面还有多媒体教室。硬件设施都比较齐全，可以唱 K、玩乐，空间都比较充足。所以，在保证不损坏所有设施的前提下求了个情借来玩一个晚上。”

华歆和陆敏不约而同地点点头，相继走进了幼儿园内的多媒体教室。说是多媒体教室，里面的座位都是软垫的。看起来像是什么音乐中心啊，果然高端洋气。

“余西，你怎么这么慢啊！”灯光打着的舞台上，有个胖胖的男生见余西来了，大声地喊着：“这个音响怎么弄啊？”

余西听闻，赶忙对华歆她们说：“你们随便坐着吃点水果，我过去帮个忙。”

“嗯，好。”

陆敏自然是闲不住，刚坐下就东张西望。发现确实有好几个男生和女生，但大多数都不认识。“那个好像是吴筱诶，考试的时候试卷捂得可严实了。真是的，我都不稀罕看她的试卷，回回考试分数还没我高呢。”

诶，真的是冤家路窄。华歆想着，然后也顺着看了过去。忽然，目光都颤了一颤。站在吴筱旁边忙着试音的男生不就是门佑吗？为什么不回短信……明明也来到这里了，为什么不和她说一声？

正想着，门佑也转过头正巧和她对视。华歆蹙眉，看了眼便转过头，没有与他进行交流。但是，陆敏却这才发现了门佑，兴奋地摇着华歆的手臂说：“门佑真的来了诶，在那边！靠，那个吴筱干吗离我家男神这么近！”

真是受不了！华歆眼神一敛，拉起陆敏站起身说：“我们去帮帮余西好了，这么坐着怪难受的。来玩也要出份力啊。”

陆敏本想冲过去离间了吴筱和门佑，但是被华歆拉着只好作罢。那边舞台上见华歆上来的余西，忙走到台前问：“怎么了？”

“过来看看有什么能帮忙的。”华歆笑着回答，余光不由自主地飘向那边腻歪得起劲的吴筱和门佑。如果可以，真的想和陆敏一样过去撒泼。可是撒泼也是要有合理的身份的，目前来说华歆没有，陆敏也没有。

呵，真的是同在一个屋檐下住着就以为自己和他之间多了一种别人无法触及的关系，想想大概是自作多情了。莫名的拧起气急败坏眉头的华歆又无视了余西接下来的话。

等华歆回过神，手里已经接过余西递过来的麦克风，略有点诧异地问：“呃，让我唱歌？我只会一首《小苹果》，而且只有高潮部分。”

“呵呵，没有。你这样拿着话筒好像主持人。”余西不像是开玩笑地说着真话，视线落在华歆清亮的眼眸上。

华歆也笑了，对着话筒“喂”了声，笑容清冽，说：“好像声音出来的效果也不错。”

余西点点头。这时候，门佑从另外一边上到舞台上来，拿过华歆的话筒，指尖碰到了她微凉的手背，怔了怔后也“喂”了声后对余西说：“好像有杂音，是不是那边电线没有插好。等会说话会发出那种‘哔——’的声音。”

“哦，说的是。那我过去看看。”余西很是单纯，果断地抽身到了后台倒腾着繁多的电线。

华歆本有点好转的心情刹那间又被他整到湖底，门佑没有和她说话，只是不动声色地看了她一眼，然后拿着话筒走开了。

“我有点晕，气得有点头晕。”华歆憔悴地扶额，自顾自地走到台下，坐在最边上的位置，再也没心思想什么联谊会了，她就想怎么能早点回家。

第十一章 和解游戏

重新走到观众席位上坐下的华歆无所事事地拿出手机刷起了微博，一条又一条。尽是女同学们的各种自拍，平常的时候，华歆都会嗤之以鼻地笑笑。但是，这个时候，她没有嘲笑，也发了条微博。

——“这么近，那么远。”

发送成功之后，华歆呆愣了几秒，果断将这矫情的状态秒删了。然后无奈，居然做了令她自己都看不起的自怨自艾的行为。

过不了多久，整个活动现场就布置得像模像样，余西和陆敏也走过来分别坐在了华歆的左右。那个胖胖的男同学非常有综艺范地拿着话筒站在舞台中央，轻咳一声说：“各位同学们，大家平常都看过很多综艺节目是不是？”

“是！”异口同声地回答，除了发愣的华歆。

“OK，所以接下来我们玩的游戏就是世上最强大的老鹰捉小鸡的游戏！一共 10 个人，分成两队，一对是老鹰队，另外一对则是小鸡仔队。一次时间限制为半小时。小鸡仔队不仅要面对老鹰队恐怖的追击，还要完成另外的使命。半个小时内，小鸡仔队只要有一个人活下来并且完成了任务就算成功，反之则失败。”

华歆听不怎么明白，但是看到陆敏非常感兴趣的模样，还是忍住没有发问。眼睛瞟向了就坐在自己前方的门佑的后脑勺，如果可以，现在真的很想拿平底锅把他从这里打飞。

然后不知道是心电感应还是彼此有了点默契，门佑忽然回过头看着她，虽然笑着，但华歆明显感觉到笑里藏刀。于是，拙劣地避开了视线。

“这个是一方面。老鹰队还可以将自己想要捉到的对象的名字写在纸条上，如果最后捉到的对象和自己写的一致，还有神秘大奖。”

胖胖同学好像被民国 MC 给附身了，口若悬河的。看来，“人不可貌相海水不可斗量”这句话还是硬道理。

“我要成为老鹰队，我要抓到门佑！”陆敏完全兴奋了，双手握着小粉拳，拼命扼制住自己想要爆发的小宇宙。

余西也被逗乐了，看着华歆问道：“要是你被追击，你希望被谁捉住？”

这么突兀的一个问题。华歆默然地盯着前面门佑的后脑勺，略微咬牙切齿地说：“最好我是老鹰，追到那个人就把他浸猪笼。”

“呵，这有点狠吧。”余西有些退缩地往后靠靠。

邀请来的其他同学也非常有干劲，平时在电视里看着那些人闹腾很是欢乐，老早就想尝试了。这也是这次聚会的目的，或许更有可能是因为即将迎来的国庆。

“那么接下来我公布下各队名单……”

陆敏如愿成了老鹰者，可是她永远无法捉到门佑，因为门佑也是头号老鹰。而华歆就有些事与愿违地成了小鸡仔。她讨厌跑步，更讨厌被跑步的人撞飞。这件高一的糗事，她到现在都不敢回头看，也至今不知道究竟是谁撞了她。

“我们是队友诶。”就余西好像没有什么特别的损失，和华歆一起逃亡这个结果倒还是让他受宠若惊。“到时候我们一定要团结，没准其他小鸡仔也会卖友求荣的啊。”

华歆因为没有看过类似的综艺节目，对余西便相当的信任。她点点头说：“到时候你掩护我，我去找东西。因为我跑不动。”

"嗯，一定要成功。"

再望向已经自发抱团在一起的陆敏、门佑、吴筱还有其他人，正千方百计地想要一个都不剩的将小鸡仔们揽入手下。尤其是门佑，自然而然地成了统帅，分析战略。

华歆有些无语，不就是一个游戏嘛，一个个都这么认真，难道那份神秘大礼真的够神秘、够大吗？可结果到了胖胖同学哨声一响，围绕在多媒体中心的追逐游戏拉开序幕，华歆迈开脚步的刹那下定了决心，这必须得赢啊！

余西和华歆根据手中多媒体中心各楼层的分布图，首先来到了第三层。那里藏有胖胖同学说的宝藏，可究竟是不是宝藏谁都很难说。

"究竟宝藏里藏的是些什么东西啊？"华歆在寻找的过程中也产生了兴趣。这第三层是摆放着一些小型乐器，华歆小的时候还学了几年古筝，虽然有基础在，但还是荒废了不少。

余西一个男生显然对乐器不怎么感兴趣，一个劲儿地埋头东翻翻西找找，找着找着忽然听见了老鹰们嘴上吹得哨子声正在非常恐怖地逼近。那一刻余西的心毫不夸张地提到了嗓子眼，这简直是在拍惊悚片啊。

于是他一把拉过暴露在视线内的华歆躲在一个角落里，悄声说道："我当诱饵先引开他们，你再找找，肯定有什么东西的。"

"啊？那，那你可千万要小心啊。"华歆本来还想多说几句的，可浑身细胞全部都集中在越来越迫近的脚步声上。

余西起身，抱着一副"壮士一去不复返"的壮哉精神哗的一下就冲出去了。

"喂！站住！哈哈哈，余西，姑奶奶我找到你了！"原来是陆敏，她夸张的咆哮声顿时充斥了三楼层整个空间。

华歆在暗处一直捂着自己的嘴巴，忍住没叫出来。陆敏虽然不胖，但为什么她追过来的时候感觉到天花板都震了一震？

等到风声一过，华歆大胆地走了出来，在橱窗以及挂在墙上的画上仔细地寻找了起来。寻找的过程中，双手恋恋不舍地抚摸着那些乐器，然后停留在了一架钢琴上。

她忽然间想起，东西会不会藏在钢琴里？

华歆环顾了下四周，没有发现敌情，果断摸索起了钢琴。最后，居然在钢琴下面的空格中发现了一个一张纸！她心里一阵窃喜，打开来一看竟是简单的一句话，那上面写着“门佑就是神秘大礼”。

“门佑和神秘大礼是什么关系？”华歆得知这一大秘密，更加不安了。她搞不清门佑这个人就是所谓的大礼呢还是抓住门佑就能得到大礼。如果这大礼横竖都和门佑有关系，那她还真的不能袖手旁观了呢。

华歆忽然间警惕了起来，收起纸条准备朝下一个目的地前进，走到三楼仓库门口的时候，忽然暗中有人从身后捂住了她的嘴，搂着她的腰将她拖进了黑暗中。

仓库门就这样被关上，反锁了。

伸手不见五指的房间，华歆惊得不敢喘气。想着该不是遇见躲在幼儿园里的变态了吧，天哪，玩个游戏而已可别丢了节操又丢了性命。

“你答应不喊、不打人，我就松开你。”

耳边拂过气息，那气息很熟悉，就连声音都熟得不能再熟了。华歆顿时觉得自己靠着他的身子变得麻酥酥的，有着双手抚摸晒着太阳的被子的感觉。虽然这样子形容稍显恶心肉麻，但那是华歆独特的感觉。她抚摸被子的时候，双手会产生一种不真实的触感，好像悬空的身子从万丈高空中坠落一般……

她发不出声，唯有乖乖点头。待身后的人松开她的瞬间，华歆立马回身抬腿就准确无误地踹了对方一脚。

“嗷，说好不打人的！”男生吃痛的压低声音抗议着。

华歆觉得很无理取闹，对着只能感应到存在而看不清的人说：“这样了都不打你，你真以为我好欺负啊？”

“对不起。”隔了一会儿，门佑开口说道。

今天发生的所有事都有些突如其来，就连一个道歉都觉得莫名其妙。此刻华歆的心里很矛盾，听到主动的“对不起”觉得软软的，但是又觉得这道歉就像是一只手攥紧了她的心脏，让她没得选择。

“你这道歉不会是为了下一秒将我活捉而说的吧？”她笑着说得很轻松。

“为了没有告诉你我今晚的动向以及没能回你短信。”门佑认真地说着，虽然看不清表情，但是语气足够可以令人感觉到真诚。

华歆的目光瞬间柔和了起来，可能是因为门佑在意了她在意的东西，也可能是因为她焦急生气得到了一个解释和安慰。总之，心情畅快了。

“你不需要为了这个向我道歉。”华歆忍住了心底涌上来的感动，硬是冷冰冰地说：“我只是为了不让你和阿姨担心，所以发短信告诉你。你只要看见了，回不回我都无所谓。”

“你一个女孩子被只见过一次的男生邀请参加聚会，半夜三更回不了家这样可以无所谓？为了不让我担心，发条短信就够了吗？你起码得打个电话问问我的意见。”

“那我要是打了电话问了你意见，你怎么说呢？”头一次听见门佑气急败坏的声音，这让华歆有些受宠若惊。但仍旧保留着矜持，退了一万步反问。

“那肯定不同意啊。”门佑回答得斩钉截铁。

门佑的这种反应与平常形成了强烈的反差，让华歆心里暗爽。忍住心底想要知道的另一个答案，再次反问：“你怎么知道是余西邀请我，你在监视我？”

“这种事需要监视吗，一个不经意就看见了。”门佑说这话的时候有些死鸭子嘴硬，但是他心底更加排斥华歆自然地叫着对方男生的名字。

急转而下的语气像是一盆冷水哗的从华歆头顶泼下，于是华歆二话不说转身就握住了门把准备开门继续游戏。就在这时，门佑拉住了她的手臂，终于妥协地叹了口气说：“我是担心你，下次能不能打个电话？”

门佑抓着她的手臂的有些用劲，华歆才觉得自己没有在做梦。他在担心她，这份心情她感受得很真切。

“诶，华歆去哪了？华歆！出来吧，余西已经被干掉了！缴枪投降才是你的出路啊，快点出来，饶你不死，否则我就把门佑衣服扒了啊！”

门外头，华歆听到陆敏乱七八糟的瞎嚷嚷，更加脸红了。急忙对门佑说：“快松开我，你可是我的敌人！”

“哦，现在才反应过来自己是小鸡仔吗？”

“什么？”猛然间感觉头顶一阵凉意，华歆才惊觉这是个赤裸裸的阴谋！

门佑手一用力将华歆搂进怀里，紧紧地不让她逃跑，而后，腾出手打开了门，对着陆敏喊道：“我已经抓住华歆了。你赶紧去别的楼层吧！”

一喊，陆敏唰地冲过来，然后看见两个人不顾场合地搂在一起，急忙装害羞的捂脸说：“哎呀，你们真是。钻了玩游戏的空子玩起了过家家！”

“我不是……”华歆话音未落，门佑利落地拿出怀里的印章在她手背上印了一个“败”字，真是耻辱。这该死的美男计真的是把她害惨了！

“那我先去别的楼层找，男神你慢慢享用华歆。”陆敏兔子一样的逃开了。

门佑笑着松开了华歆，这会儿却一脸抱歉地说：“对不起，我现在要把你手里的秘密也一起拿走了。”

“我不给！”华歆想着反正出局了，倒不如拖着门佑不让他行动。于是将拳头攥得更紧，整个人蹲了下来。“你这个骗子，我以后都不要相信你的话了！”

门佑忍俊不禁，也蹲下身来和她平视说：“那你介不介意我在这里把你扑倒，然后慢慢享用呢……”

“拿走拿走！马上消失！”华歆顿时毛骨悚然，直接将秘密拱手让给了门佑，自己则无力地瘫坐在地上，脸颊越发的滚烫。

门佑满意地拾起秘密，看了一眼后，眉开眼笑。伸手拉起华歆道：“地板上凉。接下来你就好好休息，补充点体力。”

接下来的接下来，华歆在休息不到 15 分钟后，门佑满头大汗，但是脸上带着无与伦比的胜利喜悦回到了被淘汰的人群中。

胖胖同学站在舞台中央，拿着话筒热泪盈眶，激动地宣布道：“这场胜利是属于我们学校首屈一指的头脑天才门佑！他不仅攻破了我绞尽脑汁设计出来的秘密，还保住了自己的秘密。其实失败的你们都错过了好时机啊。我让你们找的宝藏都是有关门佑的高级机密，得到任何一个都很有可能上头版头条的，真是可惜了……不过门佑也得到了神秘大奖，因为只有他抓住了想要抓住的对象。那么这个奖品就是——当当当，一张超市的贵宾卡！恭喜！”

华歆听完之后才恍然大悟，难怪门佑如此拼命，原来宝藏就是他的各种“英雄事迹”。真是，又后悔了。早知道就一个一个找到，然后摧毁他！诶，等等，那么他想亲手抓到的对象是谁？虽然她自己也是被他抓住的……

“怎么，又生气了？”门佑从恭喜声中走出来，挨到她的身边，略微讨好地说：“虽然是个游戏，但是拿我的私事当筹码，再无聊的游戏我也得认真啊。”

“想要我不生气么？”

“呵呵，嗯。”

“那你告诉我，当作宝藏的私事究竟是什么。”

“……”

第十二章 西瓜电影

早上醒来，裸露在毯子外的小腿感到飕飕的凉。华歆拉拉毯子，翻了个身继续睡着，但是 20 分钟后，睡眼惺忪的她和门佑出现在了附近的一家大型超市里。

华歆穿着松松垮垮的针织开衫衣，揉揉自己的眼睛，俨然就是猫咪慵懒的样子。她跟在门佑身后，看着他推着购物车认真地寻找着手上清单上的东西，华歆小跑着跟上前与他并肩，奇怪地问："为什么我要和你来超市？"

门佑略微惊讶地扭头看向华歆，随后笑着揉揉她的发说："昨晚不是你吵着闹着要吃西瓜吗，所以今天来买啊。"

"胡说。"华歆拉拉垂下来的衣袖，撩了下耳边的发丝，拿过门佑手中的购物清单，仔细阅了一遍后才隐隐约约地回想起来，难为情到不敢直视他的眼睛，慢悠悠地说："我昨晚那是开玩笑的，干吗当真？"

唉，真是的。昨晚游戏结束后，门佑怎么都不肯把那些当作宝藏的秘密说出来给她听，就连单独说给她听都拒绝。一气之下，华歆同胖胖同学他们畅饮了一整箱啤酒。这对于一个高中生来说，确实是有点过了。

而华歆是一个女孩子，不胜酒力却好生逞强，活生生地醉倒在门佑的怀里，还一直不肯让门佑送她回家，一路上把门佑折腾得够呛。为了哄华歆乖乖的和自己回家，滴酒未沾的门佑问她如何才能赎罪，结果华歆一口气列举出了好几十样要吃的东西……

“哦，看来酒劲应该过了。”门佑见她无地自容的神情，微微一笑如此说道，“反正小胖给了张贵宾卡，刷爆了就可以。”

华歆再次将垂下的长发收拢到耳后，万分抱歉地说：“车子我来推吧，我其实不爱吃这么多零食。你自己想吃什么就买什么，不用管我。”

“没有你，这贵宾卡也不会奖给我啊。”门佑重新拿过购物清单，一手推着车，一手拉过了华歆的手。“接下来是你说痛经的时候要吃的巧克力……”

“啊啊啊啊……不说出来会死吗?!”华歆面红耳赤地抬手拍打着门佑的手臂，所谓高高举起，轻轻落下就是这么回事。因为力的作用是相互的，可她一点都不痛。

门佑笑了起来，那笑容很爽朗，不像是在学校那样有礼貌又有距离的微笑。他拉着华歆穿梭在琳琅满目的货架中，两个人对比着物品的性价，讨论得不亦乐乎。而华歆也在门佑的带领下，渐渐地将自己酒后做出的见不得人的百态给抛到了脑后。

最后在水果区，门佑还是坚持地挑了个无籽西瓜买回家。

“重不重?”华歆空着双手走在门佑的右边，也就是道路的内侧，非常不好意思地说：“那袋给我拎吧，别人看见以为我很娇气呢。”

门佑一手拎着大西瓜，一手拎着购买来的零食，像举哑铃一样向上托举了下，十分轻松地回答：“你看，不重啊。”

“可是……”

“你好好跟着我走就行，我现在最重要的东西就是你了，可不能丢了。”

“……”真是的，在大街上也说这么肉麻的话。华歆抿嘴偷笑，下一秒直接拿拳头砸了过去，怒道：“你说谁是东西?”

门佑紧绷的力气都因为扑哧一笑而消失殆尽，只好暂时停在街边等笑完了再补充力气。华歆则气鼓鼓的自己一个人大跨步地向前走，丝毫没有要等他的意思。

路上吵吵闹闹折腾了半个小时才到家，华歆先进门换了鞋主动接过了门佑手里的重物，两手一提——这么重！就连肩膀都控制不住地往下沉，华歆使劲憋住气往里走，还好在门佑进来说“放着让我来”之前，华歆成功地将西瓜放到了厨房，将零食放在了一楼客厅的茶几上。

“阿姨怎么不在家?”环顾了下四周，华歆看看安静的二楼，走到沙发边然后坐下，捏捏提东西时被塑料袋勒得发红的手指。

“可能又和她的姐妹出去享受了。”对此，门佑也见怪不怪了。而后也走过来坐到沙发上打开了电视机，其间瞟了眼华歆，装作如无其事地问道：“我这里有一部口碑和票房都不错的电影，你要不要看?”

华歆来了劲，马上露出笑脸问道：“能边吃西瓜边看吗?”

“你乐意的话，当然可以。”门佑掩饰住眼里的笑意，起身对她说：“那你先把要吃的零食拿到我的房间。我切好西瓜就上来。”

“嗯，好的。”

“西瓜要切成什么样的?”

“对半的！记得给我拿个勺子。”华歆稍显兴奋地小跳了一下，头发的发梢也跳动了起来，整个人看上去格外的活泼可爱。就要走到二楼的时候，华歆忽然站在阶梯上，犹豫地对着在厨房切着西瓜的门佑问：“在，在你房间看?”

门佑从厨房探出头，看着她说：“嗯。怎么，怕我吃了你?”

“不是。”才不是！华歆暗想，对半的西瓜拿勺子吃多半是超难看的吃相，万一西瓜的水渍滴得他房间到处都是，那显得她多不淑女啊。不过话说回来，在客厅看吃西瓜的吃相也不会好到哪里去。

“放心，我不会对你做奇怪的事情的。”门佑回去继续切起了西瓜，声音很平淡。

你倒是敢。华歆在心里嘀咕着，只好拿着零食忐忑地打开了门佑的房间门。说起来，这是她头一次进他的房间。

“意外的整洁干净啊。”华歆感叹了一下，将零食放在了他的书桌上。而笔记本则放在延伸出去的电脑桌上，整个布置看上去非常的有条理。嗯，还有那张大床……“Stop！不许胡思乱想，不行！绝对不行！”

心里的呐喊声怎么也阻止不了脑海中强烈的意淫，华歆罪恶的手伸向了门佑放在床上的一件橘黄色卫衣外套。

“喜欢的话送给你。”结果华歆前手刚拿起外套，门佑后脚就捧着西瓜走了进来。看到华歆抱在怀里不知是想要试穿还是想要闻闻衣服上味道的动作，门佑如此说。

“鬼才喜欢！”华歆啪一下就将衣服重新扔回到床上。

门佑呵呵地笑了笑，将西瓜放在了笔记本电脑旁，然后拉过两张椅子摆在前面。对着站立在床尾无所事事的华歆说：“过来吧。”说完，打开他的笔记本。

华歆担心西瓜水撒落在地，变得黏糊糊的。就跑到自己房间先拿了几张订阅做过的英语报，还有一大盒的餐巾纸放在了笔记本的两侧。“是什么电影啊？”

“哦，是美国的恐怖片。”

“啊，恐怖片？”华歆立马缩起来了，她从小到大，最怕的两样东西就是昆虫和未知的鬼。

门佑挑眉，刺激道：“说话都结巴了，原来是怕的吗？”

“我不是怕，我是对未知的东西敬畏而已。”华歆管理了下自己挫到爆的惊恐表情，控制自己的情绪，风轻云淡地解释道。

“嗯，那就好。到时候不要吓得把西瓜喷到我脸上。”

“你才不要喷到我脸上。”

“喷到你脸上我一定负责清理干净。”

“怎么清理？”

“怎么弄上去的怎么清理。”

“……变态。”

又斗嘴了几分钟，门佑才把电影找着，缓冲的时候，他起身将房间的窗户关上，并将遮光的窗帘拉了回来。于是亮堂整洁的卧室，现在只剩下渲染未知恐惧的气氛。

华歆适应了下黑暗，觉得当务之急是先吃几口西瓜，免得到时候怕的连西瓜都不知道往嘴里塞。为了看个恐怖片就糗大了，可真不是什么光荣的事。

“呃，介不介意我回房间拿一下枕头？”恐怖片的前奏音乐已经响起，华歆还真是吃了几口西瓜就忍不住提出要采取保护自己的措施。

门佑借着电脑屏幕的光打量了下华歆，发现她双脚都放到了椅子上，随时准备抱团。于是，二话不说伸手将她搂进了怀里，正经地说：“比枕头好用对吧？”

“不好，我只听到你的心跳声，听不见电影的声音了。”

“是你的心跳声。”

争执不下，华歆最终还是选择了枕头。因为门佑总是出人意料地做出一些“奇怪”的举动，让华歆搞不清楚他到底在表达什么样的心情抑或意思。想要搞清楚就必须多想，而往往多想会葬送自己。

电影的开场就用了非常性感的恐怖音乐，场景的转换有点像卡碟的味道，一下又一下的，还发出特别古老的杂音。华歆生怕一个猝不及防的鬼脸出现，始终拿着枕头遮住自己三分之二的视线。

忽然间，华歆听到电影里传出十分凄厉的惨叫声，连忙捂住双眼，但又非常好奇地追问着旁边的门佑：“怎么了，怎么了？谁死了？”

旁边的门佑安慰道：“没事，谁也没死。现在还不怕的，你放心看。”

“哦，是吗？”华歆颤颤巍巍的撤去枕头，视线刚落在屏幕上，一张被割了舌的人头苍白血腥的哗一下地呈现出来。“啊——死人！”

“哈哈哈……”

结果，门佑笑得那叫一个欢乐啊。华歆气急败坏，抓住门佑的手，一口就咬了下去。太狠了，门佑痛得冷汗直冒，但是非常硬汉的不吭声。

门佑望着自己手臂上瞬间泛青的牙印，倒吸冷气。“你说我要不要去打个狂犬疫苗什么的，感觉整只手臂都在丧失力量啊。”

“好事成双，另外一只手臂也来一口好了。”华歆也理直气壮地回击。

门佑干脆把手臂放在她眼前，说道："医药费就不要你付了，直接对我负责任吧。"

华歆才不吃这一套，别过脸仍然只用三分之一的视线观察着电影的进展。门佑不罢休，进一步威胁道："你再这样，我和我妈说你虐待我。"

"……呵呵，来，吃西瓜……"华歆啊华歆，你真的是有够贱了。果然，应了珍阿姨起初说的话。她华歆就是来当童养媳的，要不然凭什么这么被门佑欺负？

"呵呵，晚上再一起搓麻将啦。我家儿子和他小女朋友该饿坏了，我回去准备午饭给他们吃，中午休息一下，晚上打你们电话。"

珍阿姨高兴地同自己的麻友挥挥手，打开家里的房门，先是看见了门口门佑和华歆的鞋子。会意一笑，这么大白天的要么就是在书房，要么就是一起在房间。于是，蹑手蹑脚地上楼，很幸运一下子就听见了自己儿子房间里传出的声音。

耳朵贴着门，好像里面在放电影。珍阿姨捂着嘴偷笑，没想到儿子这么主动。于是偷偷打开了房门，往里瞄。

"哇，可以啊你们！"结果，一个激动，珍阿姨直接闯进去了。盯着喂着自己儿子吃西瓜的华歆，珍阿姨相当激动。

可是，对于突发事件，华歆和门佑显然没有做好应急措施。双双惊吓得从椅子上摔了下来，门佑想要拉住华歆却反被拖下了水，形势急转而下——华歆被门佑华丽丽地扑倒了。

"我先去做饭，你们慢慢来……"珍阿姨真是识时务者为俊杰啊，马上关上门退场了。

华歆被压得够呛，皱着眉头推着门佑的胸膛说："快起来，我的背压到椅子的横杠上很痛啊！"

门佑有些出神，但听到华歆的哀号，立马起身将她扶起拉到床沿坐下。紧张地问："你有没有事？"

华歆吃痛地摸了摸背部，起身说："没事，我等会回房间抹点红花油。电影先暂停啊，我很快就回来。”

接下来华歆说了什么，门佑听得不是很清楚，他唯一记得清楚的是，当他倒在华歆身上的时候，深切感受到了女孩子的柔软，那是种可以摧毁意志的诱惑。

于是，门佑有些茫然地望着那吃剩的西瓜。

第十三章 围裙先生

回到房间的华歆，才发现自己的心快到要跳到喉咙口了。她捂着自己的胸口，极力想要自己稳定下来，可是脑海里一遍又一遍地回放着门佑倒在自己身上时身体的那种不知所措的温热，有着羞到想要咬舌的冲动。

“镇定，镇定，华歆你一定要镇定！”在卫生间照了半天镜子，发现自己的脸颊已经红得像是刚被煮熟的螃蟹，于是无力地单手撑在镜面上，再次自言自语：“怎么办，根本镇定不下来……而且，背真的好痛。”

挣扎了5分钟后，华歆回到了门佑的房间，发现他已经将窗帘拉开，就连窗户都开得大大的。他自己则双手撑在窗台上，面向大自然，呼吸吐纳着。

“呃，不看了吗？”华歆奇怪地问道，走到了电脑桌前，收拾起了那坑坑洼洼的半个西瓜。“还有半个用那个榨汁机给阿姨榨西瓜汁喝，怎么样？”

门佑怔忡着转回身，点点头说：“嗯，好。电影吃完午饭再接着看吧。还有好几部宫崎骏的动漫，爱看吗？”

“宫崎骏我超爱的呀！”华歆高兴地应答着，捧起了没有吃完的西瓜说：“那这半个也放着吃完午饭一起吃好了。”

“嗯。”不知怎么地，门佑都觉得自己词穷了。面对着前几分钟的亲密动作，他看起来比华歆还别扭。而眼前的华歆，笑得很漂亮，好像只在意那宫崎骏的动漫。无奈，门佑扶额，低声叹息：“我这是在做什么?”

楼下的珍阿姨在厨房哼着小曲，欢乐地做着饭。手上切菜的刀工非常了得，就连芹菜都切得那么优雅美妙。

“亲爱的，我们的儿子刚刚迈出了历史性的一步!”哦，边切着菜还边打着电话。手机被搁在耳朵和肩膀中间，即使动作有些高难度，也丝毫难不倒珍阿姨。“什么历史性的一步？哈哈哈，他把人家小姑娘给推倒了！那德行就和你当初一模一样，不过儿子比你帅多了，那个扑倒的动作真的是一气呵成，毫不拖泥带水……”

接下来珍阿姨对着老公就是叽里咕噜、噼里啪啦地讲了一大堆。“啧啧，你赶紧回来。没准等你回来，他们两个连孩子都有了，哈哈哈——”

“妈……”

忽然间，耳边传来略带惊悚的声音。珍阿姨身子一僵，木然地停止了手上华丽的刀工技术，悠悠地转过头，却不料未挂断的手机从耳边滑落，吧唧掉到了地上。

“呃，儿子、歆歆你们怎么下来了？继续看电影啊。”

面对着妈妈的下不来台，门佑一点也不操心，上前捡起手机，对着电话那头不明状况的爸爸说：“爸，妈最近又去搓麻将了，还把你送给她的钻戒给当了。”

“呀，胡说什么呢你!”珍阿姨一个紧张，手提菜刀就一把夺过手机，好声好气的说：“没有那回事，儿子在故意气我。你相信我的，对不对？我……”

停顿一秒后，珍阿姨当即摔了手机，对着门佑怒喊：“姓门的儿子，你给老娘过来!”

“我还没有儿子，妈妈大人。”门佑已经躲得远远的了，调皮地对着自己的亲妈说。而后又对站在厨房门口不知所措的华歆喊道：“拦住我妈，要不然我们今天就要被分尸了!”

“啊?”华歆惊慌失措，闹着玩也不用开这么大的玩笑吧。但是她立马上前握住珍阿姨拿菜刀的手说："阿姨，今天我来煮。"

珍阿姨拧起的眉头能夹死好几只苍蝇，但是听到华歆如此懂事的话后，立马把菜刀交到了华歆的手上，和颜悦色地对华歆说："真是阿姨的乖儿媳妇，那歆歆你先把芹菜炒了啊。"

"哦，那……"那阿姨你去干吗？这话还没完全问出口，华歆就听到珍阿姨气急败坏的再次喊道："门华的儿子你给我站着！我今天必须好好揍你一顿，居然敢离间你爸妈的感情！"

华歆握着菜刀望着这对母子忽然觉得自己有些多余，想着自己明明也是有父母，有幸福家庭的孩子，为什么这会要在别人家烧饭煮菜的？唉，想多了都是泪。

"羡慕呢。"华歆嘟囔了几句就进到厨房，小心地切着芹菜。

听着外面隐隐约约传来已经被珍阿姨捉住准备正法的门佑的声音，"……切到手了怎么办？我道歉还不行吗？我跟我爸发誓，如果你把钻戒当了，我就年年考倒数第一！"

呲——华歆将芹菜倒进了油锅，顿时油烟四起。刚拿起铲子，手背就被温热的触感覆盖住了，华歆怔忡，抬头一看是头发有些乱糟糟，但仍旧是美男子一枚的门佑。

"我来。"门佑淡然地接过铲子，熟练地炒起菜来。

华歆退一步站在旁边，望着门佑"贤惠"的样子，忍不住低笑说："看不出来你还有这一面，将来谁要是娶到你真是好福气。"

门佑往芹菜里加盐，听到华歆这么说，也笑了。手上炒菜的动作不停，同她说道："那你不是该偷着乐吗？"

唰一下，华歆红着脸眼睛盯着那飘香的芹菜，支支吾吾地问道："是不是应该加点水？"

"嗯。"门佑应声着，也没有再对上一个话题进行纠缠。几分钟后，芹菜新鲜出锅，他对端着菜到饭桌上的华歆说："你就坐客厅先看一会电视吧，这里有我就够了。"

哦。华歆想着，她也只有这么一个字好回答了。但是，双肩忽然一沉，珍阿姨不知道从哪里又突然冒了出来，扶住她的肩膀笑意浓浓地说：“当然要和我家小佑一起啦，这样子的爱心午饭，阿姨最喜欢吃了。”

于是，华歆就被珍阿姨活生生地推进了厨房，然后将厨房的拉门给关上了。她自己一个人躲在外面乐得起劲，“嘿嘿，小孩子就是小孩子，害羞的样子真是可爱。”

“唔，我妈妈真是……”门佑自知自己妈妈爱闹的性子，对着华歆抱歉地笑笑说：“那就帮忙端菜就好了。”

“比起端菜，我更喜欢有挑战性的切菜。”华歆撩了撩袖子，走到砧板前拿起菜刀就准备将那上面的土豆切成丝。

“强迫症又发作了是吗？”门佑皱了皱眉，担心着那锋利的刀具即使在长眼人手上也会伤害到她自己。

哪知华歆惊讶地抬头与他对视说：“你不觉得这些菜都切成丝才好看吗？土豆也好，生姜也好，凡是能切成丝的，我绝不切成片。”

听华歆这么不掩饰自己的怪癖，门佑好笑又好气地上前摁住她的手说：“没事，我来帮你切成丝。按你的速度，等你切好，我妈在外面都睡着了。”

“呃，没有那么夸张的。”华歆嘟囔着再次放下菜刀，乖乖地站在一边，然后瞥到刚才珍阿姨从身上脱下来的围裙，灵机一动拿起围裙藏在身后对门佑说：“能不能转过来？”

“嗯？”门佑放下菜刀，纳闷地转回身看着暂时笑而不语的华歆。

“头低下来一点。”

华歆说完对着听到这话慌神的门佑释然一笑，对此门佑居然毫无招架之力，很听话的俯下身，却恶作剧地凑近到了离她鼻尖 2 厘米的地方。打量着她亮闪闪充满灵气的双眼，这才发现她眼里高兴的自己。

“你看。”华歆手一抬，将围裙直接套上了他的脖子，然后迅速的环住他的腰将围裙牢牢的系了上去。“围裙先生，你好帅。”

门佑在华歆靠近的时候身上的细胞全部倒退回到那刻触碰到她柔软身体的瞬间，

脑海里嗡嗡地作响。有些嘈杂的声音搅得他又心神不宁了起来，当他听到第一次从华歆嘴里说出“你好帅”的话来，门佑竟然难为情起来。

“咔嚓咔嚓——”好几声，华歆和门佑双双回头，惊愕地发现珍阿姨拿着数码相机对着他们进行了一系列的连拍。

“很有 feel 哦，果然年轻就是好。”珍阿姨说完，冲着自己儿子挑挑眉，立刻逃之夭夭。

华歆这才忽然意识到自己似乎做了一些过分亲密的事情，忙退开一步，指指砧板上的土豆说：“再不切变色了要。阿姨那边……我会去找阿姨求她删照片的，你不要又和阿姨吵架……”不知道接下去还能说些什么，华歆干脆转身离开厨房。

“你走了我怎么办，不是要端菜的吗？”不料，门佑拉住了她的手臂，平静地说着。

华歆在这个瞬间觉得门佑似乎是不想让她去删了照片，也似乎是要自己留下来。不管是哪一种，都让华歆有点想入非非。

整个午餐在又打又闹中度过，但是好在午餐平安进行。三个人坐在餐桌旁，看着门佑亲自下厨的成果，都觉得非常的满足。

“我说小佑你干吗还不把围裙脱下来？”珍阿姨总有种火眼金睛的感觉，逮着什么说什么，特别的故意。

门佑不耐烦的“啧”了声，对着揪着不放的母亲大人说：“我吃完饭再拿掉不可以吗？我拿它当围嘴不行吗？”

“没没没，妈妈没意见。歆歆给你围上的，自然是想歆歆帮你脱下来。妈妈理解，非常能理解。那现在，吃饭吧啊。”

华歆咬着竹子做的筷子，心里不知道是什么滋味。听了珍阿姨的话，她越来越觉得自己好像掉进了一个陷阱中，不知道是往上爬还是任凭往下掉。她就这样纠结着，忽然看到门佑注视着自己的双眸清澈明亮，而他眼中的自己也是如此美好。

“你，你看着我干什么？”华歆晃了晃自己发神经肉麻不停的脑袋，将这样莫名的心情转移到了门佑身上。

门佑也学着她咬着筷子，然后说：“是你先看着我的好吗？”

“我才没有。”

“那你刚刚为什么对着我咬筷子，难道在勾引我？”

白痴门佑在说些什么?！华歆局促地望了眼珍阿姨，珍阿姨完全不为所动，吃着自己儿子亲手做的菜，吃的相当认真，也相当的津津有味。这会看起来完全不想搅和他们的事情。

“我不就是想吃个菜嘛……”华歆就差欲哭无泪了，在他自己家就总是这么肆无忌惮的调侃她。

门佑听罢，夹起菜放到她的碗里，仍旧笑呵呵地说：“想吃什么告诉我就可以啊，我的手长，脚也很长的。”

“我脚趾头很长。”

终于在这个时候，珍阿姨开腔了。但是，她开腔的原因是接起了一个电话，然后只吃了一碗饭之后不管不顾地就离开了饭桌。

“哦，阿如啊。嗯，吃完了……你们这么快就开始了啊，等等我呀！好的好的，马上就来……”如上，珍阿姨又准备好去搓麻将了。“你们乖哈，相亲相爱的，有事就打我电话。儿子和儿媳妇有事，当妈的一定抛下麻将就立马赶回来！所以，再见！”

“阿姨……”华歆叫出口的阿姨就这样被匆忙摔上的大门给阻断了，她怔怔地看向笑而不语的门佑，心慌慌的。

不知道第几次了，他和她的独处。

午餐忐忑不安地结束后，华歆收拾了碗筷，洗洗手上楼就看到门佑在重新关上窗户，拉上窗帘。看到站在门口的华歆，门佑招招手说：“过来把电影看完吧。”

“哦，”华歆走进去，刚坐下，口袋里的手机就震动了起来。她拿出来一看，是个不认识的电话号码。

“喂，是华歆吗？”

“嗯，你是？”华歆一下子没听出来对方的声音，本能地抬头看了眼身边的门佑。

却不想看到了他怪异的眼神。

之后愣了半晌，华歆猛然间忆起电话那头的声音。“余西？”

“嗯，是我。”那头的余西听起来有些紧张，但是也很开心。“就想打个电话给你问下国庆节有安排吗？”

“国庆吗，不知道呢。因为还不知道放几天假。”华歆说话的时候，又时不时地瞟了眼门佑，一直盯着屏幕等着她一起按下空格键观看电影。

“那等回学校的时候我再来找你吧。”

“嗯，好。”

“你现在在干什么？”

“呃？”华歆怔忡，对这样子突兀的电话内容感到讶异。

而这时，门佑忽然伸手过来搂住她的肩，凑到她打电话用的那只耳朵说了句：“可以开始了吗，我等很久了。”

华歆被吓了一跳，想要捂住听筒，可那边的余西显然听见了其他男生的声音，想要掩饰住过分的震惊，只好说：“哦，不好意思，好像打扰到你了。那我们回学校再说。再见。”

嘟嘟——电话挂了。华歆松了口气，这时门佑也收回了手。笑得很无辜，然后说：“我帮了你的忙。”

“你又看出来我感到很为难了吗？”

门佑暂时默不作声，点开了空格键，嘴角勾起一抹无奈的笑说：“是我感到为难。”

接下来，恐怖片都不再恐怖，华歆一直在想门佑话里的意思。她不知道，原来青春期有这么多的困扰，想不通的事情越来越多了。

第十四章　补课那事

上一周的周末只放了一天，也就是华歆和门佑在吃了一天的西瓜后，第二天两个人都闹着肚子回去补课了，牺牲周日的休息就是为了迎接即将到来的国庆长假。然后连续要上七天课的同学们果断摔课本了。

“不行了，我脑海里各种怨念。恨不能把下节课的数学老师的脑子给吃了!”上了两节课后无法淡定的陆敏拉着华歆站在教室外面的走廊上，抱怨着。

“你以为是植物大战僵尸?”华歆也叹了口气，但是并没有像陆敏一个样沮丧地埋怨这些不合理的补课时间，因为她想到了这个星期的运动会。“你要想着虽然补7天的课，但是有三天是拿来开运动会的，结束之后就能各回各家了。”

一语出，陆敏即刻就振奋了起来，脑海里瞬间搜索谁谁谁会去比赛，谁谁谁会在主席台实况转播。然后眼睛一亮，笑呵呵的对华歆说：“我好像也有比赛诶。”

华歆愣了愣，然后掐了把陆敏的脸颊问：“扔铁饼?”

“去去去。”陆敏拿开华歆“调戏”自己小嫩脸的手，一本正经地说：“我要上去给咱们学校跑5000米的帅哥献花！哈哈哈……”

“我猜那会他们大概更希望你给口水喝。”

华歆这边刚吐槽完毕，那边办公室数学老师就走了过来，举着手里一堆的纸对站在走廊上谈笑风生，完全没有高考危机意识的同学喊道：“都回教室了啊，准备一下，要测试。”

于是，一干人等悻悻地坐回到位置上。响铃之前，拿到考卷浏览了一遍的华歆，果断低声咒骂了一句“去死吧”。

一张试卷，90分钟。对于班里那些学霸，对付这样的试卷简直就是分分钟的事情。但对于那些常年在及格边缘徘徊的同学来说，这样的试卷近乎谋杀。

“最近函数好像提高了不少。”考完试已经快12点了，想趁着食堂还有剩菜剩饭的华歆拿起饭卡就准备和陆敏手挽手的去填饱肚子。在抬脚离开位置之前，却听见了同桌张洪笑仍旧坐在位置上埋头说的话。

“在本来就好的基础上更好了而已。”华歆很是干脆地回了一句，因为她似乎能听见张洪笑话里暗藏的讥讽与不屑。尽管她不知道为什么这个和自己并不算是深交也并不算是恶交的同桌会对自己有偏见，但是她不需要对一个对自己没好感的人客气。

此时，陆敏已经在外面等得不耐烦了，冲着还在磨磨蹭蹭的华歆焦急地喊道：“我的华歆，你再不快点，我们就要和附近养猪场里的猪抢食啦！”

“嗯，来了。”华歆走出位置后，又转头问张洪笑：“你这样不吃饭到底能为你节省多少读书的时间。”

“总比从来不节省的人时间要来得多。”

华歆看了她一眼，没有再说话。走到门口，马上就被饿死鬼投胎的陆敏拉着一路小跑出了教学楼。路上，陆敏颇担心地说：“张洪笑和你说什么呢，她怎么老是一副阴阳怪气的模样？”

“她夸我数学能力提高了。”华歆淡淡地说，眼睛看着路上已经有三分之二的同学吃饱饭折回教室了，肚子这才有点反应。

“擦，你数学本来就好。”

“嗯，我也是这么回答她的。”

略有些无语的陆敏忍不住追问道：“所以你们这番谈话的目的是什么？”

“大概是‘知己知彼方能百战百胜’的道理吧。”

“啊？”

啰唆了一大堆，终于来到了食堂一楼，放眼望去，一片冷清。陆敏可不管，一溜小跑堵在了3号窗口，冲着里面打饭的阿姨喊：“别呀，阿姨！别那盘糖醋排骨给撤了呀！这里还有人没吃饭呢！”

“可是只有两块了。”

陆敏急了，半个身子都差点挤进窗口里去了。抱着一副“我是交过伙食费的，我说要吃就要吃的”蛮横态度又说：“两块就不是肉啊？难道你宁愿拿着着两块肉给猪吃，也不要给我这个交了那么多伙食费的可怜学生吗？我要投诉！”

“好好好，都给你。这个就不收钱了。”

“只剩两块肉你还好意思收钱吗？还有那个青菜，没事，几片叶子也是青菜。”

站在旁边侧着脸，尽量不露出真面目的华歆浑身都透露着一种“我不认识这个人，我和她半毛钱关系都没有”的信息来。但是也只有在这关键时刻，华歆才能从陆敏身上发现难能可贵的精神品质，那就是舍小我成就大我。

没一会儿，两个人坐在几乎能用空荡荡来形容的食堂一楼吃着饭。其他同班同学吃饭的地方都分布的比较散。有些人就喜欢小卖部的泡面，有些人就喜欢小卖部的面包，有些人和华歆她们一样爱吃食堂的米饭，只因为交过伙食费了。当然，也有些人比如张洪笑，就喜欢为国家省粮食。

“死苍蝇！都什么时候了，竟然还不死！”陆敏一边吃着，一边抬手挥着飞来飞去的苍蝇。“再嗡一下把你全家都拖来淹死！”

华歆见状，吃饭的动作也停了下来，也学她一本正经地说道：“你的掌力可别太深厚，苍蝇没准被你打中就掉进你饭里了……”

华歆话音未落，陆敏百发百中神枪手的姿势成功击毙了一只苍蝇，然后死去的苍蝇华丽丽地落在了她的饭碗里……

“呃……”华歆望着突然发生的这一幕，深感无力，只好装作没看见的埋头吃自己的饭。

这边内力深厚的陆敏却被自己深深地震撼到了，她捏着自己的调羹冲着那只死哪里不好偏偏死在她珍贵米饭上的苍蝇悲愤低喊：“呜呜，我的白米饭被一只茅坑里长大的苍蝇给毁了……”

“咳咳。”华歆听到陆敏泪流满面的控诉后，差点一口饭喷了出来。只好安慰她说：“我帮你再打点饭来吧。”

“不用。”陆敏忽然间振作起来，阻止了华歆的行为。她咬咬牙，将苍蝇从饭里捡了起来，随便往空中一奋力甩，然后拿起调羹视死如归地迅速吃了起来。

“陆敏，你真是英雄。”华歆对她竖起了佩服的大拇指，埋头吃自己的饭。

“你们也才吃饭啊。”不知道什么时候，食堂门口又涌进来好多没吃饭的同学。这不余西就拿着外卖不请自来地坐在了她们的旁边，随行的还有上次那个胖胖同学。

余西坐到了华歆的旁边，华歆下意识地就往里面挪了挪。然后看着他放在桌面上的快餐盒问道：“你们今天也测试吗？”

“是啊。我们的数学老师和你们的数学老师是同个办公室的。估计是商量着一起测试来着。”余西说着打开快餐，他定的是排骨饭，顿时一股重口味的香气飘在了略显寒酸的华歆和陆敏面前。

华歆点点头，随即继续埋头吃她自己的饭。那个胖胖同学打量了她一下，然后恍然大悟，不好意思地问道：“这位同学上次是不是来玩过游戏？”

“我也参加过好吗？”陆敏有些不满，对着胖胖同学说道：“不要觉得我家华歆漂亮你就只记得她，我也不赖的好吗？”说完，不知道出于什么原因，陆敏抖了抖她的胸。

余西见状，差点不好意思地喷饭。胖胖同学倒是没有感到意外，只是意味深长地笑了笑，然后说：“哦，原来是这样。”

“你叽里咕噜说什么呢？”陆敏对于胖胖无视她的行为感到气愤，想着自己长相不俗的女子居然被一小胖子无视，简直就是奇耻大辱。“哎哟，这么胖了就别吃排骨了，我帮你搞定，我不怕胖。”

面对陆敏这种自来熟的行为，胖胖同学嘴角不可思议地向上翘，吞了下口水说：“这位长得也不赖的同学，我更不怕胖好吗？”

“原来什么？”华歆倒是好奇他话里有话，便也追问了起来。大概是出于女人的直觉，她觉得胖胖好像知道很多事，当然是指门佑的。“话说回来，那天的游戏规则是你定的吧。”

“是啊。你们也知道，这游戏本来就是拿门佑开玩笑的。去找他的时候，他说好像不方便参加游戏。可是不知道为什么，去了趟楼下小卖部回来就改变主意了。”胖胖津津有味地吃着他已经没有排骨的排骨饭，继续说：“不过就是因为有他，才有好多女孩子愿意参加。你们是不是也因为他才参加的啊？”

话题一下子略微敏感了起来，华歆顿时沉默了。其实说起来，她选择去参加游戏似乎没有特别考虑过门佑会不会参加，但是见到他参加的时候，心里却生气了。所以，她自己也不知道当时心里究竟是怎么一个想法。

“我呢是有点这个想法，但是我们决定来的时候压根不知道门佑会来。”陆敏大口大口地吃着排骨，却咬字清晰地说：“我要是知道门佑在，我肯定回家连内衣都换了。”

“咳——”这会，华歆真的是扛不住了，愣是活生生地被呛到了。余西见状赶忙四处找纸巾。华歆对他摆摆手说：“没事，反正我吃完了，就去洗个手好了。”然后，等到华歆站起来，一个转身却差点和身后默不作声的门佑撞上了。

“聊什么呢这么开心。”门佑的声音从胸腔里传出来，起先听着闷闷的，可是传到耳朵里却是不愠怒也不焦躁的。

华歆蓦然后退了一下，膝盖抵到了长椅上。有些窘迫地将手背上溅到的汤汁藏到了背后，问道：“干吗不出声？”

“是你喝汤喝得太认真，我走过来都没有注意到。”门佑说着，眼睛扫向了对面桌的胖胖同学，勾起嘴角笑问道：“你有好好吃饭吧？”

“有有有！”胖胖同学几乎是被逼着快速做了回答，对面的余西对他过激的反应有些不解。但是也没有多问什么，只是觉得好笑。而陆敏见男神驾到，果断舍弃了爱吃的排骨，装模作样地认真吃起饭来。

门佑看了眼华歆，抓起她藏在身后的手问道：“不是要去洗手吗？一起，我也刚吃完。”

随后，门佑拖着华歆的手消失在了众人面前。陆敏见他们两个走到水槽那边，才松口气地问道：“怎么，他们8班也考试？”

“嗯，门佑他们的数学老师和你们的是同一个啊。这你都不知道？”胖胖同学真的是不鸣则已一鸣惊人啊。

陆敏这才猛然间想起，这样的情报自己早在800年前就知道了。至于为什么忘了，她始终想不起来。

“华歆和门佑是什么关系？”末了，余西若有所思地问了一句。

陆敏和胖胖同学对视了一下，胖胖同学果断回避当作不清楚。陆敏则一副大师的模样，摸着下巴说：“关系，现在尚未发生。”

正在水槽边洗手的门佑和华歆各自在水龙头下搓着双手，有点油渍冲完水还是能感觉到油腻腻的。

华歆无奈但是也作罢，抬头看着门佑说：“你在食堂二楼吃的饭吗？”

“嗯，下来看到你就过来打声招呼。”

打招呼？华歆听了有些郁闷，怎么都不觉得像是来打招呼的。哪有打招呼的人站在别人身后都不出声的，摆明就想要她先发现他。

“哦。”华歆甩甩手上的水，结果被门佑轻轻地抓住手腕。这样的接触已经不止一次了，这般熟悉的触感也并不感到尴尬。但如果现在食堂全都是来往的同学，她铁定甩开门佑。

门佑手上不知什么时候多了纸巾，帮华歆拭去了手上多余的水。“她们女孩子都有带纸巾，为什么你就没有？”

“因为陆敏会带。”华歆回答得很干脆，而且事实也如此。

“好吧，”门佑笑着耸耸肩，抬头说起了正事。“我就是想告诉你一声，到时候运动会要帮我加油。”

仅此一句，华歆全身都好像被太阳光照得暖洋洋，又好像被电流穿过身体产生的麻酥酥的感觉。这个门佑真的是，太狡猾了！

第十五章　替我加油

难熬的补课时光其实就像是缠绕在手指上的毛线，一圈一圈的看得清清楚楚，拿掉的时候也感受分明。其实，不管多深的勒痕，最终也会消失殆尽。

于是，压抑的痛苦结束，运动会就这么开始了。开幕仪式之后，班里的小伙伴们都顶着太阳搬着凳子坐在班级划定的范围内，女生手里都拿着一些小本子，那是为了写稿子用的。而作为稿件负责人的华歆手里更是多了很多东西。

“老师也真奇怪，干吗把这事交给你，语文课代表干吗去了？”与此同时，好友陆敏愤愤不平道，她戴着帽子挤在华歆旁边。

“喏。”华歆面不改色，头也不抬一下伸手指了指主席台上正中央掌控麦克风的女生说：“语文课代表现在是播音员。”

“呃。”陆敏瞠目结舌，咂咂嘴说：“怎么不找我去，团委没人了还是学生会解散了？论字正腔圆的人非我莫属啊，你说是不是？”

华歆蹲在椅子前，埋头写着稿子。反正不就是些“某某同学，加油。虽然跑1500米的过程很艰辛，但是坚持就是胜利”或者“冲吧，某某某同学。你是展翅的雄鹰，你是傲视群雄的百兽之王，胜利一定是属于你的”诸如此类矫情又做作的鼓励。

“……我有点想吐了。”华歆写着写着忽然抬头，一副要死了的样子。

陆敏嫌弃地瞟了眼她手掌下压着如雪花一般的稿件，摆摆手说：“作死吧你，这么恶心的话也写得出来，难怪被自己弄得反胃。”

“我恶心完自己再去恶心所有人，反正我也不吃亏。”华歆咽了下口水，自我安慰。

“我就是喜欢你这种无赖的样子。”陆敏笑着推了华歆一把。

因为入场仪式需要大家都穿着校服，这不才 9：30，太阳就晒得不行了。大家纷纷脱下校服盖过了头顶，算是最简陋的遮阳装置了。可是华歆没有这么做，她只是扎起了马尾，校服还是宽宽大大的穿在身上，女孩子总希望能留下最好看的一面，即使不是在自己喜欢的异性面前。

操场上已经有好多项目在进行了，每个班级前面摆着的小黑板上也都写着哪个时间段谁需要参加的运动项目。这不，耳边时不时地传来缥缈的哨声。

一阵略显欢乐的风吹过，华歆额头凉凉的。然后抬头一眼就锁定了在跑道上试着钉鞋的门佑的身影，然后抿唇。

哎呀妈呀，好帅。

“门佑他 10 点的时候要跑两百米？我要给他加油，华歆一起呗！这样我的声音就不会被他们班仅有的两三个女生盖过去了。”

到底还是有门佑的地方就有陆敏，这个真是实践出真知。

华歆的思绪飘回门佑主动要求自己给他加油的那天，现在想来心里依旧起伏不断——

“帮你加油我不是成了卖国贼了？”她愣愣地说着。哪有帮别的班的同学加油的。而且，这么明目张胆的一喊全校都能看出猫腻。

门佑听后，一脸无辜的表情说：“那要不然我输了就赖你。”

华歆瞪大眼睛，捏着拳挣扎了半分钟无奈地妥协道：“好吧，我在心里帮你加油。”

“你也很狡猾。”哪知门佑说了这样的一句话，而这话不是碰巧是华歆的心里话吗？有些好奇，也有些意外。

“喂，华歆想什么呢你?”陆敏已经起身，校服的外套不知什么时候系在了腰上，看起来特别的青春可爱。“我去买瓶水，你要吗?”

“啊，好的。谢谢。”阳光太刺眼，华歆都没有看清陆敏的脸。但是，很快来劲的陆敏就像只兔子一样的往小卖部飞奔而去。

班里仅有的12个男生全部上阵了，最胖的男同学也被拉去扔铁饼。因为同理科班比有明显的弱势感，于是女生的加油声也是鼓足了士气，想要决一雌雄的。

“给，华歆。我写了五篇呢。能不能在班里加德育分?”同伴乐乐是个短发的女生，俏皮活泼，成绩虽然不好，但是一点都不影响她开心生活。

华歆接过稿件，瞥了一眼乐乐写的欢脱的稿子，差点笑出声来。她只好忍住笑意，强撑起一个正经的面容对乐乐说：“应该有的，我都划了‘正’字。到时候每篇两分，往上加就行。”

“哦了!”欢脱的乐乐没在意总分，但是意外的重视德育分。

见乐乐走了，华歆终于忍不住笑出了声。什么“×××同学，在起跑线上的时候一定要像脱了缰的野狗一般冲去，终点有肉骨头在等着你!”这神经到脑子脱线的修辞是要闹哪样？不过，华歆想了想明白了。

这个“×××同学”是她的同桌，而且还是班里唯一一位卖相颇好的男同学。

“什么这么好笑?”

听到声音，华歆回头。看见门佑高高地站在自己侧身后，一手摁在了自己的肩膀上，逆着光看不见他的表情。

“没。”华歆一个激灵把乐乐这脑残的稿件给翻了过来，被门佑嘲笑了可不是件欢脱的事情，也没顾上肩上那略微妙的麻酥酥的感觉，尴尬地笑着说，“你，你刚刚不是在操场上……”

“哦，有在看我吗?”话还没问完，门佑便笑意浓浓地坐在了华歆旁边空着的椅子上，眼睛亮亮地看着她。

这种眼神能不能不像太阳一样闪？华歆感觉看一眼就会瞎似的，只好也起身坐在椅子上保持两个人的水平姿势。

“你知道我家陆敏就是千里眼。”好吧，至少这话有一半是真的。华歆悻悻地想着。

门佑自然是不信，抖了抖眉头也没有反驳。扫了眼台上的那些播音员们，眼睛眯成了一条线，自言自语道：“还好不是你坐在台上……”

“为什么？”华歆对这个突如其来，没有过渡的一句话感到摸不着头脑。

门佑收回视线，上下打量了她一下说：“露天的主席台，你觉得你还不够黑吗？”

“……你的毒舌会让你两百米破纪录吗？”华歆也眯着眼睛，散发出危险的信号。

“我不毒舌，也不能让你白回来啊。”

去死好吗，混蛋！华歆瞬间在这“黑白”问题上崩溃了，她咬着牙对门佑说：“你要是两百米破了自己去年的纪录，我发誓过了这个冬天，我就变成白雪公主！到时候你得叫我‘女王大人’！”

“噗。”门佑无情的嘲笑这个赌注，但是勉为其难地抬手揉了揉华歆的头发说：“我能不能叫你‘公主’？”

“呃……”瞬间羞涩的华歆，瞠目结舌地望着不论从什么方面都赢了自己好几条街的门佑，小心脏扑通扑通地跳着。

“又或者是‘白雪’？”

你才白雪，你全家都白雪！“滚回你的理科班，我要去忙了。”华歆反正横竖都败，不如早早地结束口舌之争，否则她又会再死几个回合的。

门佑双手交叠搭在椅子上，望着华歆说：“为了让我叫你‘女王大人’，请务必帮我破纪录好吗？答应我的，说会帮我加油的。那我先回去，晚点联系。”

说完，门佑大帅哥就越过目光与接踵而来的人群离开了。留着华歆一人愣在原地，不住的回想：在心底加油这么扯的东西，他居然认同了？是我脑子出了问题，还是他的脑子出了问题？

“华歆，我跟你说，运动会的时候小卖部全都是帅哥！我顺便和其中一个搭讪了一会儿，不好意思啊。”陆敏总算是回来了。

“你的眼里帅哥什么时候消失过？”华歆将自己的视线从消失的背影上收回，望着陆敏手里的东西，扯着嘴角问道：“哪瓶我的？”

陆敏“哦”了声激动地说：“我去小卖部的时候在门口碰见门佑了，这都是他买的。”

门佑买的？这么说，他是先看见了陆敏才过来找自己的？华歆怔了怔，伸手接过了陆敏递过来的其中一瓶矿泉水，然后莫名地别扭起来说：“你怎么他买给你就要啊？”

“要不然呢？”一根筋的陆敏果断干脆的反问道。

也对，陆敏怎么会不要自己男神买的东西？想到这个，华歆准备鼓起劲拧开盖子，可是不知道为什么盖子今天特别容易打开，容易到爆。

“你是不是买了瓶开过的啊？”华歆心里有疑问，可是也毫不迟疑地就喝了一口。

陆敏镇定地摇摇头说：“是门佑帮你先拧开的。因为娃哈哈的矿泉水瓶盖最近莫名的难以拧开。华歆，你的命怎么会是红颜的命？”

“……你是在诅咒我早死吗？”喝了一口然后再喝第二口感觉就会被毒死的华歆，红着脸盖回了盖子。拿起了椅子上的稿件，对陆敏说：“我去交稿子，你要一起吗？”

路上，华歆还犹豫地追问了陆敏一句：“那你的盖子是门佑拧开的吗？”于是，陆敏那大嗓门立刻撕心裂肺地懊悔道：“老娘哪知道他那么温柔体贴，接过瓶子咔嚓就拧开了！我好恨我好恨，好恨自己竟是女汉子的命啊！”

呵呵。此时此刻，华歆真想对门佑说句“干得漂亮”。

来到主席台上，华歆班里的语文课代表就一直盯着她，好像有什么话要对她说一样。

“一早上就收到了五十几张稿子，我看了下，有三分之二少一点还是能用的。”华歆把稿子交给了自己人，怎么说稿子念出来整个班都能加分呢。有内部人员在，资源充分利用嘛。

“嗯，辛苦你了。”课代表如是说，接过稿子看了看，又叫住了准备走的华歆。“那个华歆，你和那个门佑……算了，等会我再和你说。”

唔？华歆不解，随着陆敏一起走下了主席台。不知道那个课代表想说什么，不过感觉好像不是好事情。

主席台上，坐着三个人，两个女生一个男生。其中一个理科班的女生凑近华歆班里的语文课代表，神秘兮兮的八卦道：“听说你是门佑推荐来念稿子的？”

课代表撩了下耳边的发丝，聪明地沉默笑笑，没有任何表示。因为只有她自己知道，并不是门佑推荐她来的，因为门佑根本不可能认识她。而她能换来坐主席台的机会，大概是华歆给的。因为，起初决定念稿子的人是华歆，而将华歆从念稿子的名单上剔除的人是门佑。

回到自己班级区域的华歆和陆敏坐回到位置上，这个时候陆敏将围在腰上的校服解下来撑开盖在了自己和华歆的头顶。两个人的友谊从这一刻再次升华。

广播里已经喊出了“准备男子两百米的同学请到指定场地”的通知，埋头在友情世界的华歆和陆敏不约而同地抬头望向了田径场。

“华歆，你有帮门佑写加油的稿子吗？”陆敏突然问道。

华歆惊讶地看着陆敏，很干脆地说：“干吗要写，他又不是我们班的。”

话音刚落，那边主席台上便响起了语文课代表的清脆的声音——“在我的心里你就是冠军的代言人，你是这世上唯一能准确解释胜利为何物的人。我们都是你的信使，拥戴你卫冕成王。加油，门佑。”

“哇，这是哪个女生写的啊？”

“确定这不是情书吗？”

“啧啧，这个门佑到底要残害多少女生才会罢休啊？”

“追他的人从初中到高中毕业，不同层次，不同级别，不同……性别？”

一份不知名的稿件瞬间将赛场上的气氛点燃到一个史无前例的高度，陆敏拽着华歆的胳膊就问：“不是你的吧？这种‘毛骨悚然’的修辞手法不是你的风格啊！”

“嗯，你知道就好。”华歆嘴上不说，心里也咯噔了一下。确实，她不写，还有千千万万的女生会写。想来门佑也不缺一声“加油”。不过，她很想知道究竟是谁写的。

有些困惑，但是视线自然而然地飘荡在了自己的同桌张洪笑的身上。可是张洪笑即使在这样愉悦的环境下，还是埋头做着数学题目，真是一刻也不放过。这样的精神真是令人佩服，但是不介意效仿。

“走走走！他们进赛道了！”一个没注意，华歆就被激动的陆敏拉着手冲到了看台最前面、中点位置的地方。

门佑是第三跑道，他若无其事地活动着四肢，然后心不在焉地东看西看，好像在找什么人。其他选手倒是还在边高抬腿，边深呼吸，毕竟对手是破了校维持三年短跑纪录的高手。

“各就各位，预备——”裁判员在起点的位置，吹响了哨子。

看着运动员们如弦一般飞速向前，看台上的热烈的加油声几乎是 N 次方的喊起。华歆在看见门佑唰地冲到前方的时候，心都随着他的步伐快了起来。

“冲啊，加油！”陆敏一直在喊着，但是出于跑道上还有一个自己班的男同学，门佑两个字也始终没好意思喊出口，便欲盖弥彰地喊出了这么四个字。

离终点只有一步之差的时候，在看台附近的余西看见了华歆，笑容灿烂地挨了过去。站在华歆身边，因为周围的声音大到听不见自己说话的声音，余西弯腰凑近华歆的耳朵，问了句：“你在替谁加油？”

太过于突兀，华歆猛地抬头，却不料撞到了余西的下巴。顿时，牙齿相撞咬到舌头的余西痛苦地捂住了嘴巴。

“余西？对不起。你没事吧？”华歆拉着余西捂住嘴的手的袖子，其实自己的脑壳也脆生生的疼。

这时，场上忽然一阵沸腾！华歆扭头，已然有三四个都冲过了终点线。她好像不知道第一名是谁，只是恰巧在那个时候同门佑对上了视线。

“呀，不愧是门佑，赢的那叫作干净利落嘎嘣脆啊！”陆敏兴奋地拉起了华歆的手，欢呼了一下。随后，看到了哭笑不得的余西。“余西你怎么在这儿？”

华歆急忙同陆敏确认道：“门佑拿了第一？有没有破纪录？”

“第一是第一，纪录不知道破了没。”陆敏回答，又看向余西。“我说余西你怎么了，嘴巴长疮啊？”

“……差点咬舌自尽了。”余西沉闷的声音从手指缝间传了出来。

而华歆此刻已经没有心思再纠结这个了，因为她这会儿找不到门佑了。

第十六章 左手右手

操场上依旧有分辨不清的喧闹声，看台上和看台下摩肩接踵的人也数不胜数。可是在这么多人中，华歆独独看不见那个本可以在万千人中一眼就认出的背影。

“余西，我陪你去洗手间漱漱口吧。顺便买包纸巾。”等到华歆真正从一点错愕中反应过来的时候，她已经把这话说得掷地有声了。

余西愣了愣，有些受宠若惊，便闭着嘴点点头。走的时候还不忘回头冲着陆敏浅浅一笑，那笑里有很多细微的情感，陆敏能够感觉到。

望着那两个人的背影，陆敏歪着头想了想，最后自言自语道：“这余西不会也喜欢上华歆了吧？”顿了顿后，继续自言自语：“诶，我为什么要用‘也’？”

水龙头里的水哗哗地冲着，余西很是听话地漱口，漱了一遍又一遍。等着华歆从小卖部拿着纸巾走向他，可是他好像一等就等了一个世纪，虽然那只是 10 分钟的路程。

华歆拿着心相印的纸巾站在小卖部的店门口，不知道为什么就陷入了沉思。漫不经心地看着从自己身边经过的同学们，会忽然想她是不是错过了什么。

“是不是觉得没有认真看门佑比赛的自己很罪过？”

眼前的景象突然被响指打了个清醒，华歆惊愕地抬头，看见了脖子上挂着白色毛巾，额头上却还滴着汗的门佑。

“……我不看也知道你肯定是第一啊。”有时候，好像要反驳的话都因为对象的不同而显得狠不下心。华歆心虚地说着：“干吗不擦擦汗？”

门佑似乎对华歆的反应感到不悦，皱着眉头非常不满地撇撇嘴说：“做错事的人应该是这种反应吗？我额头上有汗，你手里有纸巾，不是该亲自帮我擦汗以示谢罪吗？”

“说什么啊你？我要谢什么罪啊？”华歆忽然之间捏紧了手里的纸巾。毁了，好像确实是想着要给他擦汗用才买的。藏得这么深，居然还是被这个不要脸的家伙发现了！“你自己不是有毛巾，干吗不用毛巾擦汗？”

“啧。”终于忍无可忍的门佑急了，一把拽下毛巾扔给了华歆说：“你看看清楚好不好，这是别人送的毛巾。”

“所以呢？”华歆把盖在自己头上的毛巾拿了下来，看了看，上面居然还绣了名字。

“所以怎么能用来擦汗？”

“那……你要用来擦嘴？”

“……”门佑气结，不管三七二十一夺过了她手里的纸巾，抽出一张赶忙地擦了擦汗。斜了眼还在琢磨毛巾上面的刺绣的华歆。拧着眉头再次追问道：“那个时候你在上面和别的男生开开心心地说些什么？”

华歆抬眼，看着门佑说：“没有闹，余西他……”话说到一半好像哪里不对劲，又困惑地注视着门佑，“我拜托你好不好，比赛的时候怎么能东张西望呢？所以，你到底破纪录了没有？”

“反正你不准变成白雪公主就是了。”门佑说这话的时候稍稍的有些不甘心，说完的时候抓住了华歆的手腕。“陪我休息一下。”

“什么？”

结果华歆还是不由分说地被门佑拉到了现在基本上算空无一人的图书馆中，在三楼一个阅览室安静地坐下。但是，华歆心里却更加不安起来。

门佑，应该是没能破纪录。

有些遗憾吧。华歆想着，觉得造成这样结果的似乎就是她。因为她，这样的想法好像把自己想得过于重要，也把门佑想得太过简单。渐渐地，不知所措了起来。

书桌旁的椅子动了动，和瓷砖有了非常不和谐的摩擦，那声音很尴尬。华歆想要起身，她说："我等下还要去写稿子……"

"坐一会儿都不行吗？"门佑当即伸出手拽住了她的胳膊，挑着眉问："你是想回去写稿子，还是想去看看洗手间旁的余西？"

余西！这才想起余西似乎还在洗手间旁等着她的华歆彻底没了主意，有点难为情。怎么好像见着了门佑就什么人都不重要了。

"哦，我喜欢你这个'见了门佑就忘了所有人'的表情。"结果，面对着华歆左右为难的样子，门佑开心地笑了。

"你这么自恋到底是遗传谁的啊。"嘟囔完这句话后，华歆有些后悔自己怎么能任凭他摆布，这还不算，他为什么总能猜透她在想什么。

这个时候，安静的图书馆响起了某个人的手机铃声。门佑单手托着侧脸，就这样目不转睛地盯着华歆，然后看着她懊恼地从口袋里拿出手机。

华歆看着余西的来电，瞥了眼一副"我看你接还是不接"的样子的门佑，刚想摁下接听键就被门佑一把夺了过去，然后……接了起来！

"你干吗？"这样的情节有点逼近不是现实的边缘，华歆顿时起了一身的鸡皮疙瘩，挥手就要抢回自己的手机，但无奈，最后就连自己的手也被门佑禁锢住了。

"哦，华歆说她害我不能破纪录，所以现在陪我睡觉……嗷，很痛好不好！?"门佑瞬间捂住自己受到重击的脑壳吃痛的反抗道。

而另一边的华歆既紧张地捂着听筒又诧异地瞪着说出那番话的门佑，不知所措后只好落荒而逃。其实她完全可以不用逃，更甚至她可以再狠狠地揍门佑几下，可是不知道为什么心狂跳到不可控制。

无奈望着被自己吓跑的华歆的背影，门佑的脸上才露出了一丝丝的不安，那嬉皮笑脸的样子全然消失不见。他也不清楚自己究竟是担心华歆，还是担心失控的自己。

“对不起，余西……你怎么还在等我?”努力跑到原地果然见到了余西的华歆心虚地问道，事已至此她怎么都不好解释自己是被门佑拉走了，被心甘情愿地拉走了。

小店门口来来往往的同学依旧很多，只是余西停留的时间是最长的一个。

“是你要陪我来漱口的，结果现在是谁陪谁了呢?”余西笑着，他尽量让自己的话说出来没有半点波澜，可是一出口还是有股心知肚明的酸味。他尴尬的笑笑说：“没事，那我们回去继续看比赛吧。”

华歆无语地点点头。脚步比跑来的时候更显得沉重地走在余西的身侧，想着自己是不是真的如门佑说的那样，已经渐渐地开始“重色轻友”，又或是出人意料的在乎门佑。

复杂的情感让金秋十月的比赛都显得单薄，毫无看点。不知不觉，华歆已经和门佑走在了回家的道路上。

落日的余晖矫情地照射在他们侧脸上，冷清的暖意还有莫名烦躁的心情。

“冷吗?”还有门佑莫名的关心。

华歆走在道路内侧，有些慌乱地摇摇头，想着“这天气说热都不过分，突然说冷是做什么”时，手掌心忽而感到躁动的温热。

一低头，错愕地发现门佑已经牵起了她的手。

“我冷。”没头没脑的不知道说什么的门佑丝毫不去理会华歆那红得可以炸碉堡的脸颊，自顾自地说：“你用的是什么护手霜，手好嫩。”

一时间，那凌乱的意识让华歆瞬间选择了甩开门佑，像中了邪一般的四处逃窜。嘴里还哆嗦地喊着：“你有病，你全家都有病!”

门佑也觉得唐突，想追上去，可是拐角就到家了。他望着那个不知所措的女孩子，低头再看着自己留有那女孩余温的手掌心。尴尬地笑笑扶额，自嘲道：“忍住啊，门佑。”

房门嘭的关上，站在楼下客厅的门佑妈妈吃了一惊。刚想喊“华歆出了什么事”，门佑就踏进了门。

“儿子，你惹华歆生气了?”珍阿姨纳闷，只能抓着儿子问。随后看着儿子的脸，更加郁闷地问道：“你们吵架了？你看你，脸都吵红了！”

门佑将包扔在了沙发上，这才感觉到自己脸颊应该羞涩地泛着红。无语地抬手搓了搓脸，眨眨眼睛对妈妈说：“我今年运动会上没有破纪录，可是她一定会变成白雪公主，于是我就冲动地生气了。”

“听不懂。”珍阿姨很利落地给出了答案，转身走向厨房，嘴里叽里咕噜地说着：“现在孩子到底在想些什么玩意？还是我老了，跟不上他们的节奏了？哎……”

唉。门佑也叹了口气，瞟了眼华歆紧闭的房门，无助的瘫在沙发上。

这下要怎么办?

“呼……”这时候躲在房间里不停地平复心情的华歆也没好到哪里去，双手叉腰在房间里来回地走。吸气吐气都上百遍了，小心脏还是克制不住地快速跳动着。

对，这个完全就是“根本停不下来”。

“……我想爆粗口了。”华歆边走来走去，边自言自语，“‘我靠’、‘卧槽’这些词我好想大声地骂出来!”

好吧，已经骂出来了不是？只不过没有大声。

“冷静，华歆。你一定要冷静！牵个手而已嘛，就当作他突然抽风了，别往心里去。千万不要往心里去。对，本来门佑这个人就很难琢磨。所以，不要当真。什么牵手，那就是握手！对，友好的握手!”

也不知道是不是真的说服了她自己，华歆大力地坐在了床沿，开始了死循环的左手握右手的游戏……

第十七章 过分执念

那晚，华歆做了个 16 年来尺度最大的梦，俗称春梦。醒来的第一时间，她看到了枕头上自己流了一大片的口水，顿时觉得自己离“矜持”越来越远了……

无语地盯着那泛黄的枕头一角，华歆象征性地擦了擦嘴角，回想起梦里那漫长的夜晚，门佑站在中心幼儿园多媒体教室的舞台中央，对面站着她自己。没有灯光，没有多余的声音，只看见门佑俯身缓缓地向她靠近。两个人之间忽略不计的距离却像是慢镜头一般缓缓拉近，缓到屏住呼吸，缓到咫尺天涯。

“我这是在干什么?”华歆揉了揉头发，暗骂自己的浅薄。梦里的两个人根本没有接吻，可心里的燥热却像是已经在唇上烙了印。“疯了要……”

下了床，看了时间发现才早上 6 点。结果一瞬间脑子停顿一般的产生了个疑问“今天星期几，要上课吗?”

华歆对自己都有些无语了，洗漱好换好衣服后，拎起包就往楼下走。才刚走下一个台阶，胳膊肘就被身后突然出现的人拉住了。

“你梦游啊?”身后的人带着没睡醒的腔调没感情地问道。

华歆怔了怔，回头没好气地甩开手说：“你才梦游。我起早去上学你看不出来吗?”

嘴上这么说着，心里却把重点放在了其他的地方。

比如：门佑为什么穿着睡衣，为什么穿睡衣的样子都能这么帅？

“呵。”门佑冷不丁地笑了，戳戳她的脑门说：“今天是国庆长假第一天。怎么，运动会没看够，还是觉得对不起我这个没能破纪录的，潜意识里想要回到几天前啊？”

几句话就让华歆面红耳赤，这个门佑真的是不说话会死！不过话说回来，她今早想到的那个梦难道不是昨晚的，而是几天前的梦？

“哦，华歆已经起来了啊。真乖！门佑，你怎么还穿着睡衣呢！还有一个小时就要出发了，你倒是换衣服啊！华歆，帮帮我们门佑，让他动作快点。”珍阿姨火急火燎地说着话，一下子又不知道干什么去了。只听见楼下乱七八糟的声响。

门佑翘起嘴角邪恶地笑了笑，再次拽过华歆，拉进了自己的房里。立在门边的华歆在门佑不怎么透亮的房间里思考了半晌，终于恍然大悟道：“哦，我们好像是要去玩来着。”

“还记得要去哪里吗？”

“游乐园……你干什么!?”华歆面对着忽然开始脱衣服的门佑，骤然提高了分贝。

“换衣服啊。”门佑回答得很正经，不仅语气正经就连表情都一副“我是真的在换衣服，难道你看不出来”的正经表情。

“嘭”一声，华歆二话不说摔门回房。门佑一个人立在房中，苦笑不已。但是，心里还是忍不住开心，出去玩能发生很多好玩的事。

仔细想了想后，门佑肯定了一点：当初要是提议去海边，那华歆就能晒得更黑了。

然后，隔壁房间传来了华歆结实的哈欠声。

没几分钟后，门佑和华歆一同坐上了去游乐场的大巴车，自然门佑的妈妈在关键的时刻选择了和好姐妹去商场血拼。用膝盖想想也知道这绝对是门佑妈妈导演的又一出好戏，儿子的终身大事真是操碎了为娘的心啊。

“啊……”好像是没睡醒，华歆一个劲地打着哈欠，头都不止一次磕到了玻璃窗上。那发出的咚咚声让同车的人都忍俊不禁。

门佑真的是看不下去了，从上车发现她很困开始就让她靠着自己的肩膀睡觉。这家伙还死活不肯，现在说什么也不听她废话了，直接抬手将她的脑袋摁在了自己的肩膀上。“别乱动，好好睡觉。”

“我能说我现在一点也不困了吗?”不肯借用他肩膀的原因就是，靠这么近睡得着才怪！华歆睁着不太清醒的眼睛无奈地问。

“不困也给我睡。”门佑似乎也被逼急了，管他三七二十一摁着华歆的脑袋不放。

“能不能不要这么独裁啊?”唉，真是为什么总是做些令人摸不着头脑的行为，为什么总是做些令她感到暧昧不清却又隐约期待的事情？“那我睡了，万一流口水怎么办?”

门佑听完后立马环视了下周围，正好车上有一个带着孩子的妈妈，他居然欠身对那个妈妈说：“不好意思阿姨，孩子的围嘴能借我用一下吗?”

说完，这边的华歆立马拿起车上分发的塑料袋羞愧难当地扣在了门佑的头上。果然和他单独出来就是个错误，国庆第一天就要斗个你死我活的即视感是怎么回事?

“呵呵，开玩笑呢。”门佑笑着把塑料袋从头上拿下来折好放在一边，看着华歆再次说道：“你睡吧。我衣服防水的。”

我的天，还能不能愉快地玩耍了？华歆摇摇头，一副投降的表情对他说：“没关系，我还是不睡了。还有多久到?”

“就快了吧。今天国庆一定有好多人的，到时候需要我插队的话跟我说一声。”对此，门佑如此热情体贴地说道。

华歆也只能点点头，插队这种事情怎么能让门佑去做？他浑身上下的气质哪有一点像是能干插队这种没有维持秩序意识行为的气质？要是陆敏在这里就好了，插队这样的粗活简直就是她的拿手好戏啊。

这事说起来主要是看谁脸皮厚。

大早上 8 点就到了游乐场检票口，下了大巴华歆抬手抓了抓脸颊，总感觉脸上皱皱的。随后门佑就伸手从包里拿出一瓶能量花水二话不说递给她，华歆接过自然地往脸上喷了喷。

“你想先玩什么？”两个人排队等着买票期间，门佑翻看着手里的宣传册问道。

华歆不假思索地回答：“我想先吃早饭。你呢，不饿吗？”

门佑把宣传册放进包里，非常同意地点点头说：“等会进去看看有什么好吃的吧，我现在特别想吃肉包子。”

“我想喝粥。”华歆望着前面缓缓移动的队伍，有点焦灼的回应了他这个话题。

“嗯，喝粥就该配肉包子。”门佑的声音听起来有那么点高兴。华歆听闻，扭头回望他，不知道他为什么突然嘴角向上翘。

终于进了游乐场内，华歆一下子就被眼前的景象给吓到了。这人真的不是一般的多，才几点，居然每个设施前都大排长龙了。

“门佑，我现在要慎重考虑一下你插队的问题了。”现实毕竟是残酷的，华歆心里已经准备好让门佑牺牲色相得到靠前的位置了。但仔细一想，她第一次和门佑来到这样的地方，这样类似于约会圣地的地方，而且只有她和门佑。

忽然之间，这种紧张局促感席卷了全身。

“怎么了？”门佑站在她跟前，俯身看了看她的表情，伸出食指点了点她的眉心问：“一副想笑不敢笑的样子。”

华歆立马退后三步，右手抓着自己的左手臂尴尬地说：“先去吃早饭吧。”说完，一个人噔噔地往一个方向走去，被无端冷落的门佑有些摸不着头脑，但是也耸耸肩跟在了她的身后。

或许今天一整天都是意外之旅，华歆自然也没想到就连一个 KFC 都可以人满为患。于是，她在那个瞬间想对门佑说：“我们退票回家吃大餐吧”。

“没事，你先找位置坐，我去排队。”门佑好像又读懂了她的心理，往前走了一步突然回头略有些遗憾地说：“这里不卖肉包吧？”

呃，这个节骨眼上计较什么肉包子啊？华歆有些费解地想着，然后眼睛往人群里一扫竟然看见了队伍很靠前的余西！于是立马拉着门佑往前凑，她笑呵呵地拉了下余西的袖子，待余西回头，更是笑容灿烂道："好巧哦。"

回头的余西将目光全部集中在了华歆身上，惊喜了一秒后才意识到她旁边的门佑，忙收敛住了内心的欣喜，很是懂事地问道："你们要吃什么？"

这边华歆高兴不已，这边的门佑却意外地把重点放在了余西手上还没有吃的肉包子。心里忍不住骂道：有人会拿着肉包子来肯德基续餐吗？这家伙是不是故意的？

"我们要两碗粥，两根油条，再给华歆来根紫薯条。"门佑心平气和地说着，然后毫不犹豫地要求道："你的肉包子能卖我吗？"

没等余西震惊，华歆就先受到了惊吓。她睁大眼睛望着门佑不正常的反应，不好意思地冲余西笑笑说："呵呵，他开玩笑。你肉包子哪里买的？"

"哦，就游乐场大门附近。"余西说完愣了愣，还是很善良的把包子递给了门佑，对华歆说："他看起来对包子有很强的欲望……"

门佑倒是不以为然，接过包子说了声谢谢。但那声谢谢就连华歆都听得出相当的勉强，她皱眉看了眼门佑，悄声地问道："你就这么想吃肉包子吗？"

"你懂什么？"略有些强势的反问，这有点不像门佑的风格。对此，华歆只好当自己多管闲事了，男生执着起来也不是开玩笑的。

然后，莫名其妙的游乐场的早饭就成了华歆、门佑、余西还有余西妹妹余小南的聚餐了。余小南已经到了上小学四年级的年龄了，在看到门佑的瞬间，不可否认小女孩的眼睛都亮了。

但是，门佑吃着包子目光流露出一股浓郁的不爽情绪。

"哥哥，你的这位同学好帅。"余小南毫不吝啬地在自己亲哥哥面前称赞了门佑大少爷的皮囊，还追加问了句："旁边这位姐姐是他的女朋友吗？"

小妹妹，还能不能安静祥和地吃早餐了？华歆红着脸，几乎是尴尬地笑着轻轻摇头。余西也是一脸为难，其实这个问题他也纳闷着。倒是门佑忽然间心情大好，问余小南："等会我请你吃冰淇淋。"

"嗯嗯。"余小南满心欢喜地答应。

听到这话的华歆心里冷哼道："真是禽兽，连小学生都不放过。"

余西也笑着宠溺地摸摸余小南的头，继而对华歆说："你，你们怎么也会想到来游乐场玩？我以为这国庆人山人海的你不愿意出门呢。"

"哦，这个……"总不能说这个都是门佑的妈妈捣的鬼吧？华歆还是笑笑，编了个谎话说："我对游乐场也有憧憬，长这么大从来没来过。"

"难怪你大早上醒来跟梦游似的，原来是高兴疯了。"门佑这时候已经吃完了早餐，擦擦嘴若无其事地说道。

华歆怔住，他刚刚说了什么？再看向余西，显然是一副"什么情况"的表情，眼里还有对门佑嘴里那句"大早上醒来"的话感到的错愕。同样的眼神连一个才读小学四年级的小朋友眼里也能看到。

所以，门佑到底是把话说得有多直白了。

"来的路上你不就是这么和我说的吗？"门佑见华歆瞠目结舌的样子，面不改色的补充道："干吗，失忆了？"

"呵呵，就是啊，可能是太兴奋了我都忘记自己说过这样的话了。"华歆干笑着拍了下门佑的肩膀，扭头特意对余西他们说："你看我太没出息了。"

"没事。很可爱啊。"余西莫名地松了口气，然后说了句发自内心的话。

门佑站起身，顺带拉起华歆，对余西兄妹说："那我们先去玩了。至于小南的冰淇淋随时都可以兑现。你现在想吃吗？"

"现在饱了，等会遇见你再问你要。"余小南可真是个懂事的孩子。

"好。"门佑微笑示意再见，随即有点迫不及待地想把华歆带离这个本就不该进来的肯德基。

华歆拎着包被拽起身，对余西说："那再见。"

"嗯，玩得愉快。"余西淡淡地笑道。

等到他们离开后，余小南小心翼翼地问余西："他是不是喜欢那个姐姐啊？你说姐姐可爱的时候，那个哥哥明显不高兴了。"

“我知道。”余西答。

被门佑拉到外面的华歆有些费力地挣脱开来，她瞥了眼神情有些古怪的门佑，略微谨慎地抱怨道：“你刚刚为什么非要吃余西的包子啊？”

“得了一种今天要是吃不到肉包子会死的病。”门佑毫不犹豫地回答了，还睁着一双人畜无害的眼睛直直地看着华歆。

最后华歆拿他没辙，只好赶忙转移话题指着前面的海盗船说：“先玩那个吧。”说完就一个人先跑过去排在了队伍的最后面。

门佑站在原地无奈地叹了口气，揉揉自己的头发暗自骂自己的冲动，最近好像一遇上华歆的事情就有点束手无策而且还偏执得很。

唉。

第十八章　如果有梦

玩了海盗船差点把早饭都倒出来的华歆结果还表示这游戏带感，感觉自己像是任人随便捏的糯米团啊。听完华歆的陈述，门佑差点吐了，他觉得这个形容实在有够恶心的。

“热啊。”又在忙不迭准备排队的华歆皱着眉头拿手给自己扇风。

站在后边的门佑脱下自己单薄的棒球衣盖在了她的头上，身上穿着一件白 T，对华歆说：“这天气大概得国庆过后才转凉吧。”

“呵呵，嗯。”华歆感觉到头顶上遮阳的棒球衣有门佑身上的味道，隐隐地觉得难为情。但是又觉得还给他实在是太矫情，矛盾之下竟扯紧了那衣服。然后心里有道声音在鄙视华歆：你根本就没想把衣服还给门佑，你就喜欢这样。

我呸！

“冰淇淋吃吗？”没有对话许久之后门佑再次开口关切地问，而且他的视线已经牢牢锁定了某一处诱人的冰淇淋店了。

华歆稍微掀开头顶上的衣服，仍旧皱着眉头，阳光刺眼到一定地步就恨不得自戳双目。她说：“我去买吧。”

听到这话，门佑有些意外，但是这种感觉也是稍纵即逝。他点点头，直接把整个钱包塞到了华歆手里说：“给我来个缤纷大甜筒。”

华歆把钱包一推说：“我带钱了。”顿了顿后又问：“你的意思是要吃最贵的是吗?”

“嗯，所以还要继续拒绝我鼓鼓的钱包么?”

忍。华歆咬咬牙，一把夺过他的钱包。本来想着一两块也就算了，但是鬼知道他要吃的最贵的那种冰淇淋到底有多贵?

“注意安全。”末了还是如此温柔地叮嘱了她一句。华歆走出队伍，看了他一眼，发现他仍旧面带微笑地看着她，似乎是要目送她到目的地。怎么都觉得害羞的华歆急忙扭头大步朝前走去。

来到离自由落体项目不远的冰淇淋店，华歆到底还是免不了排队的命运。这时候后面跑上来排队的一个男生不小心撞到了前面的华歆，害得华歆手一抖钱包掉在了地上。

男生很是抱歉地急忙弯腰帮她捡起了钱包对她说：“对不起，喏。”待华歆接过钱包，男生好奇地追问了一句，“钱包里那张照片很好看。”

“嗯？哦，这钱包不是我的。”华歆说完愣了很久，这个一问一答逻辑上是不是有什么问题？想了想，她打开钱包后赫然看见自己的一张睡颜照就这么安安静静地躺在门佑的钱包里。顿时，一种被别人扒光的即视感油然而生。

“呵，这是你男朋友的钱包。”男生似乎明白了怎么一回事，没有追问，笑笑后没有再说话，但是他也看见了华歆脸上窘迫的表情，好像第一次看见这样的照片。

华歆尴尬地转回身，忍不住回望在队伍里排队的门佑，真想把钱包拍他脸上！这张照片是什么时候的事啊，为什么作为当事人的她一点都不知晓！门佑那家伙不会半夜三更起来潜入她房间只为拍一张照片吧?

细细想了会儿后，华歆忍不住起了鸡皮疙瘩。

“排了很久的队吗?”回去之后门佑接过冰淇淋和钱包，看了眼有些不对劲的华歆问道。

华歆摇摇头，默默地排回到队伍中，舔了口冰淇淋，实在是熬不过内心的困惑，扭头问门佑：“钱包里的照片……”

“哦。”门佑立马给了回应。

“拍得挺好看的。”华歆又舔了口冰淇淋，不知道为什么她又不想知道门佑做这样事情的初衷是什么了。

听到出人意料的回答，门佑语气里之前表现出的慌乱瞬间被抚平。但实际上他知道，对于华歆这样淡然的反应，他有说不清的不安感。

“不过以后能不能征求下我的意见?”手里的冰淇淋很快就开始了融化，华歆似乎也无意在冰淇淋上，只是轻轻地说了一句。

门佑“嗯”了声，没有再做其他的回应。本来排队这件事就需要极大的耐性，两个近在咫尺的人又似乎开始了漫长并且煎熬的等待。

“你要是不喜欢，我可以删掉。”在冰淇淋融化的水滴掉落在地上的时候，门佑闷闷地对着华歆的后脑勺说了这么句话。

当时华歆怎么回答得他已经记不清楚了，只知道游乐场成了一场期待错误的梦。对门佑而言如此，对华歆也如此。

晚上回到家已经近8点，门佑和华歆都没有吃过晚饭，却不约而同地回到各自房间，锁上房门，没有进一步的交流。

“他什么意思?”华歆本就筋疲力尽，此刻又添加了不少的烦恼。想起白天门佑那句生硬的话语，她就觉得又气又好笑。怎么好像变得她不讲道理并且无理取闹了呢?“可能现在他已经把照片删了吧。”

对于结果，华歆忐忑，但是她又肯定碍于面子的门佑一定已经做了选择。万般无奈之下，华歆叹气，掏出手机看了看他们居然没有拍过一张合照。

房门外是妈妈在敲门，叫着他的名字，带着些许小心翼翼。门佑烦躁不安，脾气都差了起来，对着门外的妈妈喊了句“在洗澡”后就对妈妈的关心充耳不闻。

怎么了呢？门佑自己也不解，只是觉得华歆好像对于自己私自把她照片存为桌面背景感到不高兴。搞笑呢，他原本以为她会惊喜。想来，自己是不是做了什么特别幼稚的事情，让华歆觉得他一点都不稳重且不尊重她。

“唉，女人心海底针。”门佑自嘲地搓搓脸，拿起换洗的衣服进了浴室。走进去之前，瞥了眼挂在衣架上的那件橘黄色卫衣，想着明天就穿那件。这样的话，华歆会不会稍微高兴一点？

拗不过儿子的脾气，珍阿姨只好求助于华歆，好在华歆虽然心情复杂，但仍旧摆出了一个女生应该有的礼仪。和珍阿姨一起坐在了床沿上，一开始华歆并没有主动交代今天她和门佑在游乐园发生的事情。

“你们两个孩子怎么了？一回家话也不说，搞分裂啊？”珍阿姨对华歆从来都是有话就说，丝毫不顾忌什么。

华歆忙摆摆手解释说：“没有没有，我们只是玩得太累了。真的，阿姨你不要担心。”

“真的吗？”珍阿姨还是一脸的怀疑，忍不住嘀咕，“门佑那小子是怎么回事，很少见到他这样不高兴的样子呢。”

不高兴吗？华歆又在心里叹了口气，好像真的是她做了什么不对的事情。即使看到了他钱包里自己的照片也不应该大惊小怪，或者说应该当作没有看见过。毕竟，她也搞不懂门佑放自己照片的原因，辟邪又或者纯粹是觉得好玩。

“那你们明天还想去哪里玩，阿姨给安排。”嘴上说着不操心，结果还是一如既往的安排了起来。

华歆急忙婉拒说：“我就不出去了，接下来在家做作业吧。”

“哦，看我这记性，光顾着给你们培养感情了，忘记了你们得学习呢。”珍阿姨笑着拍了下自己的脑袋，很是滑稽。她说：“那你早点休息啊。阿姨就不打扰了。”

华歆乖巧地点点头，送阿姨出了房门。等待房间回归平静的时候，她忽然觉得自己应该和门佑说点什么，可是又觉得说什么都不对。

此时，手机却振动了一下。

她拿起手机打开一看，是门佑发来的短信，短信只有简单的两个字“晚安”。华歆笑了笑，快速地摁下几个字之后又心一沉给逐个删掉了。

同样回复晚安，就好像什么事情都没有发生过。华歆看着那条短信陷入了沉思，觉得自己矫情，到底还是回复了一句“变态”后作罢。

“什么？变态？”满心欢喜加上迫不及待地点开短信，门佑彻底无语了，想不通为什么这么正经又衣冠楚楚的自己会被冠上“变态”二字？躺在床上，手指麻利地回复了短信，这一次再怎么等都没有收到回复。

而华歆手机上显示的那条短信里的内容尽是对“变态”二字的定义，并质问自己究竟哪一个定义是和他有一毛钱关系的？

“唉，不管多么聪明的男生想问题就是和女生不一样啊。”这是华歆最后的感叹，关上手机后进入了梦中。梦里，她还在继续说：“何止是不一样，简直就是天差地别。你在说变态，结果他给你百度了变态的定义。对于女生而言，骂门佑这样的男生变态难道不是娇嗔故意惹他注意的表现吗？呵呵，真是没什么好说的。”

梦里，华歆还是没办法明白。没办法明白自己骂门佑变态的意义，以及没办法明白门佑对自己态度变化的原因。她只知道，那颗跳动的小心脏好像变得有些奇怪。

“这是生气到连短信都不想回了。”门佑再次给自己那个时候回复的短信内容给跪了，“我是不是有病？百度什么变态……”

把手机扔在一边，躺在床上辗转反侧的门佑终究还是抵挡不了白天游玩带来的疲惫，沉沉地进入了梦乡。

梦里，他被华歆罚抄了一百遍变态的定义。

隔天，算是很早起来的门佑穿戴整齐，帅气逼人地出现在了妈妈面前。珍阿姨看到自家儿子帅成这样，简直称叹连连。这个世上能把儿子生得这么帅的也只有她了，必须给自己106个赞。

“华歆呢？”刚拉开椅子准备坐下吃早餐的门佑漫不经心地问了一句。

珍阿姨解下围裙，随口答道：“哦，一早就出去了。”

“出去了？”门佑蹙起眉，显然有些不痛快。这身衣服不是白穿了吗？这丫头用不着连这样都躲着自己吧？

珍阿姨也拉开椅子同儿子坐下吃起早饭，又补充了一下说：“歆歆去图书馆了，听她自己说做作业好方便查资料。”

方便个屁。门佑当即就在心里回了一句，然后闷声不吭地吃自己的早饭，顺便也对自己妈妈说了句：“等会我出去下。”

“知道。反正歆歆在哪你就在哪，妈明白。”

“……”能得到当妈的支持，门佑心里很是感激，但是能不能稍微委婉一点？做儿子的也是会害羞的好吗？

对此，珍阿姨笑而不语。

早就出门一个人在图书馆奋斗的华歆忽而感觉到世界一片祥和，这个节骨眼上只要不和门佑在一起，世界就充满和平。

对面的座位忽然有些响动，华歆抬头，在看见对方的时候一阵惊讶，但很快就恢复平静。没有搭理对方，只是埋头做着自己的作业。

直到对方语气冰冷地开口道：“我看到你从门佑家里出来了。”这会华歆才觉得，忽视或者无视都是对自己的一大威胁。

当下，她想解释又隐约觉得和她有什么好解释的。

第十九章　这是秘密

“怎么不接电话?”半个小时后，门佑出现在了她的眼前，坐在了之前对面的那个位置上。拉开椅子，动作一气呵成，没有任何不对。

华歆将视线从题目中抽离开来，悠悠地望着他说：“这里是图书馆，我不想大声说话打扰到别人。”

门佑忍不住发笑，四下张望然后反问道：“这是国庆，也只有你才会来到图书馆。打扰到别人，你不觉得你现在唯一能打扰的人就是我吗?”

无法反驳。华歆心里承认，住在他家不仅对他，对他全家都是一个打扰。于是，有些郁闷地回了一句“对不起”。

这句“对不起”倒是令门佑愣住了。他好像彻底被打败了一样，注视着已经不把注意力放在自己身上的华歆，他先是吐了长长的一口气，然后缓缓道：“华歆。”

华歆抬头，好像是第一次听见他叫自己的名字一样，受宠若惊又不知所措。她局促不安地同他对视，自己的慌乱在他眼底无所遁形。隐隐地觉得好笑，又急着想要躲开。

“你笔拿倒了。”门佑伸手过来拿过华歆手里的水笔，拿正之后重新放回她的手心说：“那样子拿笔容易伤到自己。”

此时面红耳赤的华歆恨不能咬舌自尽，反正挖地洞藏起来也会被他找到的，还不如来个痛快的。

“说起来，上次测试听说你拿了文科第一？”门佑突然脑抽似的又抛出了个话题，显然这个话题是华歆愿意讨论的。

华歆语气轻快，笑着点点头说：“好像是有这么回事。”

“是吧，我说什么来着，请我吃饭就当感谢我了。”门佑也很高兴，不仅高兴华歆拿了第一，也高兴当初暗自给她换了自己的桌子。

华歆看着他，想了想后点点头：“可以。不过吃什么我来定。”要是门佑想吃什么高档的东西，恐怕华歆得哭着求店员能不能打个折了。

“文理不分家，这话说得很对啊。”门佑心情忽然明朗，也翻开自己带来的作业，拿笔在上面写写画画。

“本来我刚开始报的是理科呢。”门佑的话勾起了华歆的一些记忆，那是高二的事情。“但是爸妈觉得我数学不差，报文科说不准能拿个好成绩。”

“嗯，你爸妈真的是有先见之明。”门佑不住地对她爸妈的提议点头。

“那个时候好多报理科的同学也让我报理科，说是女生在理科班会被当成宝。”华歆说到这个的时候也忍不住笑了，其实他们说的不无道理啊。

但是门佑对此的想法只有一个：要是华歆来了理科班，他没准一天到晚能做的事情就是怎样“排除异己”，把她锁定在自己的视线范围内。想想，这事情有些折磨人。

“你那些同学都是男的吧？”冷不丁地还是抛出这么一句。

华歆点点头，没有半点犹豫。她说：“他们都很厉害的，只是没有你那样全面发展。都偏科太严重，初中那会就这样。数学考满分，英语考 28 分。”

哼。门佑鼻子里发出了这样的声音，有些嘲讽又有些不情愿听。他抬头眼睛亮亮的，看着华歆问：“你的那些同学都叫什么名字？”

“你要干吗？”

“课间十分钟的时候我可以找他们谈谈人生。”

“……”

图书馆回归平静，这个阅览室只剩下华歆和门佑的笔在作业上沙沙的声响。这种声音像是一味定心剂，让本来焦躁的两个人都慢慢地沉淀下来，明白当下最重要的是什么。

“错了吧。”门佑无意中斜了眼华歆的作业，刚巧做到了自己已经做过的那一张数学试卷。他抬起手想要越过那点距离，却发现华歆怎么离自己那么远。

旁边的椅子被轻轻拉开，华歆惊讶地看着他，紧张地问：“对面坐着好好的，你干吗?”

“你紧张什么?”门佑见华歆的反应有些大，按捺住内心的激动对她说：“过来方便纠正你的错误，这么大惊小怪干什么?”

“我……”华歆嘴上说不出什么话来反驳，手上却下意识地想把自己的东西往自己这边挪一点。

哪知门佑一把抓住她的手腕，看着她的眼睛说：“检查完你的试卷并且把你的问题都解决了我就坐回到自己位置上，这样可以了吗?”

得到莫名其妙的保证，华歆用力地点了点头。结果门佑见她一脸巴不得他早点坐回到原先位置上的表情后真的是想扔下她就回家了，这女人脑子里难道对他一点想法都没有么?

“华歆你真的是……”再一次叫了她的名字，这次门佑显得有气无力。最后投降，只能乖乖的检查起华歆的作业。

一边的华歆看着自己的手腕还被抓着，尴尬地动了动说：“你可以放开了吧?”

“不行，检查完我再放开。”门佑右手拿笔，左手抓着她的右手腕，一本正经的补充道：“你的手腕还是……”

“手腕细不会死人的，你认真检查我的作业好吗?!”能不能不要插入其他的题外话啊？华歆本能的拒绝这种亲密的谈话，因为每说一句都让她觉得自己心脏会受不了，尤其是还在离门佑这么近的地方。万一被他听见了自己狂热的心跳声，她还有什么脸住他家？

门佑这会看着她轻笑了下，埋头帮她仔细地检查作业。华歆则单手支撑着脸颊，看着在自己试卷上圈圈点点的门佑，这才恍然大悟。

“哦，今天怎么穿了这件？”有些高兴，因为她一直觉得这外套好看，特别温暖。

门佑头也没有抬，这会好像把全部的心思都放到她的试卷上了。只是含混不清的回答了一句：“你要是喜欢我可以天天穿给你看。”

你要是喜欢我，可以天天穿给你看。华歆脑海里自动把句子断句成了这样，刹那间满脸通红，连带着被他握住的手腕都渐渐的发烫，全身都紧绷着不敢动弹。

半个小时后，门佑放下笔自然也松开了她的手腕。回望她，却发现华歆不自然的神情与稍微躲避的眼神，纳闷道：“我在给你批改作业的时候，你一个人在想什么不该想的东西？不会是在想我吧？”后面这句说出来的时候，他都感觉到自己话语里的高兴。

华歆一把夺回自己的试卷，忙扯开说：“怎么样，我有很多错吗？”

“那倒没有。”门佑也没有继续纠缠很是认真地给她分析了起来，表情还很是严肃。“不过你的问题很严重啊。你这么粗心，后面的附加题做对了你的总分也不高啊。你看，这里让你求 xy 的答案，结果你分别求了 x、y 的答案。还有这里……”

唉，停止吧华歆，不要再胡思乱想了。再这样下去，真的会和门佑说的这样，即使附加题做对了总分也不会高的。

“怎么一副好像考不上重点大学的表情啊？”门佑也学她那会单手撑着自己脸颊，笑着调侃她说。

华歆真的是没心思理会他的玩笑。此时，她搁在桌面上的手机振动了一下，她拿起看看竟是张洪笑发来的短信，顿时消极的心情变得更加沉重了。

“怎么了，谁发来的短信？余西？”门佑看着她有些不对劲的表情，急忙追问。

华歆眯起眼睛不解地反问：“余西？为什么？”

“哦，不是就好。”门佑也整理了下，却迟迟不肯坐回到自己的位置上。看样子华歆也好像忘记要驱逐他了，正好可以心安理得地坐下来。“不是余西，难道是其他的男人?”

华歆“啧”了一声，露出了鲜少有的不耐烦的表情，推了他一把说：“滚回自己位置上。”

嘴贱！门佑真是搬起石头砸自己的脚，只好在华歆不友好的眼神中悻悻地回到自己的座位上，但是不甘心地又说：“要不你帮我检查下英语作业?”

华歆望着张洪笑的短信出神，没有听见门佑的提议。门佑等了等见她心不在焉的，不动声色地凑了过去，一眼就看见了那条短信的内容，顿时脸色也渐渐变了。

“她是谁?”冷不丁的出声吓了华歆一跳，她急忙收起手机，眉头皱起说：“一个同学。要不你先回去吧，作业我帮你看了再给你带回来。”

这不，门佑好看的脸上出现了复杂的神情，几乎就想直白地问华歆“被这个张洪笑知道我们住在一起的事情，她会为难你吗?”的问题。但是，想了想还是作罢。当初自己也和华歆说过，不要让别人知道他们住在一起的事实。可是这会，他想收回那样的话，滴水不漏的收回。

“我们一起回去，你还要请我吃饭的。”门佑镇定自若地摊开另一本作业，拿起笔做了起来。“既然被人看见了，以后还会更多人知道的。还不如坦然一点呢，再说我们又不是什么偷偷摸摸的关系？我们是正当合法的。”

“你再胡说我就走了。”正当合法你七舅姥爷，那是夫妻关系好吗?

“OK，做作业。”

虽然门佑的话还是那样不正经，但意外地让华歆觉得安心。她是有点怕，怕张洪笑说出去会引起什么无法收拾的后果，但眼下张洪笑发来的短信却说不会说出去告诉大家，让她放心。怎么都觉得有些不对劲的华歆也没有将人往坏处想，都是同学的想必也没有做到那么绝的地步，尽管这个张洪笑很有可能是喜欢门佑大军中的一员。

挣扎了许久，华歆回复了一条短信：谢谢你替我保密，也请你替我保密。然后也不知道对方是什么样的心情，华歆再也没有在这件事情上多费心思。

因为，门佑站在她这一边。

第二十章 亲没亲到

走在无论何时都人头攒动的街头，华歆都担心着同学会突然冲出来对她 say hello，然后一脸惊诧以及艳羡地看着身边的门佑说“哇，什么情况”。每每想到这样会被人误解，华歆心里觉得既窃喜又害怕。这个年纪，还没有那个胆量谈什么未来。

进入金秋十月，白昼温差已经变大。即使白天太阳高照，微风吹来还是感到了秋意浓烈，更别说晚上了。滑稽的是，在这样的季节大街上穿什么衣服的人都有。

“总是心事重重的老得快啊。”门佑走在外侧，无奈地伸出手点了下华歆紧皱的眉头。“请我吃饭这么不乐意。”

眉心凉凉的触感让华歆清醒不少，抬头掩饰地笑了笑。搓了搓自己的手臂，对门佑说：“去吃过桥米线怎么样？”

顺着华歆指的方向望去，门佑一脸的黑线。还没等他说什么，华歆就自顾自地往那家店走了过去，跟在后面的门佑只能任其摆布。

店门口摆着一块小招牌，上面用粉笔写着参加吃米线大赛拿第一的人可以获得 KTV 优惠券一张。急于进门的华歆无视了这块招牌，而优哉游哉走在后头的门佑一把将华歆拉了回来，同他并肩站着。

“参加比赛怎么样?”门佑兴致勃勃地提议道。

华歆一脸“你没事吧”的表情望着他，然后莫名其妙地点头说：“好吧，反正也不吃亏。试试吧，吃米线可是我的强项。”

进了店里，通过老板娘的解说之后，华歆有一种被骗的感觉。她愣愣地看着门佑，小心地扯了扯他的衣角很是为难地说：“我们还是别参加了吧。”

“为什么不参加?”门佑那种跃跃欲试的感觉简直就像是专门为了这比赛来吃米线的，他笑着对老板娘说：“给我们来一碗巨无霸米线。”

说完，不顾华歆的反对硬是将她摁在了座位上。这比赛可不是一对一的比赛，而是二对二的比赛，也就是两个人同吃一碗面，看谁吃得快。这摆明了就是为情侣准备的，华歆觉得没必要蹚这个浑水，安安静静地吃米线不好吗，非要参加这么硝烟弥漫的比赛。

“看着你我吃不下……”华歆环顾周围，参加比赛的也有好多人，竟然还有男男和女女的。这区区一张 KTV 的优惠券值得这么拼吗?

门佑见她坐立不安，笑着安慰道：“怕被人看见，我们就一定要赢啊。早点吃完早点躲进 KTV 唱歌啊。”

“你还有道理了。”华歆撇撇嘴，只能硬着头皮上了。

另一桌的一位男生睁着亮亮的眼睛打量着华歆，眼里有欣喜也有惊讶。同他一起来的女生见他出神地望着华歆，有些嫉妒道：“怎么，被别人家的女朋友给迷住啦?”

男生笑着收回视线，浅笑道：“短时间内碰见了两次有点好奇而已。”

服务员把超大碗的米线端在了在座各位的桌子上，老板娘站在店中央，笑意盈盈的宣布道：“那么，各就各位，开始!”

然后就听见店里各种吸米线的声音，这种声音一起响动的时候华歆忍俊不禁，好几次停下筷子忍不住笑了。门佑见她总算是展露笑颜，这才放宽心，催促道：“不要光顾着笑，要努力地吃。”

华歆收住笑，重新拿起筷子说：“抱歉，觉得我们都好搞笑。”

虽然只是个娱乐大众的比赛，但参赛的客人都非常的给力，完全拿出了一种要冲出亚洲的气势。华歆本来轻松的心情忽而一下子感觉到了比赛的残酷和紧迫，也使出了平时吃米线的干劲，飞快地吸入。这样子不加掩饰的自己华歆本不想给门佑看到，但关键时刻保持矜持根本没有半点好处。

“还有5分钟哦。”老板娘在一边掐表来着，仍旧笑意盈盈的宣布最后的时间。

碗里只剩下少许的米线，华歆和门佑不约而同地夹起了最后一根米线塞到嘴巴里，然后当华歆意识到两个人的距离在缩短的时候，她愣然待在那里一动不敢动。

门佑也注意到了，两个人正吃着同一根米线。脑海里有很微妙的想法，门佑看着愣住的华歆，大大漂亮的眼睛就这样不知所措地看着自己，一瞬间的心动就像气球一样不断地膨胀。他侧了下头，往前俯身自动缩短了与华歆的距离，然后一点点地吃着米线，吞噬着两个人之间的距离……

他要干吗？要是亲到了怎么办？怎么办怎么办？我是咬断米线，还是保持这个姿势？天哪，越来越近了！聚焦的视线几乎被门佑垄断了，情急之下华歆选择闭上了眼睛。

“哇哦，恭喜优胜者产生！”

“小情侣果然带感啊！”

“恭喜恭喜！”

耳边充斥着混乱着掌声以及嬉笑的调侃声，华歆不清楚在说谁，但总之她现在的心脏已经超速了，而且怎么都没办法平静。

“我们赢咯。”经过老板娘和素不相识的人的祝贺后，门佑牵着华歆的手走到了凉意浓浓的店外。

秋风好像有一种洗脑的功能，当即就让华歆选择忘了刚刚发生的事情，但是刚想说点什么的时候却结结实实地打了个喷嚏。

“唉，我说你啊。”门佑边叹息着边脱下了自己橘黄色的外套披到了华歆的身上，指指米线店对面的那间KTV说：“时间还早，要不把它花了吧。”

呵呵，好主意。华歆此时的想法就是赶紧离开这个是非之地，但是又无意识地被门佑牵引着。刚抬脚走了两三步，忽然周围窜出来几个认识的人。

“门佑，真的是你啊。”首先开口的是好久没有瓜葛的吴筱，永远只看见门佑的吴筱。“华歆，刚刚和门佑吃米线的不会就是你吧？”

现在还讨论这个有意义吗？华歆觉得头疼。

“华歆，你怎么连国庆都不联系我呢？”这边出现的陆敏让华歆感到意外，她怎么会和吴筱在一起？可能是看出了华歆的困惑，陆敏轻声地对她说：“逛沃尔玛的时候碰上的，非拉着我给她当顾问。你说就我那个时尚品位给猪当顾问，猪都嫌弃啊。”

“你这意思是她连猪都不如？”华歆笑着假装很自然地从门佑的手心抽离，继而挽过陆敏的手问：“要不要一起去 KTV？”

“好啊。”陆敏自然是满口答应，随之答应的还有吴筱。

门佑活动了下自己的双手插进裤袋里，满不在乎地说：“那就再多叫几个人吧。”都是女孩子，他总不能过于明显的缠着华歆不放吧。

“啊，叫上余西吧。”陆敏的提议真的是好得不能再好了。

华歆看了眼门佑，门佑也正看着她，然后随意地回了一句：“我无所谓。”之后就有点冷淡了，华歆也不知道该说什么，好像人多的时候她和门佑之间就有无形的障碍。

开了个包厢后，陆敏一屁股就找了个舒服的地方坐下。吴筱倒是很冷静，在门佑坐下之后立马坐在了他的旁边。华歆看了眼，挑了个最靠内的位置坐下，反正她也不爱唱歌。同样不爱唱歌的余西也坐在了她的旁边，看见了她身上穿着门佑的衣服，也只是笑笑。

“你不唱吗？”耳边是小胖同学震耳欲聋的《死了都要爱》，华歆被他唱得乐了起来，看了看身边安静的余西，主动地问道。

余西摆摆手说：“我是音痴，五音不全的。”

“五音不全是病啊，得治。”华歆捂嘴笑了，笑起来的眼睛像是月牙，漂亮得不得了，那笑容就像是一种恩赐的幸福。

余西意识到自己看她有点入神了，连忙扯开问："你呢，也不唱吗？"

"哦，我嘛……"华歆下意识地瞟了眼那一头的门佑，正认真地听着吴筱唱情歌呢，还时不时露出唱得不错的表情。真是令人一点想要表现的欲望都没有，倒胃口。"我等会再唱，现在吃太饱了。"

等到吴筱唱完，陆敏直接切到了自己要唱的歌，之后拿着麦完全不肯松手。另一只麦也牢牢地掌握在了小胖的手里，两个人可真是双剑合璧，所向披靡啊。

"我去下洗手间。"华歆无聊的时候喝了好多水，只好在陆敏唱到高潮的时候暂时退出一下。

见华歆走出去，门佑立刻起身，借着要拿那边的水喝，直接坐在了华歆的位置上，拿起了她喝过的杯子将里面的水一饮而尽。余西也才明白，虽然装作没有在意，但是却一直关注着华歆的一举一动。

洗完手的华歆顺便也搓了把脸，回想起吃米线的那段她就久久不能平静。那个时候，门佑是不是亲到自己了？因为她好像感觉到唇上有痒痒的触感……这是不是自己的幻觉啊？天哪，真是丢死人了。

刚踏出 WC 没几步的华歆迎面就被一高个男生给撞了个正着，手里刚掏出来的手机也结结实实地掉在了地上，好在没有听见屏幕四分五裂的声音。

"对不起。"男生弯腰替她捡回了手机，背对着她的时候男生手上的手机响了一下。他起身把手机重新放回到她的手里。然后对她说："再见。"

华歆接回手机也没说什么也没有觉得哪里不对劲，只是回到了自己的包厢。推开门一眼就看见门佑坐在了自己那边，挣扎几下后她觉得还是回到那里坐着比较好，要不然太刻意了。

"怎么去了那么久？"一坐下，门佑就问。

华歆没有看他，只是说："你要唱歌吗？"

"你唱吗？"

然后，门佑居然点了一首《我的心意不是那样的》。就坐在那里，看着华歆唱的。

他本来也想盯着屏幕的，可是一想到那歌词眼睛就不自觉地往华歆身上移。

“来来，华歆一起唱。”陆敏越过几个人当下就把话筒塞到了她的手里，“这情歌是男女合唱的。”

然后，小胖同学就开始起哄了。吴筱虽然不愿意起哄，但是也违背自己意愿的拍手让华歆唱，不知道是掩饰还是想让华歆出丑。

门佑笑得很灿烂，华歆只好接过话筒。那是第一次听见华歆唱歌的门佑感觉自己再一次被惊艳到了，同样的，华歆觉得唱歌的门佑有着另一种独特的魅力。

一来二往的，一首情歌好像让包厢的温度火速升华了。

欢乐、放肆的时光过得总是很快，唱歌过后挥手再见的朋友们都回家继续着自己的梦。华歆和门佑走在离家不远的街道上，略微清冷的月光洒在年轻的脸庞上美得让人惊叹。

“今天还开心么?”门佑手里拿着自己的外套，注视着前方说。

华歆点点头说：“嗯，感觉今天好像发生了很多事情。”

门佑漫不经心地踢走路上的一颗小石子，故意问道：“那你觉得哪件最让你印象深刻?”

“印象深刻?”华歆很是认真地思考了下后回答道：“吃米线吧。”

然后，门佑停住了脚步，用一种别人猜不透的眼神注视着华歆。华歆也停住，看着嘴角有些向上翘的门佑，她意识到自己说出了一个他希望听到的答案，顿时脸颊绯红。

两个人就这样站在路边，不动声色地注视着彼此，仿佛黑夜不过如此，仿佛他们才是这个夜晚最大的赢家。

第二十一章 心被窥视

放假的时候无论问哪个学生关于“今天是星期几”的问题，没有一个能立马回答上来的。但是如果你问什么时候回去上课啊，保准所有人都哀号“哎呀，还剩下不到几个小时了”。

“唉，国庆是什么时候的事，感觉从来都没有发生过。”趴在教室课桌上的华歆郁闷地拨弄着自己的头发，长长地叹了口气。再加上一回来就交作业让她心力交瘁，尤其是陆敏那冤家，拿着自己的作业抄了个天昏地暗，差点没被老师当场捉住。

同桌张洪笑自从不小心撞见华歆从门佑家里出来后，看她的眼神都带着窥视的意味。其实她不用追问也知道华歆一定是住在了门佑的家里，因为她不止一次看见他们两个从同一个方向来上学。虽然，两个人总是心照不宣地一前一后进入校园，但是青春期的他们怎么可能藏得住任何秘密。

“你们的事情陆敏知道吗?”事实上张洪笑觉得作为华歆最亲密的伙伴，陆敏当仁不让应该成为第一个知道的人。

华歆本就无力的脑袋在听到张洪笑那冷冰冰的声音后越发的疼痛起来，她直起身子，有些不耐烦地看着她说：“我是有请你替我保密，但不代表你就有权过问。而且，我和门佑根本没什么事情。”

“呵呵，我只是觉得陆敏把你当好姐妹，对你知无不言言无不尽的，你却没办法对她做到推心置腹。难不成你还比较信任我吗?”张洪笑带着针对性的话语实在是相当挑衅，那镜片后面的双眼异常的明亮。

华歆没有考虑过这个问题，她实在是觉得既然没有发生过什么事情，那么她要对陆敏说什么?难道只是说“我住在了门佑家”这种看起来很是显摆炫耀的话吗?

“我们这个年纪之间的友谊不就是建立在彼此的秘密之上的吗?”张洪笑注视着华歆有些气愤的眼睛，继续说:“如果陆敏从别人嘴里听到了关于你的事情，你猜她会怎么想?”

我能打你吗?当时华歆就这么想，但是心里却承认，换作谁都会觉得寒心。最好的朋友居然没有把秘密告诉自己，反而告诉了别人。再没有比这破坏力更强的挑拨离间的手段了。

“我能发现你和门佑之间的不正常，陆敏照样也可以。”今天的张洪笑显得话特别多，有种想把华歆一网打尽的意图，尽管华歆不知道她对自己的恶意到底从何而来。她朝陆敏那边看了看，冷笑道:“她很喜欢门佑，你不会不知道吧?”

本来想说些什么，却被张洪笑这些不像是从青少年嘴里说出来的话给堵住了。华歆本来心安理得的状态被搅得一塌糊涂，陆敏追着门佑跑从高一就开始了。虽然谈不上喜欢到死去活来的程度，但两年下来傻子也知道陆敏开玩笑的那些话多多少少是真的。

教室里忽然想起陆敏开朗的笑声，她和现任同桌在讲鬼故事，对方被她吓得一愣一愣的。见华歆看过来，她立马挥手打招呼。

“这个白痴……”华歆笑着摇摇头，与此同时也暗自下了决心。要找个时间告诉陆敏这件事情，她不希望仅是这件小事就破坏了她们的友谊。

可，现在说还来得及吗?

上课的时候，老师在讲台上滔滔不绝地授课，华歆却走神了。时不时地看着对面理科班的走廊，又时不时地回头看看陆敏，好像什么都隐约的不对了起来。

只有张洪笑从始至终都那样，都没有变过。

“骗人吧，华歆和门佑在交往？”

“真的，有人看见他们手牵手在大街上逛呢。”

“啧啧，看不出来他们平时有什么交集啊。”

课间十分钟，门佑站在走廊上本想看看对面的华歆，却没有看见她的身影，倒是意外的听见了理科班仅有的几个女生的窃窃私语。门佑想着虽然他和华歆没有在交往，但是听见这样的流言蜚语让他心里顿时觉得蛮爽的啊。

被正名了啊有没有？门佑有些乐不思蜀，掏出手机就编辑了条短信发给了华歆。刚发完，同伴的男生过来搭他的肩，神神秘秘地问：“那些女生说的不会是真的吧？你和文科班的那个班花谈恋爱了？”

“今天放学我得早点回家，就不去打球了。”门佑笑着反过来拍拍他的肩膀，美好的心情是不言而喻的。

男同学“呦呼”了下，朝他吹吹口哨：“不赖啊你。就是别被班主任知道了啊，早恋在她老人家眼里可是杀无赦的大罪啊。”

门佑背对着他，只是抬了下手做了个“我知道的”的手势后就大摇大摆地走向了洗手间。在那里，他看见了正在洗手台上漫不经心洗着手的华歆。心情大好的他上前站在她的旁边，伸手替她关了水龙头，说：“你怎么洗手都能走神？在想什么？”

水龙头的水一下子止住后，华歆那沾满水的手有些尴尬地停在那里。抬头是躲藏不及的眼神，她扯扯嘴角想笑却发现镜子里的自己这么的难堪。

“不会是在想我吧？”门佑见她不吭声，稍微倾斜下身子，靠近她笑着轻声地开玩笑。

耳朵腾的一下就红了，华歆赶忙跳开，甩甩手上的水急忙说：“我先回教室了。”然后就看也不再看门佑一眼快步走开了。

“这像是踩到狗屎的尴尬厌恶的表情是怎么回事?”门佑困惑地看着华歆消失的拐角，摇摇头打开水龙头洗了下手。

旁边正好路过的吴筱看到了这一幕，忍不住撇撇嘴，然后故意装作好巧的样子和门佑一起走到理科班。话说她还真的有事找门佑。

“我们学生会宣传部要弄个黑板报，大家都推荐你来画画。”吴筱小心又兴奋地解释着，生怕门佑会拒绝又补充道：“弄好后宣传部请客呢。”

门佑一直沉浸在那会华歆不自然举动的画面中，有些漫不经心地问：“什么时候画?”

“今天放学后开始呢。”吴筱想着有戏。

“哦，那把华歆也叫上吧。她写的字挺好看的，至少比我画的要好看。”门佑算是答应了，但是顺便把自己的私心也给说了出来。

吴筱刚展露的笑容完全被门佑的提议给打压了，有点尴尬地解释说：“负责写字的那个人我们已经定好了。华歆下次吧。”

再走到教室门口的时候，门佑停下脚步，若有所思地说：“那我也下次吧。”

What?! 吴筱无言以对地站在理科班的走廊上看着门佑抱歉地笑笑后走进了教室，然后她转身望向对面华歆的教室。真是想爆粗口啊，华歆这家伙把文科第一都拿走了，现在这个节奏是要把理科第一也给包揽了啊。

能不能给平凡的女子一条活路啊？真的是。吴筱扶额尴尬地抬脚离开了理科班的领域，想着成绩、学生会还有白马王子，没有一件事情是让她省心的。

“华歆，中午吃什么?”才刚回到座位就被陆敏截住了，她挡在窗户前只是看着华歆。

“哦，随便。”华歆仍然心事重重的，国庆时候的欢乐心动的感觉就像是梦一场，国庆走了，连带着那份感觉也没了。

陆敏察觉到华歆的异样，便努力地笑着推荐说：“我们去吃豆腐汤年糕怎么样？它有一种让人上瘾的魅力哦。”

“嗯，好的。”华歆也是简单的回答，然后她抬头看着可爱欢乐的陆敏，一本正经地说：“我等会可能会告诉你一件事情，但是你不准大惊小怪。”

“我什么大风大浪没见过。放心好了，我绝对只会微微一笑，绝不大惊小怪！”陆敏拍着胸脯打包票。

这会儿，华歆倒是松了口气。要是能被陆敏知道并且谅解，她接下来和门佑同住一起的生活应该会变得稍微轻松自由一点。

这时座位上的张洪笑也不知道有没有听见她们的对话，只是默不作声地做着试卷，一张接着一张。就像是机器人，机械地完成学业上的任务。

但是，吃午饭的时候因为豆腐汤年糕的魅力，华歆一下子把要说的事情抛到了九霄云外。同样地，陆敏更是只有品尝美食的念头，什么事情都变得不那么重要了。

有些事情，因为一拖再拖就错过了最好的表达时机。现在华歆并不知道，也丝毫不觉得友情会那么的脆弱。

晚上在书房做作业的时候，华歆也没有和门佑有过多的交流。这让门佑非常不适应，就像现在他站在她旁边快10分钟了她也没有抬头看他一下，好像根本不存在。

“你能不能看我一眼？”终于受不了的门佑竟然求着人家华歆看他一眼，有些难为情但也理直气壮。“我们今天说话的次数不超过五次，你觉得正常吗？”

华歆想了想放下笔，抬头同他对视了一眼后重新拿起了笔，轻声地说了句：“在我住进你家之前，我们从未说过话不也这么正常地过来了吗？”

“现在就很不正常。”门佑蹙眉，隐约感觉到不对劲，便拉过自己的椅子坐在她旁边，把笔从她手心抽走，认真地看着她问，“发生什么事了？”

其实也没发生什么事，只是听见了关于自己的一些流言蜚语。从那些女孩子嘴里说出来的比如“华歆没想到也会早恋诶”、“看不出来原来华歆也喜欢门佑”、“听说连手都牵了，接下来也不知道还会做什么呢……”这样的话都让华歆觉得不舒服，这些措辞好像在诋毁她，好像她作为女孩子也不过如此，好像只要和门佑扯上关系，她的文科第一都显得黯淡。

这些话，也不知道是从谁的嘴巴里传出来的。

“我现在要做作业。”华歆生硬地拒绝门佑的关心，继而拿出了另外一支笔写起了作业。或许她们说的没错，她华歆在门佑面前本来就像是白天的星星一样。

正因为如此，华歆才会觉得喜欢一个人的心意太容易被窥视，太容易被公开。喜欢一个人的小心思，怎么可能藏得住呢？

门佑见华歆态度强硬，也没有再逼问，只是默默地移开位置，站起来走出了书房轻轻地带上了门。站在门外的他搓了下脸颊，瞥了眼门把，自言自语：“到底怎么了？会不会是白天的那些话她也听到了，所以心里不高兴？不高兴的话是不是说她，讨厌我？”

莫名地得出一个结论来的门佑顿时也变得消极了，落寞地回到了自己房间躺在床上看着手机屏幕上睡得和婴儿一样的华歆的照片，心里烦躁异常。

第二十二章　只要开口

接下来的每一天，那些关于华歆和门佑的恋爱说越演越烈。而华歆开始小心翼翼地避开与门佑在学校的每一次接触，反正不管真相如何，那些同学也都认定了一个事实。

同学怎么样，华歆管不着，她就担心被老师当真。

“最近怎么了，总是一副无精打采的样子。”午间休息，陆敏找到了躲在图书馆的华歆，轻声地问道，“不会是被流言打垮了吧？哎哟，我要是和门佑传出这种事情来，我就得去庙里烧香了，这是多么值得庆贺的事情。”

“你这话的意思是我还要请你吃饭咯?”华歆淡淡地问了一句。

陆敏看华歆真心不像是开玩笑的样子，也泄了气，百无聊赖地翻起了从图书馆借来的青春少女杂志，翻了几页就觉得要出事。这些杂志都在写青春少男少女之间发生的事情，也包括了华歆的这种。

“其实不用在意的啦，他们说归说，你自己知道不是真的就好了啊。”

华歆当然明白，可是越不想在意的事情就越像藤蔓一样缠绕着你，让你难以置身事外。但所谓的无风不起浪，华歆心里也知道，她对门佑也不是没有想法的，尽管她不愿意在这个节骨眼上承认。所以这一切都变得难以替自己辩驳。

“我去还书。”华歆不想再讨论下去了，起身把自己先前拿来借阅的书放回到书架上。在书架前陷入沉思的华歆，漫不经心地一个转身好巧不巧地撞到了某个人身上，站不稳却被对方牢牢地抓住了。

“总是这样的话会受伤的。”头顶上方分明就是门佑的声音，带着些期许也带着些距离，虽然如此还是稳稳地扶住了她。

华歆的全身在刹那间都僵住了，她缓慢地从门佑的手里脱离，站直后说了声“谢谢”后直接转身从另一头走开了。留下门佑一脸的惆怅，这事怎么变成这样了？

“我们走吧。”回到座位上就忙不迭收拾东西的华歆如此说道，没等陆敏反应过来，她已经率先走出阅览室门外了。

陆敏纳闷地起身看见了不远处注视着华歆离开的门佑，顿时明白了过来，也赶忙追了上去。其实事情明明可以不用变得这么糟糕的。

“你和华歆怎么了？”这边不知道什么时候余西站在了门佑的身侧，奇怪地问。“最近华歆变得有点奇怪啊。”

门佑也相当烦闷，不只是她变奇怪了，就连他自己也变得奇怪了起来。他说：“女生要是听见了和自己讨厌的人在一起的流言蜚语会怎么样？”

突兀的一个问题抛了出来，余西索性就和门佑坐了下来，就坐在原先华歆坐过的那个靠窗的位置。两个男生，还是第一次因为一个女孩子而坐下来聊天。

“那当然会不高兴啊。”余西简单的回答，本能地反问：“你在说华歆吗？她还和谁传过这样的事情啊，不是只有和你吗？”

余西的这个反问让门佑听得有些云里雾里，他继而追问道：“你这话的意思是华歆她不讨厌我是吗？”

“如果我眼睛还好的话，我觉得华歆不仅不讨厌你，可能还喜欢你。”余西虽然有点不情愿将华歆的心意就这样说出来，但是就目前来看这事十有八九是真的。更何况，在游乐场那次他就看出来门佑对华歆的那种孩子气的占有欲以及华歆对门佑的那种依赖感。

“你确定?”门佑顿时眼睛都亮了起来，悬在心里好几天的问题总算是遇到伯乐给解决了一下。“虽然我之前也这么想，但是华歆最近对我特别的冷淡。”

余西愣了愣，觉得眼前这个平常看起来傲慢、清高的风云人物却因为华歆变得动摇，所有的武装好像都被瓦解了。“上次在 KTV 你们不是一起唱歌了吗？她如果讨厌你的话，我想她应该会拒绝吧。”

“分析得有道理。”门佑用力地点点头。

呵呵，这叫什么事？余西暗自苦笑，自己也很喜欢华歆的好不好？现在却在这里安慰一个不知所措的情敌。唉，真是感动中国的十大暗恋者。

“我是不是得找她问问清楚。”门佑的心虽然稍稍得到了安慰，但是一想到华歆那拒人于千里之外的表情就又郁结了。而后看向余西，突然脸色一变道：“你喜欢华歆是吗?”

余西咽下去的口水都差点呛到自己，果然情敌相见分外眼红啊。他这会是点头好，还是拒绝回答好呢？于情于理，他不想骗自己，也不想承认说实话。

“三角关系最麻烦了。”门佑最后站了起来，双手插裤袋又恢复常态道：“不过多个保护她的人倒也不错，喜欢就免了吧。”

说完，头也不回地走了。这一招“过河拆桥”用得真的是淋漓尽致啊，余西一脸无语地望着窗外。随即暗暗地咒骂自己刚刚和门佑像是两个大男人似的对话，这种情节想回去还真的是没脸见人啊。

不过，真心希望华歆能快乐。

秋季的体育课看起来都特别的萧条，不说每个人反正华歆就是有气无力地握着球拍对着空气随便地挥拍子。就连对面和她搭档的女生都觉得没劲了，把羽毛球拍交给了一边中场休息的陆敏，随口说了句：“华歆吃错药了啊，平常不都是球场来回跑都不嫌累的嘛。不想和我打就说啊，摆什么脸色。”

“不是这样啦，华歆有一到秋天就心情差的病。你不要误会嘛。”陆敏接过球拍，善良地替华歆解释道。

女生切了声就自顾自地走开了，好像在传出华歆和门佑的事情之后，华歆就当仁不让地成了众女生的公敌。所以说，男生长得帅还这么完美真的是一种罪过。

华歆也无趣地拿球拍拨弄球场中心的小杂草，这几天完全被“门佑”这个名字给牵着走了，日子怎么会过成了这样？

“你别不开心了。”陆敏这些天对华歆千般劝万般劝，也渐渐地丧失了耐心。“你说你一好好的姑娘犯得着因为那些事折磨自己吗？再说了，和门佑传绯闻真的不是什么不好的事情啊。至少这高中的青春生活你没白过啊。”

“呵呵，陆敏我真的好羡慕你对生活的独特见解。”可能是感受到陆敏的关心，华歆稍微觉得自己有那么点力气了，便对她说：“想喝什么我请。”

“给你自己来瓶脉动好吗？”陆敏不客气地冲她挥挥拍子，很是欣慰地笑笑。

华歆笑着迈开步往小卖部走去，其间要经过跑道，同往常一样没怎么注意看的华歆一脚就跨进跑道里头去了。那种突如其来的感觉将华歆的记忆瞬间拉回到某个一样的日子里，而那个日子里她清楚地记得又拼命地想要忘记的那件她被人撞飞的事情……

“呼啦”一下，华歆就被身后一股力量从跑道上拽了回来，眼前几个拼体力的男生正风驰电掣的从眼前呼啸而过。差一点，那个悲剧又要上演了。

“你说我是不是应该在你身上再安几只眼睛？”

意识到自己正靠在门佑怀里的华歆心脏又突然加速了，不仅如此她还听见了门佑的心跳声，同她的一样，也在嘭嘭地快速跳动着。怎么，他也紧张吗？

“不好意思。”华歆离开门佑的怀抱，先是看了下周围，好在操场大分散了不少注意力，否则那种暧昧的起哄声早就响起来了。“你怎么总是能这么巧的出现？”

门佑毫不犹豫地回答：“因为我的眼睛在你身上啊。”

真是个不知道害臊的人。华歆作罢，转身要走，犹豫了下又问：“想喝什么？”

终于等到华歆主动和他说话的门佑激动得差点跳起来，努力按捺住自己的心情，踱步到她身边，漫不经心地说："我自己去挑。""我陪你一起去"这样的话现在说出来没准会被拒绝。

"这是你这几天以来第一次主动和我说话。"走进小卖部的时候门佑这么感叹，顿了顿后又补充道："在学校里。"

小店里来来往往的人，认识华歆和门佑的同学到底还是把目光停留在了他们的身上，嘴里不乏出现一些新的八卦来。此刻，华歆也不想理会了，总觉得被牵着鼻子走实在是件既为难了自己又满足了别人好奇心的坏事。

"给。"华歆只是简单地挑了瓶矿泉水给他，反正他半天也挑不出什么想喝的饮料。"其实你也不用这么介意的，该说的时候我还是会说的。"

门佑无奈地笑笑，拧开矿泉水瓶先递给了华歆，然后从她手里接过了另外一瓶。略微伤心地说："你要是再这么冷淡下去，我都要被冻死了。"

"你身边热情的女孩子会随时融化你被冻住的心的。"华歆也开起了玩笑。

门佑看着她，到底还是叹了口气说："解铃还须系铃人，你没听说过？"

"谁冷冻就谁负责解冻的意思吗？"

"文科第一的人理解能力真不错，我就是这个意思。"门佑笑着竖了下大拇指，而后表情又严肃了起来。他认真地说："如果你不喜欢听到那些话，只要你开口，我都会去解释的。"

华歆怔忡，门佑那种能猜透她心思的能力又回来了。她急忙摇头说："不用不用。没人会特意去为这种事情解释的，再说没影响我们的正常的生活就好了。"

"嗯。"门佑应声，又不放心的确认道："那你不会再躲着我了吧？"

华歆一听事情又回到了那个问题上，假装借着喝水往小店外走去。"嗯，那个我先去把水给陆敏送过去。"

"华歆，你这样子让我很不放心！"门佑在身后喊了句，然后懊恼的挠挠头，"真是，回家非得收拾她不可。"

华歆背对着门佑往前走，嘴角是向上翘起的。

第二十三章　突然分别

那天放学，落日余晖洒在陆敏的身上，看起来有和往日不同的新鲜感。那时的华歆才意识到陆敏也是个需要得到别人关注的女孩。

“华歆，我一直羡慕你什么都有。好像都不用特别努力就能得到一切。”陆敏和她并肩站在大门口，眼睛却不看着她说，“我有时候很自卑，却又感到骄傲，因为你是我朋友。”

有些动容，但华歆不知道该说什么，亦如陆敏自己也不知道为什么会说这样的话。最后她也只是莞尔一笑，捅捅华歆的手臂笑道：“一本正经的我看起来是不是特别有女人味？哈哈，我们的华歆要一直成为骄傲啊。明天见啊。”

这家伙兴许可以进演艺圈。看着高兴跑开的陆敏，华歆心里暖暖地想着，而后眉心一凉，门佑已经站在了自己跟前，修长的手指轻轻地弹了下自己。

“你这样老是发呆让人很担心啊。”门佑轻叹气。

华歆摸摸眉心，边抬脚往前走边问：“有什么好担心的？而且我刚刚那叫神游，词汇量这么匮乏你怎么写的作文？”

“呵呵。”门佑也迈步走在她的身侧，这是近几天来和华歆第一次一起回家。想来前些日子被冷落，门佑心里多少还是觉得应该得到些补偿。但是，隐隐觉得还是想好了再开口，免得重蹈覆辙，悔不当初。

“听说你最近总往图书馆借心理学的书。”路上，华歆忽然想起就问出了这个问题。

门佑差点被呛到，干咳了几声尴尬地问：“听谁说的啊你？”

“余西。”

余西这家伙，明天见到他就扭断他脖子。门佑愤愤地下狠心，而后又在思考要怎么漂亮地向华歆解释，反正是不能把“我是为了研究你的心理而看的”这样的大实话说给她听。

“心理学蛮神奇的不是吗？”华歆好像对心理学也很感兴趣，因为平常自己在想什么门佑好像不用掐指一算就能知道。这难道不是天赋什么的吗？“我觉得你以后成为心理学家也挺不错的，以后我就可以找你免费算命了啊。”

“噗。”门佑忍不住笑出声，伸手摸摸她的头说：“我的大小姐，你这么说的话心理学家都要哭着自戳双目加入算命的行列了。”

华歆歪了下脑袋，不好意思地避开门佑亲昵的动作。假装抓抓头发说：“我们快点走吧，这刚入秋就马上昼短夜长了。”

门佑一把抓住又想逃走的华歆，掏出手机给她看说：“我妈让我们顺路去买点水果回家，说家里来客人了。”

华歆凑近看了看，诧异地问：“上面明明写着‘家里来亲家了’……”纳闷了几秒钟后，恍然大悟，激动不已。“我爸妈回来了！”

“哦，你这种承认我们是一家人的反应我很喜欢。”门佑很是满足地将手机放回裤袋里，拉着有些激动的华歆缓缓地朝家里走去。

“看见我爸妈你不许对我做奇怪的动作，知道吗？”到家门口的时候，华歆郑重其事地嘱咐道。

门佑无奈，故意抬手戳了下她的眉心问：“奇怪的动作指什么？在我们男生眼里，根本没有奇怪的动作，只有表达喜欢的动作。”

“说正经的啊，”华歆扶额，最后无奈下禁令道，“不许碰我！”然后哗一下开门抢先走了进去。后头的门佑捏捏鼻梁，一脸“算了，还是下次吧”的惋惜表情也随之进了家门。

许久未见爸妈的华歆像个小孩子一样黏在他们的身边，搂着妈妈一脸“你们终于好意思回来了”的幸福表情，撒娇道：“我好想你们啊。有没有给我带礼物？”

第一次见到华歆父母的门佑一点都不拘谨，大方热情地喊道：“叔叔阿姨好。”然后乖乖地坐在了自己妈妈那一边，看着华歆，示意她“坐过来”，但是被华歆直接无视。

华歆妈妈一点都没理会自家女儿的撒娇，立马把注意力转移到了门佑身上，不断地夸道：“阿珍的儿子就是不错啊，果然和照片上一样，帅得没有人性啊。”

“哪有，我家小佑长得随我嘛。”珍阿姨一边谦虚又一边自夸，继而又说：“还是你家女儿不赖，要不然我家小佑一天到晚没事也不会总黏着你家女儿不放啊。”

这娘俩果然是防不胜防啊！华歆汗颜，呵呵笑着看向自家的父母。门佑就显得驾轻就熟多了，立马笑道：“嗯，华歆文科好，我总是缠着她让她和我练英语口语。”

哎哟，这脑筋转得快的。华歆心里嘲弄着，表面上不住地点头说：“对啊，我们练英语口语。以后门佑想要考托福啊、雅思啊什么出国深造研究心理学呢，对吧？”

门佑不慌不乱地点头，然后又同华歆对视，眨了下眼睛。

这时候，华歆爸爸点完头，认同俩孩子的行为之后，悠悠地说道：“那你们两个现在用英语聊天给我们秀一个。”

爸，坑爹可以，坑女儿就不对了。华歆哭笑不得地望向门佑，意思是赶紧地想办法啊，难不成还真的在他们面前说英文啊，他们听不懂，我们说着也尴尬啊。交换完眼神，门佑只是笑着，然后起身拉过华歆说：“我们买了水果，叔叔阿姨边吃边看我们聊怎么样？”

“还是你家儿子贴心。”看样子门佑深得华歆妈妈的心。

于是暂时躲过一劫的华歆和门佑躲在厨房准备着水果，华歆暗暗地松了口气，这见自己爸妈怎么搞得好像在进行一场人生面试一样。

“你看。”门佑笑呵呵地看着华歆说：“我还是碰到你了。”

华歆猛一低头，看见自己的手腕被门佑抓在手里，顿时心慌意乱地挣开来。面红耳赤地埋怨道：“不许开口说话了好吗?”

“你一直在求救，难道我要见死不救吗?”门佑一脸无辜，摊开双手。“还是你觉得我妈妈把你当成儿媳妇的事实说出来，你爸妈比较能接受一点?”

唉，心好累。华歆摆摆手，不想再纠结这个问题。而一边的门佑也很老实地把西瓜捧到案板上，手起刀落，西瓜被切成了几瓣。华歆则站在水槽边洗着葡萄，将连成串的葡萄一个个用剪刀耐心地剪下，慢慢地洗干净。

外面爸妈们还是在热情地聊着天，尤其是珍阿姨和华歆的妈妈，那种聊天的热情完全还原了学生时代的风格，简直把国内外的最新娱乐八卦消息都探讨了个遍啊。对此，百无聊赖的华歆爸爸小心地望了眼孩子那边的情况，若有所思。

“你真的不知道，你家歆歆这次又拿了个文科第一，你说咱俩孩子怎么都能那么棒呢。”珍阿姨也如实汇报了下华歆的学习状况，作为父母最关心的就是孩子的成绩了。

华歆妈妈相当欣慰地点点头，还拍了下自己老公的肩膀说：“你看你瞎操心的，我们家女儿那可是棒棒哒好吗?”

“呵呵，她的实力我倒是不担心，就担心有什么事会分了她的心。现在的小测试不能代表最后的成绩，过程还很漫长呢。”当然，作为家里的顶梁柱，想法什么的也和女人不一样。华歆爸爸还是觉得任何时候都不能松懈，就是为了华歆，他们才暂时中断了环球旅行，考虑再三决定让华歆高考结束后再继续。

珍阿姨听了这番话也频频点头，忍不住夸道：“你家老华就知道怎么教育孩子，你看我家那老头子，常年出差，我们小佑做什么他都不发表意见，总是说孩子要学会独立思考。你看我儿子独立成什么样了，想考什么大学也从来没和我商量过。反正我也是随他了。”

“高考结束，我会告诉你我填了哪些志愿。”这不门佑一手西瓜，一手葡萄地走过来，浅浅地笑道。

华歆帮忙把水果摆在了茶几上，还是乖乖地坐在了爸妈身边。不知道怎么的，觉得听完父母间的谈话后，隐约觉得有些奇怪的预兆。

“你这孩子。”珍阿姨嗔怪道，看着华歆说：“可千万要和小佑一起加油，好好努力，争取都考上重点大学，最好是同一所大学。哈哈哈。”

“说得对！这样子我家歆歆也算是得到了保障啊。”华歆妈妈对珍阿姨的提议深表认同，两人就像是排练过的一般，一唱一和相当默契。

唯有华歆的爸爸暗暗皱了下眉头。

一家人聊天的时间过得很快，也到了华歆爸妈告别的时间了。吃完晚饭，华歆爸爸首先说道：“我家女儿也麻烦了你们这么久，这次回来呢还是决定把她接回家住，也想让孩子安心备考。你家儿子也需要一个独立思考的空间，不能误了孩子的前途。”

华歆爸爸的这番话来得太突然，就像是皇帝直接宣了道圣旨，华歆和门佑只有跪地接旨的选择。面对这样的结果，门佑有些意外，好像不该就这样告一段落。

“嗯，我和老华心里寻思着还是要陪孩子战胜高考的。家长的心愿嘛。”华歆妈妈握着珍阿姨的手非常真诚地说：“咱们两家反正随时可以见面，高考结束后我们两家可以一起带孩子出去旅行啊。”

“嗯，这个提议好。”珍阿姨果然是双手双脚都赞成，想了下后说：“今天还是让歆歆睡在这儿吧。明儿个再把行李收拾好搬回家，让孩子先好好休息。”

“这个可以，就是还得再麻烦你了。”华歆爸爸也笑着说。

大人们说着那些寒暄的话，对于华歆和门佑而言都及不上他们此刻心照不宣的沉默。没什么好失落的，反正在学校里都能见到。可是为什么，那种不舍与揪心那么强烈的涌上心头？不住在这里，就代表着她和门佑又恢复了从前的样子。

“叔叔阿姨慢走。”门佑在门口送走了华歆的爸妈，看着身旁望着月亮出神的华歆，努力地笑着用手肘碰了碰她说：“你这样会让我觉得你舍不得我的。”

华歆没有红着脸咒骂也没有红着脸跑开，只是淡淡地笑了笑说：“确实很奇怪呢，在这里的每一天都希望爸妈快点回来。可真的等他们来接我回家的时候，我又觉得在这里的时间好像太短了。”

“我们只有再见了之后，才可以再见啊。”门佑叹了口气，也望向了月亮。实际上，孩子心思敏锐，门佑这样聪明的孩子不会看不出来华歆爸妈的担忧，尤其是华歆爸爸的焦虑。显然他们不想华歆和他有更亲密的接触，或许自己妈妈对此也操过心吧。

华歆双手插回衣袋，笑得灿烂地说：“搞得跟生离死别一样，我们上去做作业吧。明天我可是又有测试。”

“嗯。”门佑应答，看着走在前面的华歆想说什么却还是忍住了。

“华歆，我一直把你当成朋友，可是全校都知道的事情为什么你从不主动告诉我？就算你和门佑在交往的事情是真的，可是只要你开口我都会选择相信你。可是，你非但不告诉我，还一味地隐瞒我……其实我一直都知道你住在门佑家，第一次你从他妈妈的车里下来我就知道了，只是我自始至终都认为你一定会主动告诉我的……”

深夜了，还有人辗转反侧睡不着，手机屏幕的光暗了又亮，亮了又暗。短信编辑了一次又一次，最终她还是选择让它安静地躺在了草稿箱里。

第二十四章 被抓住了

日复一日的清晨，没有新意，没有激情，唯一惊讶了下的就是拉开窗帘发现玻璃窗上居然结了尘薄薄的霜。这天，上一秒还是热情如沙漠，这一秒却是冷得凝结了喉。门佑站在窗前，想要再慵懒地发发呆，却不想时间已经是早上七点半了。

但是好像也没有什么关系，他一早就醒了站在窗前看着华歆走出了家门一个人去学校。不知道她会想什么，但是门佑也知道今天似乎是不能愉快地一起去上学的日子。

“唉，她爸妈怎么说回来就回来了呢？”门佑无语地蹂躏了自己帅气的头发，百思不得其解。“这根本没按套路出牌啊，一般情节不是这样推动的啊，显得我多被动啊。”

这时候，妈妈在楼下扯着嗓子喊：“小佑你在磨蹭什么啊，歆歆都早走了。怎么你们今天不一起吗？”

“华歆的爸爸是不是不同意我们在一起啊？”门佑盯着镜子里头帅得一塌糊涂但感觉一塌糊涂的自己，把思路拖进了一个莫名其妙的胡同里。压根没有听见自己妈妈的呼喊，三秒之后忽然看见了自己眼角的眼屎，低声咒骂道：“Go to hell（见鬼去吧）。”

大清早的教室，华歆本以为自己会是第一个，没想到早就坐在位置上奋斗的张洪笑已经快把一张卷子给做完了。这等学霸真的是让人佩服得五体投地。

"早啊。"华歆本想自己安安静静地坐下，但是越过她的座位的时候还是出于礼貌打了声招呼。女生之间的矛盾本来就来得很奇怪，华歆自始至终都觉得张洪笑对自己的刻薄从某种程度上出于嫉妒，但是她到底有什么好嫉妒的？

张洪笑微微抬了下眼，从鼻子里哼了一声就又投入到忘我的学习境界中去了。有那么点自讨没趣的华歆抿抿嘴放下包也坐在座位上，看着那么多需要预习的科目，她头一次觉得无从下手。原因是昨天晚上她根本没有心思在学习，说起来在书房的时候，门佑好像一直都有在看她，像是要跟她说些什么，却在不断地转身过程中改变了主意。

"唉，那时候无论说点什么都好啊。"华歆轻轻地叹息，拿出了英语课本。估摸着今天是时候轮到英语老师来听写单词或者是默写了，这看的是全班同学的人品，至于能不能得满分这纯粹看个人造化。

张洪笑此刻却有了点动静，看样子是做完了试卷，收起了笔和书，站起来看着华歆问："去吃早餐吗？"

今天这个冷都女的冰山融化了吗？华歆还觉得受宠若惊，起身推开椅子说："嗯，去。"走出位置和张洪笑并肩走在一起的华歆头一次感觉到她是自己的同桌，平常也不是什么敌对关系却总是搞得紧张兮兮的。说起来，无论什么关系都得有人上前一步也有人妥协一步吧。

张洪笑自顾自地看着前方朝食堂走去，前进目标明确似乎从没有想过要和旁边的华歆搭话。好在华歆也不是那种话痨，自然的不说话相处也是一种和谐。

"你是不是觉得我很讨厌？"路上，华歆淡淡地问出了一直好奇的问题。本来这个问题问的时候应该带着困惑不解的语气，可是现在就只是想知道而已。

张洪笑托了托眼镜，不轻不重地说道："不讨厌。"

这个答案让华歆有些意外，好像一个好好的话题抛出去却没有被对方很好地抛回来，这让主动挑起话题的当事人很尴尬啊。

"不讨厌，是非常讨厌。"张洪笑一只脚迈上了台阶，另一只脚也紧紧地跟上了。她漫不经心地转折，似乎就是想取笑对方。

华歆愣了一下，倒是笑了。她也迈上台阶看着张洪笑说：“我真是谢谢你了。我希望你对我的讨厌仅仅是因为出于第一印象。”

“说对了一半。”张洪笑看着自信满满的华歆，接过她的话说，“从看到你的第一眼就觉得这世界上不公平的事情太多了，而那些不公平在我身上就凸显得更加明白。说白了，我不像其他女孩子一样喜欢和你交朋友，只是因为在你身上我看到的都是我的不美好。”

两个人一前一后走进了食堂，华歆终于明白过来。这不是嫉妒，而是源自内心的自尊和属于女孩子仅有的小小虚荣心。可是谁不这样呢，她华歆也这样。每次想考第一不就是一种正面的虚荣心吗？

“就像白天的星星一样是吗？”在窗口等候的时候，华歆轻声地说着。“我也是这样的存在。所以，你真的没必要把我看得这么厉害。”没错，她在门佑面前就是这样的存在。

白天的星星。张洪笑低头看看自己的脚尖，自己究竟是天上的星星还是只是地上一块强硬的石头？

“前不久，你也听说过吧关于我和门佑的事情。”有点想和张洪笑聊聊这件事，华歆谨慎的打开话匣子。“在他们眼里，我不过就是芸芸众生中也喜欢门佑的一粒尘埃。陆敏说我应该去烧香拜佛，我承认我感到虚荣窃喜的同时无时无刻不在觉得丢脸。”

从打饭阿姨手里接过盘子的时候，张洪笑听到了华歆说的话，动作停顿了一下。从队伍绕开，挑了个靠边的角落坐下，没有动筷子，一直在等着华歆。等到华歆只打了一碗粥和一个烧卖之后，她才缓缓地喝了口豆浆。

“你的想法还真是特别。”张洪笑淡然地说着，不看她。从来也没有和华歆的眼睛对视超过五秒。

“可能我和你一样吧，自尊心太强又不肯低头。”华歆耸耸肩，咬了口有些凉的烧卖，口感不再柔软，皱了下眉头。“门佑对于我而言是一种奋斗目标。”

张洪笑默默地听着，默默地吃着自己的早饭。喝完最后一口豆浆，她轻呵出一口气，好像是如释重负。“那是因为你和其他女生不一样，门佑对你而言近在咫尺，对于她们而言根本就是望尘莫及。所以你能信誓旦旦地说待他当作挑战目标，而她们却只能把他视为学习上的动力。你现有的想法无非就是被宠爱的那个人是你，对于其他威胁你根本有恃无恐。”

这评价乍一听根本就是在谴责她，可是仔细一听却又像是在肯定她。这种被强制醍醐灌顶的感觉真的是太差劲了。

“走吧。”张洪笑意识到话说多了，也察觉到华歆脸色的异样，便先起身了。那番话虽然说的是华歆，却也在折射她自己，因为在那些话里，她也属于“她们”。

真是不想和她一起走了，自尊心都像那个难看的烧卖一样被吃掉了。华歆只好劝自己忍住，这时候她看见了正往食堂窗口走去的陆敏，笑着朝她打了个招呼，却意外地被冷落了。华歆以为她没看见自己，便想着回教室再说。

走出食堂大门，张洪笑早就不见人影了，华歆也习以为常了。径直往教学楼走去，却被身后一股力量瞬间拽走，往校园那个小假山的方向走去。

“你干吗？”华歆一惊，一把甩开了门佑，担惊受怕的瞻前顾后。

门佑转身，知道再拽一次也一定是被拒绝的，于是从包里拿出了一只透明的玻璃保鲜盒，里面装了切好的水果。他把这玩意放到了华歆的亮亮的眼睛前说：“是不是觉得只要水果出现就好了？”

华歆后退了一步，伸手拿过保鲜盒对他说了声：“替我谢谢阿姨，我去教室了。”说完根本不给门佑时间再往下说话就以一种竞走的姿态别扭又火速地消失了。

门佑再一次气结，站在原地摸摸自己的脖子哭笑不得道：“关我妈什么事？那些水果是我为你准备的，要谢也要搞清楚对象好不好？啊，真想抹脖子给她看……”

用爱心水果讨女孩子喜欢的作战计划失败了。

回到教室的华歆脸烫烫的，有种漫画书里纯情女生见到白马王子后的感觉，特别的让人害臊。再加上进教室的时候，就有几个眼尖的人盯着她手里的水果看了。当时真想暴发户似的大手一挥对他们说：“来吃吧，姐家里有的是水果。”后来庆幸，还好忍住了，否则又要被戴上“被宠爱的有恃无恐”这样的高帽了。

准备早读的华歆翻出英语书，余光看见了对面走廊上的人影。她不敢正视，怕是那个总会扰乱自己心绪的门佑。正想着，口袋里的手机震了一下，她战战兢兢地拿出来一看，发件人正是门佑。

“说了不能带手机来学校的。”还没有点开来看呢就被后面突然进来的班主任给一把没收了，义正词严地对华歆说，“放学后再来拿。”

老师，你是掐表进来的吗？华歆差点当场泪流满面，被老师当场抓住的恐惧感就和上断头台的濒临死亡的感觉一模一样，面如死灰、心如死水。

“准备十分钟后默写。”英语老师相当配合班主任的节奏，上台把书一扔就大声地宣布道。然后班里背英语课文的声音更加慷慨激昂了，真是壮士一去不复返啊。

另一边，门佑则是郁闷地把手机往桌上一扔，满脸的不高兴。他视线瞥向窗外，对摊开在桌面上的英语任务丝毫不关心，满脑子都是“华歆这丫头要搬走了就连回短信的情谊都不顾了，真是世态炎凉，人心凉薄啊”。

“手机收起来，要是被教导主任看见，你就准备卖肾换苹果 6 吧。”数学老师是个温和的中年男人，平时对处理学生的事情都是有商有量的，更何况门佑可是他们班数学成绩的顶梁柱，自然是照顾有加。

门佑没办法只好把手机揣起来，然后不情不愿地默念起了等会要听写的英语单词。Shit，为什么书上会写着“What a suck（活该）”这样的话，居然还是自己写的?!

嗯，一句无心写下的话抓住了当下的灵魂。

第二十五章　回到原点

"下次注意了，不要再拿出来。"班主任循循善诱，看见华歆脸上万分惭愧的表情。也拍拍她的肩膀算是安慰，"不要让其他的事情分了你的心。要想考上好的大学就必须更加努力用心，听英语老师说你早上的默写都没默对？"

"嗯。"声音细小得如蚊子一样，脸上的颜色也和晚霞一般。华歆不知道要说什么，反正也没什么好说的，被班主任当场逮住吓了个魂飞魄散，鬼还记得要背些什么玩意。

班主任看了她几眼，把手机递给她，不放心地又叮嘱道："学生还是以学习为重，不要和男生走得太近。知道吗？"

"哦。"华歆接过手机，知道门佑发来的短信多半已经被班主任给先斩后奏地看了。因为不知道门佑发了什么内容，华歆心里一直七上八下，甚至是焦灼。"老师再见。"

班主任点点头，待她走出办公室，便和隔壁班的班主任聊了起来。"那个理科第一的门佑听说早上听写 20 个单词他全部写了'damn（该死）'，这些孩子最近都怎么了？"

"青春期到了嘛，要做好班里的思想教育工作啊。"

"难怪啊，我们班的华歆……"

后面讲什么，华歆真的是忍不下来偷听了。急忙迈开步子往教室走，走到门口的时候却惊讶地发现门佑坐在她的位置上神情阴郁地望着对面，也就是他经常站着的那条走廊。

“一起走吧。”发现华歆回来的门佑起身，望着彼此隔着距离的华歆。

当时华歆只有一个念头，那就是赶紧从门佑眼前消失。被老师没收手机这种事再加上默写没通过这样的糗事，她实在是不愿表露在脸上被他看到。

“喂。”看着华歆动作急切却毛手毛脚的异常样子，门佑一把抓住她的手腕，阻止了她混乱的动作，皱着眉头质问道：“到底怎么了？就那么不想看到我吗？”

华歆狠狠地挣开他的束缚，眉眼间有种“求求你放过我吧”的委屈感，她说：“没事，我现在要回我自己的家。以后不用等我放学，也不要再发短信给我了。”

门佑震惊，显然是相当震惊。他就这样说不出话地看着华歆决绝地走出了教室，而她从转身那刻就真的没有再回头看自己一眼。

“歆歆终于放学啦。”学校门口，爸妈早已等候在那里。妈妈打开车门，拉着华歆开心地上了车，“你在阿珍家的东西我们都收拾好现在都已经打包回家了。我们家宝贝一定累了吧，看样子学习真的很辛苦啊。晚上让你爸爸给你烧一桌好菜。”

华歆听着这些话，头痛欲裂。她都没有好好跟珍阿姨说再见，现在更是糟糕地同门佑告了别，这事情怎么会变得这么糟糕呢？门佑，现在应该是特别讨厌我了吧。

“妈妈，我能躺在你的腿上吗？”

“我家歆歆真是个小孩子呢。”妈妈笑着摸着躺在自己腿上的华歆的头，轻轻地抚摸着她的头发。

几分钟后，妈妈感觉到腿上微凉，却发现自己的女儿在低声啜泣。抬头和驾驶室的爸爸交换了下担心的眼神，却始终没敢开口问华歆缘故，只是知道她手里攥着手机。

那手机里安安静静地躺着门佑给华歆发的短信，只有简单的几个字——“水果要记得吃，多补充点维生素，身体才会健康。”

回到家一声不吭的门佑失落之极，好像刚刚失去了珍贵的宝物。珍阿姨看见儿子默不作声地回到房间，然后再也没听到其他的动静。心里觉得一定是舍不得华歆才这样的，于是也没有进行额外的打扰。

躺在床上的门佑，手背覆盖着生疼的眼睛。他脑袋里现在一片空白，不知道该想什么好，反正想起什么都会不约而同地联想到华歆，那个刚刚给了自己一种史无前例冷淡无情眼神的女孩子。真是，那个时候他几乎迈不开腿追上她。

打击来得太突然，让人萎靡不振。

门佑叹了口气，另一只手放在了胸口上，喃喃自语道："这里好像有些奇怪。"坐起身后，想起隔壁的房间，想起隔壁房间曾经住着的华歆，他又挣扎着起身动作缓慢地来到那扇门前。

轻轻地一声"吱呀"，房门打开，里面空荡如初。属于华歆的东西都没了，唯有空气里还存留着华歆淡淡的清香。

"嗬，搬得真彻底。"门佑自嘲，断念地转身却意外地发现落在一边书桌上的一张华歆小时候的照片，而那张照片就是当初华歆搬进来时自己第一眼看见的照片。小时候的华歆可爱得不像话，就像是小天使一般，令人感到幸福。"现在的华歆可一点都不可爱，真是令人失望。"手却不由自主地拾起了那张照片，虽然不明白华歆对自己忽冷忽热的态度，但门佑肯定的是自己对她的心意。那种心意很懵懂，可却像小火苗一样在心头窜动。

最后环顾了房间四周，门佑默默地退出重新关上了房门。恢复正常的家里今天格外的安静，记忆里客厅的画面是那样的喧闹，华歆要看动漫，他要看 NBA，就是这样也能在抢遥控器上花上半个多小时，最后节目都结束了。

"连句'对不起'都没说就让你跑了。"门佑苦笑，他知道那天华歆因为他的一条短信被没收了手机又把英语默写给弄砸了。他都知道，只是怎么就那么笨没有先说那句对不起呢？所以活该被华歆下了禁令——不要给她发短信了。

意思就是不要再联系她了，这个残酷的世界。门佑停在走廊上想了很久，最后又进了书房，一直到深夜才出来回到卧室休息。

想必那一夜无论对于华歆还是门佑都是一种煎熬。

恢复各自生活的华歆和门佑刻意在学校里避而不见，渐渐地好像无论在食堂、小卖部、洗手间又或者是走廊上都再也没有看见过彼此的身影。

“最近怎么没见你和门佑一起啊？”他们彼此不挂念，却遭到了周围人的惦念。华歆去办公室交作业，碰见了吴筱，吴筱有些纳闷又有些期待地问。

华歆只是笑笑，没有说什么。到底还是没办法习惯这样光明正大地谈论门佑，虽然也不过是几天的事情。

“哦对了，最近怎么也没见你和陆敏在一起玩耍啊。”吴筱是个好奇宝宝，尖锐的问题一个接着一个。“哇，难道陆敏抢了门佑？你们绝交了？”

吴筱同学，你的想象力真的可以让你枪毙一百回。华歆无语，无视她的一颗八卦玲珑少女心走回自己的教室。不过她不得不重视她和陆敏的友谊，莫名其妙的冷淡疏远了。什么征兆都没有，陆敏就离自己很远了。

“华歆，听说你住在门佑家里？这是真的假的？”教室里，后座的女生忽然俯身凑近她神秘兮兮地问。

这个问题让华歆深深地一惊，继而她立马将视线戳向了知道真相的张洪笑，可是张洪笑坐在那里根本不为所动。

“你们是什么关系啊？不要告诉我是什么表亲戚，还是说你们真的在交往？”

华歆有些厌恶了，她瞪了一眼那位无恶意的女生，冷冷地说道：“你想知道怎么不去问告诉你这件事的人呢？我想她可能比我还清楚。”

女生一见她脸色都变了，有些悻悻地坐回到位置上，嘴里嘟囔着说：“女生都在传呢，也不知道是谁说的。我就是想问问是不是有那么回事嘛，毕竟住一起什么真的有点扯啊。”

以讹传讹，真是气死人了！华歆差点拍桌子了，一边的张洪笑冷静地分析道：“反正第一个被排除嫌疑的人就是我。”

“你不觉得你就是头号犯罪分子吗？”华歆不客气地怀疑。

张洪笑摘下眼镜，揉揉眼睛说：“也是，我知道的确实太多了。没准说梦话的时候说漏嘴了自己没发现，你可以顺着这个思路继续怀疑下去。反正我是清白的。”

碍于张洪笑这种处事不惊的态度，华歆还真的没狠下心去怀疑她，但是知道这件事情的人除了自己还有门佑，难不成是门佑说的？这算什么，爱的报复？想到这里，华歆暗暗地打了自己一个嘴巴子。

“你别想了，反正他们没凭没据的。”张洪笑淡定地宽慰她说：“你要是多加解释，我想明天会有另外一个版本的故事在等着你的。”

“你还可以再吓人一点。”华歆撇撇嘴。感受到身后一道目光的注视，回头正好对上了陆敏的眼睛，却被她急急地避开了。

陆敏？她，应该是不知道的。话说回来，陆敏和她走远之后，她倒是和张洪笑能和谐共处了。张洪笑的毒舌在她身上开始发挥得淋漓尽致，好像是要雪耻之前所有的憋屈。

下午的体育课改成自习课后，华歆被老师叫到办公室分析了她目前的学习状态，不是特别理想。班主任和其他任课老师都觉得她是好苗子，希望她集中注意力用心学习。类似这样的教育华歆已经被叫过好多次了，原因都是她最近做的数学题错得越来越多了。

“呼——”从办公室走出来后抽空到洗手间洗手顺便喘口气的华歆盯着流水发呆，就连身边何时多了个人也不知道，直到那个人看不下去替她关了水龙头。

“呃？”华歆抬头，眼里都是错愕。

可是这次，门佑没有任何的只言片语甚至是任何多余的表情，洗完手就转身离开了。第一次，华歆看着门佑的背影暗自伤神。之前，慢她一步的人都是门佑，在她身后的也都是门佑。现在……

果然，所有发生的不好的事情都是赤裸裸的报应。

第二十六章 我要转学

高三这个学期就这样且行且珍惜地到了十一月，气温的骤降让周围人的步伐都带着冰冷的距离感。有些话还没有传达到对方的耳朵里，就先在空中结成了冰，然后狠狠地砸在了地上，被众人以怪异的目光注视。

他们不知道那些碎屑是什么，但是说的人知道。

从国庆结束回来到现在的一个多月的时间里，华歆依旧没能从一些奇怪的流言中脱身，反而深陷泥淖。现在虽然觉得那些闲言碎语很奇怪，但华歆对此也心知肚明。她仍旧害怕这些满天飞的流言会被老师当真，且当成一件很严重的事情来对待。

“随堂抽考的数学试卷成绩出来了。”同桌张洪笑刚从办公室回来，手里拿了一张批着满分的卷子，掩饰不住的高兴。显而易见，考第一的人已经被老师表扬了一番。但是她转而收敛住浅浅的笑意，问道：“120 分的试卷你考了 72 分，刚过及格线，这事你爸妈知道吗?”

看着窗外发呆的华歆猛然间听到这个数字自己都惊呆了，缓缓地回头对着张洪笑目瞪口呆。72 分？这是猴子考出来的分数吧？

“那一脸鬼才有的表情看起来连你自己也不知道那么差的分数是怎么考出来的。”

张洪笑摇摇头，不再看她，只是安静地把这满分的试卷收进抽屉里。随后又说：“你还是清醒一点吧。再为了其他的事情闹心，你的分数就会从及格线上滑下去的。到时候，你就没什么能让我嫉妒的了。”

简简单单的几句话却像是炸药包突然扔在了华歆的头上，那瞬间她脑袋开了花。考试的时候回想不起具体的细节，只知道解题的时候思绪一下子就飞到了姥姥家。头很重，看一道题目就花了十分钟的时间，因为走神的关系，往往回过神来的时候她还是在盯着第一句话看。

“华歆，老师让你去办公室一趟。”此时后门进来的乐乐同学喊了下她的名字，坐回到位置上的时候又补了一句，“哦，还让你带上笔呢。”

全班同学刚开始并不惊讶，因为华歆被叫到办公室很正常。本来成绩一出来，老师总是会首先把那些成绩好的同学先叫到办公室好好辅导一番。

但是等到华歆走出教室，乐乐便有些惊讶地对旁边的同学其中包括陆敏说：“华歆这次考得很不好呢，比我都还差。老师在那里一直说，都不知道她为什么突然成绩就下降得这么厉害……”

周围的同学也配合着发出了奇怪的声音，只有陆敏担忧地叹了口气。尽管她也不知道华歆分心的具体原因，但总归和那件事情分不开吧。

等到华歆进了办公室才惊愕地发现门佑也站在那里，只是他站在了英语老师的办公桌旁。顿时华歆的脚步显得异常的沉重，因为她知道接下来老师会说些什么，而那些内容是她完完全全半点都不想让门佑听到的。

“华歆，最近这几次下来你是没有一次考好的。到底什么原因，是没发挥好，还是最近心里有事？你看看，连班上那中等水平的同学都考得比你好。这及格线的分数算怎么回事？”班主任还没等任课老师开口就首先发起了“攻击”，在她眼里华歆可是必须上重点大学的。

数学老师也就是邢老师同时也是门佑的班主任此刻只是温和地笑着看着不敢抬头的华歆，语气柔和地说道：“没事，每个人总会有发挥失常的时候。”

班主任重重地叹了口气，有点恨铁不成钢的样子，仍旧不可思议地追问道："这事要是发生过一两次也就算了，可这不仅是数学成绩下降了，怎么连英语成绩也变差了？"

忙着给门佑说题的英语老师就这样被点了名，也忙插话道："就是呀，华歆最近怎么了？老是一副心不在焉的样子，你以前完形填空那可是最厉害的，现在怎么连 on 和 in 都会选错了？门佑倒是最近收心很多，看样子心思总算又回到学习上了。"

呵呵，这英语老师和数学老师真的是好难得，难得都是教华歆和门佑的，现在这是对她群起而攻之了吗？竟然还拿自己和门佑做比较，华歆当时就觉得如果有人借给她十个胆子，让她一定摔门就走。

但眼下，成绩不如别人的她好像没什么资格生气，只是觉得丢脸罢了。

一边的门佑听到这样的话，虽然没有看华歆一眼，但余光一直在打量着她。看起来她也是蛮难受的，动了动嘴唇想替她说些什么，但忽然间又想起这是在办公室，显然他不能给华歆找事。

"不要难过，再接再厉。"邢老师到底是个脾气好的中年人，对学生从来不大声说话，因为大声说话只会加大与学生的距离，对学生的成绩没有半点好处。"这些题目我想你回去好好再做一遍一定都能解出来，所以老师觉得也不需要另外辅导。回去订正好后再拿来给我，到时候我再针对你不会的做详解。"

"嗯。"华歆觉得如果不是数学老师在这边替自己说话，恐怕她下一秒就能恼羞成怒地哭出来了。毕竟，偌大的办公室，只有她和门佑两个学生。

所有的难堪和指责都一字不落地传进了门佑的耳朵里。华歆在心里拼命地告诉自己不要去在意、不要去理会，可是面对早已不在乎那些传闻，只是一门心思在学习上的门佑，华歆真的做不到半点的不介意。

她在那些没有恶意只有玩笑的流言中一步步退下来，而门佑却依旧保持着自己始终站在顶峰。这样的差距，让华歆觉得以前的文科第一就像是过眼云烟，她不过是运气好才拿了第一，现在的成绩才是她的实力。

“华歆也不要多想，老师知道你的实力。”邢老师似乎看出了她的窘迫和难过，安慰道：“真的没关系。你回去好好订正，这些题你只要都会做那就什么问题都没有。要是不会做，那老师只能放学后把你留下来额外辅导你了。”说完，温和地笑笑。

门佑听不到华歆回应，正好听见英语老师对自己说：“嗯，回去稍微练下字。不要总写得龙飞凤舞的。这单词飞舞成这样，老师也只能当成是艺术，但是不给分。”

这边英语老师同样是玩笑话，同样是温和的笑意，却在办公室形成了强烈的反差。门佑接过试卷乖巧地点点头，从华歆身边走过的时候，他动作飞快地轻轻捏了下她交叠在身后的不安的手，只是一刹那，他也觉得那是对她的鼓励。

已经深深陷入懊恼羞愧中的华歆丝毫没有感受到身后那给予的力量，只是失落沉重地接过那惨不忍睹的试卷慢慢地走出了教室。

“唉，总觉得应该找她爸妈谈谈啊，这孩子最近很不对劲啊。”班主任出于责任，很是担心地说。

英语老师也有同样的反应，边整理桌面的备课资料边说：“最近孩子们都在传她和邢老师班门佑的关系。今天看起来没什么奇怪的啊，而且门佑那孩子成绩一直挺稳定的。对吧，邢老师？”

邢老师笑笑，他确实也在同学当中听见了这样或那样茶余饭后的话，但是青春期的少年们都需要去尝试并且享受任何一种可能，这才是冒险赋予青春的特别的恩赐。他拿起笔，批起了自己班的数学试卷，淡淡地说：“男孩女孩之间产生点好感很正常。不过我倒是同意和华歆的爸妈聊聊，如果孩子心里有别的什么事，也好做个了解。”

心里的想法得到了支持，班主任便很快实行了。而那个时候努力使自己静下心来的华歆正在努力地做着题目，一道又一道，就像是重新投入到考试中去一样。

“别烦她，她在做试卷呢。”教室那一头的陆敏见华歆从办公室回来脸色非常的不好，心生愧疚，便慢慢挪到了她座位附近，却不想被张洪笑制止了善意的“探望”。“有什么道歉的话要说还是选别的时机吧。”

陆敏怔忡，有些尴尬地回应道：“啊，什么？我只是看她很难过，所以想问问她有没有事。而且，我们是好朋友。”

最后那句话像是在证明什么，张洪笑侧身掷地有声道：“嗯，我和她本来就不是朋友。但正因为如此，我们之间才不存在任何隐瞒和欺骗。”

“呵呵，你这话什么意思?”陆敏的脸越发难看了，以前那巧舌如簧的本领如今好像消失了，就连那开朗、拼命逗身边人笑的技能也不见了。从什么时候开始，她陆敏变得和那些女孩子一样了?

张洪笑轻叹气，摇摇头说：“没什么。既然是朋友，就更应该为彼此着想。她这试卷要是做不好估计放学就得留校了。所以，安慰的话以后再说吧。”

陆敏没有再开口，转身就回到了自己的座位上。拿出手机编辑了条短信，想摁发送却又犹豫了。是的，如果当时那条没有犹豫就这样发给了华歆，那么之后的事情也就不会发生了。

夕阳西下，教室里的同学们都陆续地回家了，唯有华歆在写完最后一个句号的时候才抬起头松了口气。这些题目虽然不是特别的难，但也没有想象中的容易。邢老师的那句相信她的实力一定是在安慰她。因为她做的函数基本上都是错的，重新做也显得吃力。

“唉，我这是在造孽啊。”华歆对着晚霞苦笑，一个人像是怨妇一样的死抓着那些和门佑有关系的信息不放，结果门佑无所谓，她倒是被拉下了马。

想了一会儿，华歆起身准备把试卷交给数学老师。在走到办公室门口的时候却意外听见了自己爸妈和老师交谈的声音，顿时有种五雷轰顶的感觉。

“爸妈你们怎么在这儿?”面对父母，再怎么难堪华歆也还是能正常地说话。可看见老师脸上的笑意又令她感到彷徨不安。

爸爸一脸严肃没有接过她的话，只有妈妈笑着过来拉她说：“就是和你爸爸来接你，正巧和你班主任聊聊。听说最近成绩下降了?”

“嗯。”华歆承认，默默地把试卷递给了班主任对面那桌的邢老师。“那个函数我还是有些做不来……”

邢老师接过试卷只是笑着点点头说："嗯，老师先检查下你的试卷。"

接下来，华歆夹在父母和老师中间，听着那些可以省略的寒暄和夸奖。脑袋胀得生疼，走神那根本是分分钟的事情。

和老师告别之后，来到教学楼下的爸爸终于有些忍不住了，质问道："为什么人家门佑能一门心思扑在学习上，你就不能？难道是因为他姓门吗？"

这个冷笑话真的是一点都不好笑。

"我和你说过多少次了，让你不要分心。还有我就说把孩子送到你那朋友家里就是个错误，这都发生什么事了你看看？"爸爸把矛盾指向了妈妈，一脸的愤怒。"你和那小子要是没点事我还真的不信。可是再怎么样也不能耽误学习，你这样的成绩是准备考三本还是准备考专科啊？"

华歆这下子真的不知道该说什么了，想必班主任已经对爸妈知无不言言无不尽了。那么她再解释什么都像放了个屁，而且还是臭屁。但事已至此，她也不能保证今后会不会因为再听到门佑的事情分心，成绩会不会再一落千丈。

妈妈一直搂着华歆，安抚地拍拍她的肩膀，示意她不要理会生气中的爸爸。然后扭头对爸爸说："能回家再说吗？歆歆已经很有压力了，你这是准备补刀呢还是准备雪中送炭？"

这一问倒是让爸爸闭上了嘴，一家人继续往学校大门走去。等到上了车，系好了安全带，华歆突然说道："我要转学。"

第二十七章　人去楼空

“门佑你干什么呢？”因为正式进入了冬季，除非是暖阳出现，要不然走廊上已经近乎是萧条的状态了。如果这会儿还有同学愿意在走廊上忍受这鬼天气，那他就一定是在被老师罚站。

门佑慵懒地“哦”了一声把视线从对面的教室里收回来，接连好几天了再怎么望眼欲穿都好像没有看见华歆。这家伙是生病了吗？

“中午的时候要去操场上打篮球热身吗？”男同学兴致勃勃地邀请道，停顿了下又继续了上一个问题。“你是在看你的绯闻女友吗？嘿嘿……”

“你的绯闻女友”。现在不仅绯闻没有了，就连女友也看不见了。所以这六个字里面，只有“你的”还算是和门佑有点关系。于是心情更加郁闷了，门佑不知怎么地有些自暴自弃了起来，他轻轻地呵了一口气说：“中午篮球场上见。”

“干得漂亮！”男同学兴奋地吹了个口哨，可算找到了一个劲敌能让自己热血沸腾了。再不运动一下他没准都要学女生涂护手霜了，一个大老爷们涂护手霜是不是有点太不纯了？隔壁班那个小赵还夸自己是个24k纯帅哥呢，他那简直就是24k纯瞎。

回到教室的门佑百无聊赖地坐回到位置上，他的同桌已经从一个男生换到了一名女生，而且还是厉害的班长大人。

“这道题你能跟我说说为什么这么解吗?”这是换位置以来班长对他说的第二句话。她说的第一句话是“你不要随随便便和我说话”，然后门佑就几乎被震慑住了。

打破这样的僵局还是因为班长大人的一支笔从桌上滚到了地上，门佑好心弯腰帮她捡，却不料班长自己也正好俯身要去捡，于是两颗脑袋顿时撞出了“星火”。不过最后还是门佑手长先一步捡起来放回到她的桌上，再就听见班长大人蚊子般的一声“谢谢”。

所以，门佑有时真的是搞不懂女生啊。

“哦。”门佑怔了怔，随后拿出自己的作业本翻到那一页推了过去对她说：“我上面步骤写得很清楚的，班长你看看就应该懂了。”

“……哦。”这样的结局有些耐人寻味啊，随后班长就默不作声地仔细研究了起来。

门佑则手撑着下巴盯着黑板出神，这节体育课体育老师又有事没办法来上课只好改成了自习，谁都知道体育老师压根没事都是被班主任逼得呗。

“没得上体育课就见不到华歆了。”轻声地嘀咕着，门佑拿出手机选中了华歆的号码后麻利地编辑了一条短信，想速战速决地摁下发送键，却发现自己编辑的那几个字就像是在没事找事。“人家女孩子都说了不希望你再发短信过去，这么打扰她好吗?”

班长听见了他的碎碎念，小心地瞟了他一眼后故意自言自语道：“别人要是觉得方便、不打扰的话就会主动联系你的。”

呵呵，班长你这话说得好像我横竖都会打扰人家一样。门佑苦笑着一个一个字的删掉了编辑好的短信将手机揣回了裤袋。没有对那句有意无意的话做出回应，他不过就是想知道华歆现在怎么样了。

这个世界上就是有这么奇怪的现象，当你千方百计找一样东西的时候你会发现你翻遍了所有的地方都看不到那玩意的身影；可当你放弃或者忘记要找它的念头的时候，那东西就会自己出现，给你惊喜。

对于门佑而言，华歆竟然就成了这样的存在。

中午短暂的午休时间，他和小伙伴们来打球了，时间的消逝，运动量的增大，男生们立马就挥汗如雨了。可即便在这样的时刻，来操场闲逛的女生不是没有，可是任何一个都不是华歆或者是华歆身边的朋友。

不过唯一一点觉得有些奇怪的是，怎么中午吃饭的时候单单看见了陆敏？

“喂，门佑接球啊！”队友的一声惊呼让门佑立马回过神，情急之下居然单手抓住了飞过来的篮球，看见这一幕的众人惊讶得下巴都要掉了。

别的班的男生捅捅和门佑同班同学的胳膊肘说：“你喊他干什么？当时就应该让那篮球砸中他脑袋，让他在女生面前也出出丑。”

“你别做梦了，这是个看脸的世界。”同班同学一针见血地道破天机，“他就是被砸了他也是女生们心目中的白马王子。你要是被砸了……”

“被砸了会怎么样？”男生顿时兴奋，眼睛都亮起来。

“头会痛。”

“……信不信我削你？！”

男生们的拌嘴就算是恶语相向也能感觉到彼此之间的不轻易斩断的情谊，围观的女生们也对此见怪不怪，反而还觉得男生们有着特别的可爱之处。

门佑站在那里，隐约觉得有些丧失斗志，没有起跳，却华丽地扔出了个三分球。比赛到此为止，女生们高声地欢呼，那个男生对这个看脸的世界彻底绝望了。

“再来一局！输的人今晚就吃10串臭豆腐！”那个绝望的男生狠下心打了个很狠的赌。

那个和门佑同班的男生尴尬对他劝道：“今天就算了吧。你没折磨成狗，我都已经快累成狗了。再说吃豆腐算什么惩罚，我能吃11串不说臭。况且，我看门佑今天心情不大好，等会冒起火来，会让你输得这辈子都有阴影。”

这句话简直就像是在预言“再来一局”的下场啊，男生显然不能同意啊，猛吸了一口气之后揽过这男生的肩膀说：“好吧，我今天就放过他了。你说我们今天饮料喝脉动好不好啊？”

门佑看着他走掉的背影有些哭笑不得，这些人早知道这样就不要找自己陪打吗？以后是不是还可以兼职一个陪练？

“哎哟。”不远处传来女生的低吟声，门佑收回飞远的思绪，定睛一看发现吴筱有些吃痛地蹲坐在地上，双手捂着脚踝处。

门佑急忙上前蹲下来伸手碰了下她的脚踝，问道：“怎么了？”

吴筱见来的是门佑，顿时心里一阵窃喜，硬是忍住差不多笑出来的样子，微皱着眉头说：“跑步的时候不小心踩到石头可能崴伤了。都不知道是谁往跑道上扔石头，没公德心。”

门佑见此，只好伸手扶起她说：“总之先去医务室看看吧。”

啊哈哈，怎么办好想大声笑出来啊。吴筱忍住笑点点头在他的帮助下起身，慢慢地一步一步朝医务室走去。目前这种情况下，吴筱真的不希望医务室就在一百米的不远处啊。

“没什么大碍，擦点红花油就没事了。”校医如此不懂察言观色地在病历上刷刷的写下了几个龙飞凤舞的大字。“去那边拿药就行。”

门佑接过校医递过来的纸条去对面窗口付了钱很快就拿了一瓶红花油回来，对吴筱说：“你现在先擦一下吧。”

吴筱不好意思地接过来，点点头说：“嗯，钱我等会回去给你。”

“没关系，反正也没多少。”门佑笑着摇摇头，而后看见了校医一脸狐疑地盯着他们两个看。于是门佑大方地摆手解释说：“校医老师，我们不是早恋的学生，我们只是互帮互助的同学。”

“哦，那就好。”校医放心地转回身，喃喃自语道：“前不久一个文科班的女生就因为早恋这事转学了呢。你说你们这些学生彼此之间应该保留好感到高考结束嘛，在一起这事是为了让两个人更加美好、更加优秀，而不是单单变得开心。对不对？”

门佑忽然间蹙起眉头，神情冷峻道：“你知道那个女生叫什么名字吗？”

此时坐在一边沙发上抹红花油的吴筱显然意识到了不对劲，便抬头对门佑说：“你不知道华歆转学了吗？就是上个星期。”

转学？她竟然转学了？门佑顿时觉得自己有些可笑，难怪这几天到处都没有看见她的身影。是啊，他要怎么找到一个已经不在自己视线范围的人？

“华歆，没有和你说过吗？”吴筱见门佑表情变得有些可怕，便支支吾吾地说：“也是。她这次转学谁都没有说，班上同学也是听老师寥寥解释了几句才知道的。听说她在某天放学后把抽屉里的课本都带走了。”

“你自己应该能走了吧？”门佑突然间又这么问道，吓得吴筱木木地点了点头。然后他朝老师微微地点了下头转身就直接走出了医务室。

吴筱闻着红花油刺鼻的味道，也不知道自己到底是做了件好事还是做了件坏事。但是说起来，怎么也算不上是做了一件对自己好的事情。

眼看着能和门佑走得近一点了，半路杀出来的华歆又把他给勾走了。都怪这个校医老师，什么事不好说偏偏挑这事来说，一定是故意的！

“擦好了就赶紧回去上课，这点小伤其实红花油都不用擦。”

噗——吴筱恨不得一口血喷在校医老师的电脑上，知道不用擦红花油还坑人钱让人抹红花油，是什么居心啊？下次再也不来医务室看病了！

冰冷的空气在包围着，让人寸步难行。门佑现在却一腔的火没处发泄，他来到华歆的班级，走到后门一眼就看见了坐在靠后的陆敏。于是上前二话不说地就把陆敏拽了出来，陆敏当时也是一阵惊吓，但看到门佑之后反倒平静了。

班里的大部分同学都在埋头做作业，基本上没看到这气势磅礴的场面。被拉到楼梯拐角处，门佑停下来转身劈头一句就是：“是谁传出华歆曾经住在我家的事？”

陆敏虽然能猜到门佑问的肯定是和华歆有关的事，但她没有想到第一个问题便是如此犀利尖锐，让她躲避不及。

“这个，我也不知道。”陆敏居然撒谎了，但更让她难以置信的是门佑居然当着她的面承认了华歆住在他家的事实。

门佑看她的眼神就像是一把锋利的尖刀，让陆敏感到有些刺痛，可是她没有办法。

她必须对他说谎，否则她也会失去存在的意义的。

“那她为什么转学?”

陆敏垂下目光没有和门佑对视，她说：“她也没有和我说过具体原因，我也是第二天没看到她来上学才从老师嘴里听说的。我以为，你是知道的。”

门佑眼神有些难过，更多的是不解。他说：“我以为你是她最好的朋友，就算出了这样或者那样的事情，有你在身边，她也不至于太难过。是我大意了。”

“为什么？为什么非要我在她身边，为什么我非要站在她的光环之下呢?”陆敏挣扎了许久，最后艰难的吐出了这几个字，“我也以为我是她的朋友，可是我连她住在你家这种事都是猜出来的。你不是对她很好吗，那你怎么不对她更好一点呢，否则她怎么会转学了都不告诉你这个‘最好’的朋友?!”

最后一句几乎是有些歇斯底里，陆敏低声喊完后就掩面跑回了教室。这个世上，不是所有没心没肺开玩笑的人都是喜欢一味地付出，她也有她的最爱，她也有她想要得到的爱，只是往往都事与愿违。

门佑彻底丧了气，倚在墙上，脑子有些混乱。最好的朋友，是吗？那天在办公室果然不应该自己先走掉，让华歆一个人面对老师的质疑和同学们的误会。事情都是因他而起的，却让华歆承受了一切。

这么想着，他慌张地拿出手机拨了华歆的号码，一听到电话里传来声音，他就忙不迭地说：“华歆，是我。你……”

“对不起，你拨打的用户暂时无法接通……”

晨华高中二年（9）班在期末之前迎来了一个转校生，班主任是个憨憨的中年男子，笑容可掬，在早读的时候打断了学生们的琅琅读书声，向一脸诧异的同学介绍道：“这位是新转来的同学，虽然转来得有点晚，但没准期末考试会把你们比下去哦。”

“大家好，我叫华歆。”华歆梳着马尾，笑容清冽地做自我介绍。

讲台下有一个本来在睡觉的男生忽然缓缓地抬起头，看着讲台上的女生忽然震惊不已。班主任环顾了下周围，想了想说："那华歆同学就暂时先和最后排的顾南木坐一起吧。没事，好在你个子也高。别看那小子一副懒懒的样子，他可是我们班的英语科代表哦。"

华歆笑着点点头，朝着老师指定的那个位置走去。殊不知她的新同桌早已对她有些了解，充满好奇不说，现在则是充满了惊喜。

"老师，南木从小就生活在国外，英语讲得好太正常了吧。"某个同学不满地发牢骚道："你怎么每次都要得瑟一下呢？"

班主任却哈哈地笑了说："这不是新同学刚来，老师得尽量把好的一面展现给她嘛。再说了南木不仅英语说得好，还是女生们选出来的什么什么校草，对吧？"

"切，这个看脸的世界真的是没救了。"同学不屑地说着继续翻开书背起了英语单词。

"好吧，大家继续早读吧，要友好相处，一起努力奋斗哦！"班主任的开场词结束后，全班同学发出了叽里呱啦的早读声。

华歆坐下后，拿出了自己带来的课本。脸上恢复了淡淡的带着落寞的神情，似乎一点也不在意自己的同桌是谁，以及自己出现在这里的意义。

"好久不见。"顾南木看着她，笑着说。

华歆听到声音，在确定他是在对自己说的之后，有些冷淡地回了句："初次见面，你好。"

呵呵，初次见面吗？顾南木也不解释，对于现在这个莫名其妙的状况他倒是感到很满意。谁知道，老天爷会把这个女孩子送到他的旁边。或许这就是命运的安排吧。

华歆翻开英语书，愣了好久后问了顾南木一句："等会儿英语是要听写单词吗？如果要听写的话具体是哪部分的？"

顾南木笑得特别的温暖，就像是冬天里的太阳一般，他说："你先告诉我你的名字怎么写，我再回答你的问题。"

新同桌是个怪人。华歆皱了下眉头，把自己的英语书推到他的跟前，指着扉页上自己的名字说：“华歆。”

“哦，华歆。令人羡慕的名字。”顾南木随意地说了一句。

华歆怔住，因为“歆”的意思就是“令人歆羡、羡慕的”。她转学头一天好像就碰到了一个蛮厉害的角色，大概新环境会让她暂时忘却之前那里的烦闷吧。

尽管晨华离原先的学校并不远，想当初他们还一起来过晨华的游园会。现在想来，真的是一场了无痕的梦啊。

第二十八章　依旧听说

转了个学华歆的心情也始终没有阳光起来，但心多多少少还是沉淀了下来。发觉自己平静不少的华歆再拿出函数来做，发现自己还算是有天赋。

“呵，果然我是实力派。”暗地里笑着这么夸自己，华歆觉得心里很爽。

同桌顾南木一直注意着她，见她第一次笑，便有些惊奇道：“看来这里终于有让你稍微感到高兴一点的事情出现了。”

这话让华歆觉得突兀，能不偷听自己的自言自语吗？便有些不友好地看了顾南木一眼说：“因为这里没有让我心烦的人。”

“只能说目前为止还没有。”顾南说话有着不同于门佑的雅痞感，让人觉得既不舒服又能欣然接受，所以这算是什么？

华歆倒也不否认，她打量着他说：“你没准会是下一个。”

顾南木听了先是一愣，随后呵呵地笑了起来。他手指修长这点倒是和门佑一样，但是他好像特别喜欢转笔，一支笔在他手上转得简直就像是在杂耍。就好比现在，和华歆说着话，手上的笔也不停地转动，那个华丽啊。

“想学吗？”顾南木突然问道，显然华歆那看得出神的样子也被他尽收眼底。

华歆犹豫了下，点点头说：“电视上说这玩意好像能让人变得更加聪明呢。不过看了你我就知道了，这转笔只会加剧多动症的产生。”

“呵呵。”顾南木不置可否地笑道：“你怎么对感兴趣的事物也能曲解成这个样子？你的手也很漂亮，是不是学过乐器？”

“学是学过，只不过荒废很久了。”华歆笑着脑海里却忽然涌现那次和他们玩游戏的场景，只因为在那里她曾看见过古筝，那就是自己学过的乐器。

顾南木若有所思地点点头，随后把自己专门用来转笔的笔放她的手上，便解说便让她试试，让一支笔在指缝间来回地穿梭，简直就像是要使用唐门暗器一般。

“笔好重。”华歆转了没几下就想放弃了，她一个女孩子为嘛要学这个玩意？她已经够聪明了，再聪明下去考上了北大、清华可怎么办？

顾南木笑着接过笔，自己又重新转了起来。华丽的手法，简直让人没办法把视线从他手上移开，华歆捏了捏自己的手指，自嘲道：“笔还是拿来写字比较适合。”

“没事，你什么时候想看了我就转给你看，也不用自己学。”顾南木如此说，脸上是雅痞的笑。

这笑让华歆一下子就想到了门佑，两个人虽然没有什么地方相似，除了都顶着“校草”光环外基本上没有共同点。再者门佑可是学霸呢，这家伙估计只是英语好吧。为什么她看见他的笑容会联想到门佑？

哦，可能因为他们都是男的。想完后，华歆都觉得自己异常无聊。话说回来，她到这里来好几天了，重新打开手机时看见门佑的未接来电都觉得没办法置之不理。可是又能怎么样呢，打回去说什么，只是说一声迟到的再见吗？

“想什么？”顾南木见她偶尔陷入沉思，感到好奇。其实他特别想问为什么不等一个学期结束再转学，非要在期末前转来晨华。但是他没有问，原因是华歆刚来的时候整个人都散发一种“不要来惹我”的气息。

华歆没有回答他，是因为根本没注意听他讲什么，直到自己的肚子咕噜噜地叫了一声，她才难为情地捂着肚子抬头看着一直注视着自己的顾南木笑了笑说：“中午的鸡腿肉好像不够塞牙缝啊，呵呵。”

顾南木笑而不语，然后从书包里拿出一盒巧克力给她说：“反正我不爱吃甜食，你吃吧。”

这完全就是在显摆啊。华歆瞥了眼桌子上的巧克力，没有要吃的意思，显然这是别的女生送给他的，她如果不知廉耻就这样吃了的话，难保会出什么事。

“我也不爱吃甜食。”华歆违心地说，其实话里的意思就是“女生送给你的东西我才不吃，吃人家嘴短”。

“星期二下午三点四十五分的时候，我可是亲眼看见你吃了整整一袋的泡芙呢，这样也叫不爱吃甜食?”

这样都被发现了。华歆哑口无言，只能把巧克力推回到他的桌子上说：“你说你想做好人，怎么着也得是你自己的东西吧。”

“别人送我的，难道还是别人的东西吗?”顾南木对此这样理直气壮理解。

华歆本来觉得这话气不过，后来转念一想又觉得有道理。但是“我不吃，万一吃了被送给你的人发现，我没准明天就没有全尸了”。

“她们又不是变态。”顾南木觉得好笑，想了想收回了巧克力。华歆说得也没错，想要做好人总归还是要拿出诚意来的。

对，她们要是变态的话，那你顾南木成什么了？华歆无语地想着，然后趴在桌子上等着下午静悄悄地过去，晚上要自己去搓顿好的。

“晚上我带你去吃火锅。”顾南木又出人意料地讲了这么一句话。

华歆顿时从桌子上起来，两眼放光，笑容更加灿烂了。她确认道：“真的吗？不会是骗我的吧？我还没有去吃过自助火锅……”

这么说的时候，小拇指突然被顾南木勾住了，他看着华歆说：“一言为定。我都不忍心了，怎么连火锅都没吃到过。还用小狗一般可怜的眼神看着我。”

“你才小狗呢！你全家都是……汪！”华歆憋红了脸想要骂回去，却陡然间觉得和顾南木还不是很熟，这么随便会被人讨厌的。

顾南木扑哧一下笑了，两个人的小拇指都还勾在一起。与此同时，旁边桌也是最后排的男同学先是听到了关于火锅这个话题，立马也感兴趣了，凑过来对顾南木说：“求带啊，顾土豪啊。别勾搭上新来的美女就不要我们啊。”

“我什么时候要过你们?”顾南木松开了华歆的手，望着那个长脸男生说：“一起去可以，你们的钱自己出。”

“你性别歧视?”男生不高兴了，看了眼华歆再看了眼顾南木说：“我哪点不如华歆这妹子，我腰比她还细，皮肤比她还嫩。”

这位同学你作为一个男生这样子真的合适吗？还有你觉得你当着我的面在夸自己伪娘这样真的更好吗？呵呵，你这样子那我也是醉了……华歆掩面觉得尴尬丢脸。

顾南木反正见怪不怪了，班上的同学个个是奇葩。他了解这个大长脸，就是个活宝。但是看在华歆都不好意思露脸的样子上，他只好拍一掌他说：“别贱了。人家华歆本来就是女的，而且本来就漂亮。”

语罢，华歆脸有些微红。而那个长脸男生做作地哀号一声：“天哪，我失宠了。我居然败给了一个才转过来不到两个星期的女人，华歆你个小妖精!”

大哥你这样我也要哭了好吗？华歆虽然心里哭笑不得，但嘴角却向上扬起，这里的氛围很好，同学之间也很和谐。不过当初她和陆敏之间也是这么和谐的。

“上课了，都回到自己座位上。”这时班主任老师走了进来，手上拿着一叠试卷，扫视了一眼全班然后笑嘻嘻地说：“又有的人要哭了。上次模拟考的成绩终于出来了，哈哈哈。”

全班顿时一阵哗然，华歆当下就觉得这老师是不是有什么奇怪的癖好？顾南木又歪着脑袋打量着她的一举一动、一颦一笑。有太多的好奇，有太多的想一探究竟。

“第一名，”老师拿着成绩单缓缓地走下来，然后停在顾南木的身边，微微一笑把成绩单交到他手上说，“果然我们班的这棵草是傲视群雄的。”

What？华歆都震惊了，她这是又勾搭上了一个学霸啊！还好这场考试是在她来之前就已经进行了的，要不然身边坐着个第一她还真的是难以抬起头来。

接下来的第二名、第三名，华歆完全不关心，她拿过顾南木手上的成绩单简单地扫了一眼后差点自戳双目，这些满满当当都打着满分的成绩是在闹哪样？他不是英语科代表吗？为什么还偏偏只有英语和语文没有拿满分？苍天啊，华歆开始后悔了半路转到理科班这是要请家教的节奏啊。

“如果想请家教的话你可以找我，我免费。”顾南木审视了下华歆脸上的表情，随后托着脸笑着给出了建议。

华歆心都堵塞了啊，那种之前转来时的不安的感觉突然又越发强烈了起来。她看了眼身边懒洋洋的顾南木，反问道：“别告诉我你们晚上回家没有偷偷努力地学习。”

“当然有偷偷学了，要不然谁都考第一了。”顾南木这么爽快地承认倒是让华歆始料不及，但是他下一句就把她打回到现实了。“我积攒了好几个月的美剧一晚上都看完，眼睛都快瞎了呢。”

去死吧。华歆发誓，她要在这里拿出好成绩！

晚上的时候，天冷气清。最好吃的火锅就在那里，可是眼睛却看见那些灯光觉得涩涩的一点都不舒服。

“门佑，我请你吃火锅你就不能赏个脸笑一下吗？”胖子同学走在阴郁的门佑旁边无奈地说道。

不知怎么也上了贼船的余西看了看门佑，也不觉得这事有什么好高兴的。因为上次门佑还请他们吃了韩国烧烤，他自己也没笑。

没笑的原因多半是因为华歆吧。

“这么冷的天有什么好笑的。”门佑淡淡地回答，双手插着裤袋，两眼无神地望着前方。一行人就这么冷冷清清地进了火锅店。

坐下后，余西看着只有三个人的火锅实在是觉得无趣，看了眼百无聊赖的门佑，决定为这个还算是朋友的人做个努力。

“你们先弄着，我去下洗手间。”门佑刚坐下又起身。

接着余西也说：“我打个电话。”

于是胖子同学就像是个冤大头一般坐在位置上伺候这两位大爷，心想着请客的才是大爷好吗？怎么就叫上门佑一起吃了呢？

余西站在不远处的靠窗位置，拨通了华歆的电话，这些天他也试着和她通话但是没能问出什么就挂断了。今天，请客吃饭总会赏脸来吧。

“哦，余西怎么了？”华歆在洗手间洗完手的时候发现来了电话，便站在那里接听。“我现在在外面呢。吃火锅吗？这么巧，我也在吃火锅呢。你在哪儿？嗯？”

华歆一听余西报的火锅店的名字和她现在所处的位置一模一样，便紧张地一个转身却硬生生地撞进了某个站在身后的人。

鼻子很痛，眼泪忍不住地流下来。

“好久不见。”

他说。

第二十九章 尴尬拼桌

“不要哭。”门佑笑着抬手轻轻拭去了她眼角的泪水，在这里意外的重逢让他本是雾霾一样的心情顿时拨云见日。

华歆皱皱眉头瞪着他说：“哭你个鬼，你肌肉是练到胸腔上的吗？这么硬邦邦的。”

“呵呵，只是很有男人气概而已，这样也被你嫌弃。”门佑摸摸自己的胸膛，顺便再挺了下胸。继而问道：“你转到哪个学校了？”

华歆尴尬地愣住了，笑着反问他：“你和余西一起来的吗？你们几个人啊？”

洗手间来来往往的人很多，对于站在洗手槽边说着话的这对小年轻表示了不理解。门佑暗暗地叹了口气，看样子不太想告诉自己。想着再在这里聊下去估计什么话都会黄了，于是他拉起华歆的手走到了外面，这时候等候华歆的顾南木一个扭头就看见了不远处的两个人。同时看见他们的还有余西。

“命运总是这么开眼啊，我还在这里操碎了心。”余西有些心碎的碎碎念，收起早就被挂断的手机神情黯淡地回到座位上。此时，小胖同学已经乐此不疲地把他爱吃的东西一股脑地全部放到了火锅中。

好久没见了，华歆也这么觉得，尤其是看着眼前这个真实的门佑。好像没怎么变，当然了短短的十几二十天也不会有太明显的变化。只是……

“你是不是又长高了?”华歆突兀地问了一句。

门佑“啊”了一声，视线向上看了看后说:“你转校之后好像是长高了，可能是变瘦的原因。”

“这还怎么有我的事?”华歆无奈地笑了，但脑子里却自动把话组合成了这样——“看不见你我都变瘦了，因此才看起来又长高了。”

看吧，只要和门佑在一起，他说的任何话都能让华歆觉得那是在表白。如此义无反顾的疯狂，让华歆自己也觉得可怕呢。

“最近好吗?”门佑见她笑了，到底还是想知道究竟她的近况以及她究竟转学到了哪个学校和什么样的同学在一起。“你好像变白了。”

话到这里的时候，门佑忽然觉得紧张，因为现在近看华歆已经能感受之前她还住在他家里时的不同，那就是更加漂亮了。

华歆有些受宠若惊地双手捂脸，颇激动地问道:“真的吗？难道是因为最近蛋白吃多了的缘故？呵呵。”

“假的。”说谎了。门佑别过脸，心里头想起上次运动会的事情来。自己刻意说出没有破纪录也不让她变白的话也只是为了不想华歆引起别人过多的注意，可真的是越不想什么越来什么。

“唉，你这个人嘴里就没有半句好话。好在我转学了，否则我这皮肤恐怕是真的要等到来年的运动会起才能变白了……”华歆无心地说着话，却忽然间停住了。她惊慌地看着门佑，不太清楚他在想什么，只是感觉到他的目光有些灼热。

这个时候，作为旁观者旁观已久的顾南木终于起身来到了他们两个跟前。看着华歆问:“之前的朋友吗？要不要一起拼桌吃？反正人多热闹。”

门佑见来的人是顾南木，顿时男人的战斗欲望就被激发了，他想拉过华歆却不想华歆先被顾南木给拉住了，真的是刹那间眼睛都冒火了。

“你们都站在这里干什么呢？小胖放进锅里的东西都快煮烂了，过来吃吧。”余西真的是堪比救火，瞟了眼门佑发现他根本不和自己对视，再看了看华歆，发现她眼里写满了“神啊，快点让火锅这一页翻过去吧”的焦虑感。现在这个拉着华歆看起来特别优质的男生是谁？“呃，华歆，这位是？”

华歆挣了挣双手重获自由，抽身走到余西身边笑着说：“这位是我的新同学，叫顾南木。”

“你好，我是她的新同桌。”

能不能好好说话！华歆听到顾南木特意强调了“同桌”这个词之后真的也是后悔为什么要给他做介绍了。可这边还没有后悔完，那边门佑又再一次语出惊人地说道：“哦，我是见过她父母的门佑。”

“……”一干人等全部陷入了沉默。

接下来，怨不相识的两任同学都坐在了一个圆桌上。小胖同学倒是自来熟，很快和晨华的人打成了一片，彼此间也是吃得津津有味，还纷纷解析起了化学方程式。华歆也不明白，吃饭就吃饭干吗和化学扯上关系，不觉得倒胃口吗？

实际上除了华歆、门佑和顾南木，大家都吃得很开心。华歆本来是想坐在余西旁边的，因为她觉得余西这儿绝对保险，可是自己刚坐下，门佑和顾南木就立马抢占了她左右两边的位置，这下子她坐在那里就跟摆设一样。

“华歆，这是小胖特意为你加的海草。再不捞出来吃掉快变成头发了……”说这话的是自己班上的长脸男，他还不怀好意地补了一刀说：“霸道顾帅哥，该是你为女神服务的时候了，别这点小事还要我来提醒你。”

我掐死你！华歆当即攥紧筷子就恨不得扔过去，插进他鼻孔里。这长脸男不是贱啊，完全是非常的贱啊！

顾南木笑笑，倒还真的是服服帖帖地伸筷子去夹海草。与此同时，门佑则拿起了华歆的碗顺便递了过去，满不在乎地说道：“夹碗里来就行。”

面对来自同样优质男生的挑衅，顾南木没有介意反倒拿起自己没有用过的碗，将海草夹到了碗里然后小心地放到了华歆的盘子上。

“你吃过不太礼貌吧。”门佑抖抖眉，心里却想着这家伙手段是不是太高明了点？

顾南木不以为然，淡淡地说：“我还没有用过。”

饭桌上莫名其妙的火花四溅，华歆也是醉了。她尴尬地看着两个男生在那里倒腾来倒腾去地想要照顾她，她就差一点就说“我去趟洗手间”然后直接回家！亲爱的妈妈，我现在特别怀念你烧的饭菜，华歆真的是欲哭无泪啊。

“你们两个就不能各自吃各自的吗？华歆又不是小孩子，她自己想吃什么会夹的。对吧，华歆？”关键时刻，还是余西靠谱。

对此，华歆非常感激地使劲地点了点头。

于是，门佑和顾南木才收敛一点，在过程中虽然也总是问华歆想吃什么，对她是无微不至，但是华歆拒绝这样的照顾，他们两个也只好作罢。

顾南木倒是心里清楚得很，因为他此前看见华歆的那两次身边都有门佑。他也一度怀疑过华歆转校会不会和这个门佑有关，可是就现在看来华歆和门佑之间好像不存在什么特别的隔阂。难道是他想多了？

而门佑也一直留心着这个头号敌人顾南木，想着华歆不过才转校两个星期左右就竟然能和他一起出来吃火锅了，可见这个人非同凡响。难道两个人是表亲戚？

两个人都各有所思，但很明显两个男生的思路最后都往奇怪的方向发展去了。对于不知道他们脑内想什么的华歆来说，能安安静静享受会火锅的魅力才是眼下最重要的事。

“我肚子快撑爆了。”最后华歆等人都是扶着墙出来的，华歆这么痛不欲生地喊着的同时手上还拽着一只苹果。

顾南木看着她回想起那个时候她只埋头吃火锅几乎都没有抬起头来看他一眼，果然在女人面前再帅的男人都比不过美食是吗？这么想着的时候居然有点把气撒到了她手里的苹果上，一把夺过来说：“苹果我吃了，等会儿我怕你上医院。”

“想吃就直说啊。”华歆扯扯嘴角，然后转而一笑拉开背包说：“我包里还有香蕉、橘子，哈哈哈……”

门佑看不下去了，接过她的包自己单肩背着说："晚上别吃了会消化不良，等会陪你去药店买点消食片吧。"

"嗯，好。"华歆这次倒是没有拒绝，不知道是因为还沉浸在美食的欢愉中呢还是感觉又回到了和门佑住在一起的日子，那么亲切熟悉。继而她回头对顾南木说："那你们晚上回去注意安全，我和门佑这边走了。"

什么叫注意安全，什么叫你和门佑这边走了？顾南木隐隐地感觉自己沉不住气，手上的苹果还没有来得及咬一口就差点要被他捏稀巴烂了。

"嗯，那你和门佑也注意安全。"余西到底是个暖男啊，这样嘱咐华歆。说完，丝毫不拖泥带水地就拉着和新认识的朋友侃侃而谈的小胖走了。

顾南木见此情景最后还是忍住了，对华歆说："回家打你电话，明天见。"

"嗯，明天见。"送走了现在的同学之后，华歆笑着回望着门佑。但夜晚一丝冷风擦身之后，华歆陡然间清醒过来。她现在是要做什么，她已经不和门佑住在一起了，可刚刚脑海里还是闪过要和他一起回家的念头。

门佑看出华歆眼底的慌乱，想要拉过她的手的动作都尴尬地停在了一半，后动了动手指揣回了裤袋里。假装很轻松地说："就当作和我一起回家不行吗？"

呵，眼睛还是这么尖呢。华歆和他肩并肩地走在回家的路上，边走边说："你以后肯定能成为一个出色的心理学家。"

"呵呵，那你岂不是成了我的第一个研究对象？"门佑迎着月光，呵出了一口气。

唉，这颗面对着门佑就不停乱撞的小心脏能不能有点节操啊？华歆吸了口气又重重地吐了出来。她说："我转学这事……和你没有关系，是我个人的原因。"

事情过了有些日子了，华歆才和自己提出。门佑不相信，如果不是因为他，为什么连一句再见也不说？如果不是因为他，怎么可能会解释成她个人的原因？

"如果那天在办公室我拉住你，情况会不会不一样一点？"门佑停住脚步，眼睛里好像有星星一样，亮亮的。

华歆也愣住，她想原来她那天的狼狈不堪、着急忙慌门佑都看在眼里。只是正是因为他看在了眼里，好像做什么都没办法改变她的决心了。

回到家，华歆吃了消食片躺在床上，左想右想觉得自己的转学好像自私了那么一点点。她那个时候真的没想过那个问题，那就是她转学之后关于她和门佑的流言会不会越演越烈，最后让门佑一个人承担？

“哎，我这爱惹麻烦的人真的是没救了。”华歆用手盖住了眼睛，这时候手机上有人打电话进来了，是不认识的号码。“喂？”

“到家了吗？”听声音很是耳熟。

“……顾南木？”华歆试探性地问。

“嗯，看来我给你留的印象还算深刻。”顾南木在那边轻声笑了，“到家就早点休息吧，明天见。”

“不是，你是怎么有我的号码的？”华歆肯定一定以及确定她没有给过任何一个新同学她自己的号码。

顾南木漫不经心地回答道：“早就有了，晚安。”

第三十章 鱼和熊掌

这天午间休息的时候，华歆在学校里随便走走。到这里来之后，基本上成了路痴，还记得第一次去上洗手间的时候走错方向差点被顾南木直接拎进了男厕所。想想，顾南木这个人说到底也不好惹啊。

“最近连洗手间抽烟都查得很勤是为什么?”

“因为抽烟的人多了，都是那味，老师都奇怪了。”

“嗯，还好我们不抽烟，吾等良民啊。”

闲逛到花坛的时候，华歆隐约听见了说话声。她有些好奇，这个地方居然还有人来玩，看来这花坛深处必定是别有洞天。说真的她还算有一双慧眼，当初门佑还说自己不是哥伦布不会再发现新大陆呢。这不，新大陆马上就要出现啦——

然后，就没有然后了。

“呃，不好意思，我这就走。”以为发现新大陆的华歆还真的发现新大陆了，她居然看见三个男生围坐在地上玩扑克！

三个男生一见，立马起身都来不及拍拍屁股上的灰尘上前挡住了华歆的去路。眼神里有一时的惊慌，但这个惊慌在看见来的是女生之后就转化为了窃喜。

“同学，你是不是新来的啊？这里全校同学都知道是我们‘三剑客’的风水宝地，你还这样子闯进来，很不懂礼貌啊。”当中那个眼睛细小犹如一条缝的男生说。

华歆抱歉地笑笑，她并不想给自己惹麻烦，然后说：“你猜对了，我是新来的。”

“哈，你脑子转得还挺快。说你新来的你还就顺杆子往上爬说自己是新来的啊？”另外一个扇风耳鄙夷地说道。

只有那个看起来像是老大的大块头男生推了这两个同学一把，笑着对华歆说：“你可不要告诉老师我们在这里玩扑克啊。大家同学一场，本是同根生，相煎何太急啊，你说是不是？”

华歆扑哧一下笑了，实在是太滑稽了啊？什么三剑客，明明就是“三贱客”。然后她又急忙打住，瞥了眼地上七零八落的扑克牌，好奇地问了一句：“你们在玩什么扑克？”

大块头一听，喜上眉梢道：“看来这位新来的同学有和我们一样的癖好啊。”说着就想邀请华歆一起加入三剑客的队伍中来。

顾南木不知道什么时候站在华歆身后一把拉住她的胳膊，扫了眼那三位同学冷冷地说：“她才没有和你们一样爱玩钓鱼这样扑克玩法的傻瓜癖好。”

说完，拽着华歆就准备走开。

“顾大爷，你别看不起这种钓鱼玩法，这可是讲究运气的最高级别的游戏。你看钓鱼这游戏能让别人的手里牌变少，我们的变多，这不是很有成就感的玩法吗？”壮男大喊道。

顾南木回头冷冷地一句：“教导处主任刚刚走过去，目测再过个三秒钟你们就能被请进办公室了。话说回来，那钓鱼玩法这么健康你们怎么不在教室玩？”

“你是想我们早点死吧？”三人不约而同地问。

“猜对了，你们真棒。”

“……”

华歆觉得这晨华高中的同学怎么都这么有趣，就连玩这么可爱游戏的男生都显得可爱，看样子没白转来这里嘛。但是……“我自己会走。”华歆往回拉了一下，挣脱开来，看了他一眼后问：“你怎么会在这里？”

“我是怕你等会上课了不知道方向会往洗手间冲去。”顾南木回答得干脆利落，脸上的表情不是戏谑，居然是无比的认真。

这可真的是奇耻大辱。华歆暗暗地想着，以前总是被门佑嘲笑3加3等于9，现在倒好又多了个人嘲笑她的零方向感。真的是到哪里都能被抓住弱点。

“哦，对了。我放在桌上的试卷没有被收走吧？”华歆忽然想起一个问题，抓着顾南木的手臂紧张地问。

顾南木先是看了眼她抓着自己的手，而后才回答说：“你前脚刚离开座位，他后脚就把数学作业收走了。”

“什么？那你来找我的时候就应该先说这件事情啊！”华歆真的是要崩溃了。那份数学试卷是发下来的作业，老师鉴定过了属于难题。但是华歆不这么认为，因为这份试卷她在转来之前就已经做过了。

“你紧张什么？你试卷上的名字我帮你写上去了。”顾南木笑笑，“是不是有了我这样贴心的同学要感动得哭起来了？”

我感动你大爷，哭你妹啊？自从和门佑他们相处之后，华歆脑海里关于这类不怎么雅致的词汇猛然间就增加了，这实在是一件相当让人痛苦的事情。因为华歆发现，文雅的词汇根本无法表达她内心对突发事件的糟糕的心情。但是，好孩子不能跟着学哦。

“我那份试卷以前做过了，我本来是要拿着和老师解释下的。”华歆表情纠结。

顾南木“哦”了一声，表示明白。但是他说：“你放心，你拿不了满分的。因为我看你最后一道过程对了，但是答案算错了。”

“真的吗？”华歆顿感欣喜，这还是有生以来第一次对拿不到满分而高兴啊。

“真的。”顾南木点点头，沉默了一会儿后淡淡地说：“于是我帮你改回来了……”

顾南木，你真的是练了一手的好贱。

不得已的华歆只好三步并作两步走，急急忙忙赶到办公室，她是在上课之前赶上的，但是没能赶上老师批改作业的速度。

“华歆这次做得很不错啊，这么难的数学试卷你全做对了。”数学老师相当的高兴，对于班上转来一个数学这么厉害的同学，全班的平均分还不得往上跃上一大步。

华歆很尴尬，挣扎了许久才说：“老师，这试卷，我在之前的那个学校已经做过了。我们当时是拿来考试的，我那个时候只考了个及格分。”

对啊，那段黑历史是华歆一直想抹杀掉的，但是才这么短的时间内又再次提了出来，看来有些东西不是换了个环境就能全部抛弃的。

数学老师有些惊诧，但也是温和地说：“哦，没事。这试卷我看太难了就拿来当作业了，没事，我看你也是认认真真地再做了一遍，精神上也是满分。”

多谢老师大人大量。华歆心里顿感轻松了许久，和老师道完别之后就脚步愉快地回到了教室，坐在了座位上。此时，同桌顾南木正在埋头画画。

“你还会画画吗？”华歆感到惊奇，本来学霸已经很不容易，这家伙居然还有一技之长。

顾南木抬头看她，拿笔对了对她后问：“需要来张自画像吗？”

“要钱吗？”

“不要钱。”顾南木很是爽快大方，下一秒嘴角向上一翘道：“要人。”

啪一声，华歆直接拿起桌面上的书就往顾南木的脑袋上打了一下。被砸的顾南木居然还好脾气地笑了笑。

前排桌不经意看见这一幕的女生相当惊奇地对旁边的女生说：“这顾南木对华歆的态度是不是太好了点？平常我们去问个题目要么是爱理不理的，要么是直接给了答案。你说他之前是不是就认识华歆啊？”

“我怎么知道？”听的女生显然不怎么感兴趣这件事情，只是缓缓地说：“大概优秀的人都会成为很好的朋友吧。”

这样的大真话说出来好励志！八卦女生愣了愣，翻开作业本一丝不苟地做了起来。

与此同时，华歆的手机收到了一条来自门佑的短信，每次门佑的短信字都不会很多，但能让华歆感受到他对自己转学这事心存愧疚。

“我们还是可以一起加油，考同个大学的。”对于门佑给出的担忧，华歆回复了这样的一句话。她觉得即使分开，也不能阻挡对未来追求的前进脚步。

顾南木只是微微侧身就看见了手机短信里这样一来二往的对话，便问道：“考同个大学的意思是要私订终身吗？”

“你的脖子可以不用伸得这么长。”华歆侧了下脸，伸出食指点着他的眉心，拉伸手臂把他的脑袋推得远远的，然后快速收回，整个动作充斥着各种嫌弃。

顾南木笑着揉揉眉心，煞有芥蒂地问道：“你要报哪个大学？”

“C大。”华歆也不避讳，反正C大是她心心念念的大学，无论如何也要考上。再者好像也是无意中知道C大也有心理学这个专业的，门佑报上也刚好。嘿嘿。

“C大蛮好。”顾南木点点头，继续埋头画那幅气势磅礴的将军人物画。在给将军画腰间玉佩的流苏时，他又若无其事地问了句，“C大有什么专业吗？”

这个问题倒是让华歆一顿好想，最后拍拍他的肩膀说：“反正没有适合你的专业。”

顾南木停下手中的画，抬头看向华歆，悠悠地说了句：“那你选什么专业我就跟着选什么专业。”

华歆诧异，正巧物理老师拿着备课本还有一大沓试卷走了进来。接下去这节课是体育课，但是仔细想想快到期末了，全国上下准备来上体育课的体育老师们都正巧有事吧。所以，体育课成了各科任课老师瓜分的对象。

“老师那里还有好多试卷，这份呢你们就带回去做吧。接下来我就给你们分析下上次随堂测验的那张试卷，快拿出来吧啊，要不然拖堂了你们可别跟我死去活来的。”老师的威胁也是这么堂堂正正的，让人没办法拒绝。

华歆打开抽屉拿出试卷，暂时把顾南木那没头没脑的一句话扔在了后面。讲台上整块黑板都被擦得一干二净了，看来物理老师是准备大展身手了。

就在全班同学都认认真真看着物理老师板书的时候，顾南木却认认真真地看着华歆画她的肖像，这个世上美好的事物就是应该永远保留下来的。

考上同一所大学。顾南木心里也不是特别清楚这句话的意义，但是他想如果他愿意和某个人上同一所大学、吃最好吃的美食、游赏最美丽的风景的话，那么那个人一定是对他很重要且不能轻易放弃的对象。

将来我不知道，但至少现在我希望那个人是你。

第三十一章 圣诞前夕

国庆结束之后就等同于今年一整年的节假日都已经结束了，用顾南木的话来说“该收收心了，马上就要过春节了”。在课堂上听到这话的华歆差点笑出声，虽然明知道这是网络段子，但是经过顾南木的嘴里出来显得特别的搞笑。

“传统的节假日是结束了，可是明天不是圣诞节吗？”下课后华歆这么说着，说完后又立马澄清道：“我不是崇洋媚外啊，我这是制造更多的欢乐时光。”

顾南木呵呵了声，抬头看着她说：“那接下去还有西方的情人节呢。”

“那个关我屁事。”华歆摆摆手，表示不感兴趣。说到底，圣诞节要是能下雪就好了。当初在门佑家里的时候两个人还约定说以后要来打雪仗，赢了的人可以说一个愿望。不知道他忘记了没有。

顾南木见她又陷入了自己的思考中，便没有再进行打扰。低头随手涂鸦的时候又忽然停住了手中的动作，歪着脑袋打量着华歆。心里寻思着，她难道是在想那个门佑？呵，那还真的不能忍。“别看书了，出去买瓶饮料喝喝。”顾南木有些霸道地合上了她的书把她从座位上拖起来，不由分说地将她拉出了教室。

“大冬天的喝什么饮料，教室里不是有热水吗？”华歆撒开他的手，有些不情不愿地走在他旁边。“都是女生之间喜欢彼此牵着手去洗手间啊去小卖部的，你怎么也这样?”

顾南木眉眼都带着笑，忽地弯腰冲她笑说：“你的意思是，我还应该牵着你的手吗?”

“我回去了。”这个人听别人说话都乱放重点吗?

“诶，我开玩笑的。”

最终华歆还是被顾南木连哄带骗地来到了小卖部，外面这个天冷的呀。华歆站在那里直跺脚，顾南木却在里面挑热饮挑三拣四的不肯结束。

“南木也在这啊。”几个女生看样子也是刚好来店里买冷饮，带头的长发女生便上前笑着望着顾南木，顺便打量了一下略有些狼狈的华歆。缓缓道：“我请你喝热饮吧。”

这时候没有意识到里面情况的华歆很不耐烦地瞥了眼顾南木，语气生硬地问道：“你挑热饮也需要看年份的吗，这么久？我先回去了。”

顾南木好脾气地看了眼着急的华歆，对那个女生说：“不用，谢谢。”随后慎重地挑了两罐热饮付钱快步走到了华歆身边。

还在店里的女生们有些泄气，难得和顾南木说上话了。不过那个女生是谁，顾南木班里什么时候多了一个这么漂亮的女生了?

“给你。”顾南木把手中两罐热饮贴在了华歆的脸上，笑呵呵地问：“是不是感受到我给你的温暖了?”

华歆脸上暖暖的，干脆就自己捂住，满不在乎地说：“既然要给我温暖，那你怎么不干脆一个人下来买，还拖我来受罪?”

顾南木挑挑眉，没有接过话。想着如果默默无闻地做着这些事情那和电视剧里那些凄惨的男二号有什么区别？他顾南木才不想当她的配角，毕竟现在陪在华歆身边的是他。换言之，选择这种结果的人是华歆。

回到教室坐下后，华歆把热饮递还给了顾南木，自己检查起了拿回来的试卷，正如他所说试卷上名字那一栏是属于顾南木的字体，还有关于那个错误的答案也是由他改回来的。真是不知道要说谢谢你好呢，还是说谢谢你全家好。

“喏。”这边顾南木已经拉开易拉罐的盖子将热饮重新放到了她的手中说：“喝完要是上课途中想去洗手间，不要拉上我。”

“呵呵，thanks all your family。”果然，好话说不过三秒。

然后，顾南木就笑喷了，一口热饮直接喷到了前面同学的后脑勺上。好在前面是个男同学还理了个板寸。感到后脑勺异样后，男同学小心翼翼地摸了一下后回望顾南木，悠悠地问：“我现在知道醍醐灌顶是什么意思了。”

看到这一幕的华歆连忙从抽屉里拿出一包餐巾纸递给了前面那个同学，非常抱歉地对他说：“对不起，你后脑勺没事吧？”

“你干吗替我道歉？”搭话的顾南木一脸的笑意，说不清心里是什么感觉，但总觉得华歆这种好像是自己人做错事的行为让他觉得他顾南木好像是他家的孩子。

华歆怒瞪了他一眼，说道：“你以为我想啊。”真是的，不过就是说了一句英文而已有什么好笑的？她的英语口语很地道的，一点都不蹩脚！

前面的同学看着华歆和顾南木之间情节发展方向的重点已经完全不在他身上了，于是就默默地拿着餐巾纸又默默地擦拭掉后脑勺上的饮料，安安静静地做一枚学霸。

“对我这么好，我都想喊你妈妈了。”顾南木笑看着华歆一脸不爽的样子，单手托住脸，发自肺腑地说道。

华歆气结，老师就不能对她好点，给她安排一个正常的同桌很困难吗？于是华歆眯着危险的眼睛看着顾南木一字一句地说：“我能去要求老师给我换位置吗？”

“不能。”

“你凭什么？”

“今天是平安夜，你得确保自己的安全。”

“……”这什么意思？难不成换个座位她还会遭受血光之灾吗？华歆这么想的时候，小心地瞥了眼顾南木，发现他脸上写满了“朕向来说一不二，你要敢换位置，明天就是你祭日”的云淡风轻又凶残至极的表情。

于是，华歆吞了下口水当作上一秒自己放了个屁。而后顾南木也没有多加解释，倒是对华歆这副听话的样子表示欣慰，点点头坐正身子认真地做起了化学题目。

外面天气还是一如既往的寒冷，可是同学们之间的玩笑却能温暖心田。但是偶尔也会有短暂的三言两语使人陷入更加未知的冰窖中。

“圣诞节?”在洗手间的窗口下，张洪笑吹着冷风哆哆嗦嗦地打着电话，皱着眉头反问道：“我看起来像是那么有空的人吗?”

WC来来往往的同学很多，虽然禁止学生带手机但是这事反正也遏制不了，都21世纪了没个手机确实是件让人很没有安全感的事情。所以见到张洪笑打电话也就见怪不怪了，只是都皱着眉头不知道她在和谁打电话。

“再说吧，明天晚上我也不知道。不过，华歆你交到新朋友了是吗?”张洪笑难得地露出了一个短暂的笑容，但是由于天气太冷，这个笑容最后差点让她脸部抽筋。“嗯，挺好的。他也一定是个帅哥吧？呵呵，就这样吧，明天联系。”

挂断了和华歆的电话，张洪笑笑着摇摇头转回身却突然被站在身后默不作声的陆敏给吓了一跳，她安抚地拍拍自己的胸口，准备绕过她回到教室。

“华歆她还好吗?”却被陆敏拦住，开口问出了这样一个尴尬的问题。

张洪笑叹了口气说：“你们不是朋友吗?”其实她并不是想说出这样的话，只是当她知道关于华歆住在门佑家里的事情是因为陆敏不小心泄露还没有歉意的真相之后，她对这个陆敏就提不起半点好感。

“可你们现在是朋友。”现在的陆敏和之前那个大大咧咧的陆敏完全判若两人，她收敛了她外放的性格，就连说话都变得谨慎了起来。

张洪笑可不想听什么乱七八糟的关系的解说，但是看着陆敏她也能知道为什么在那些对华歆不好的消息传出来的时候她没有站出来帮她澄清，不过就是女孩子嫉妒的心理在作祟。没有一个女孩子愿意当丫鬟，她们都期待哪一天能成为公主。这样的心理张洪笑也曾有过，但是不曾泛滥。

“好了，要上课了。”最后张洪笑放弃了一些心灵鸡汤的话，只是拍拍她的肩说：

“华歆现在挺好的，就是选了读理科。”

语罢，能感觉到背后的陆敏松了口气，那是一种对自己的原谅。

“门佑，明天圣诞夜的活动要参加吗?”学生会的吴筱又跑来找理科班的门佑了，这次代表的不是她个人，而是整个学生会。当然，不可否认个人因素占绝大部分。

门佑抬头望望天，下一句话好像就会说出“不然你问问老天爷我会不会去”。但是庆幸，他没有这么说。只是有些保留地说了句：“再说吧。”

吴筱对这个不是拒绝的答案已经很满意了，所以在表达完考虑好了就打我电话之后就迈着小步子走开了，虽然她知道那个电话永远不会打来。

一向不怎么怕冷的门佑也隐约感觉到不穿秋裤的凄凉感，但是这玩意打死他也不会穿的。这种莫名其妙的执着感除了表现在不穿秋裤上，还表现在一天不联系华歆会坐立难安上。于是，他拨通了华歆的电话，响了三下就接了起来。

“喂。”门佑有些欣喜也莫名的忐忑，感觉打电话怎么就怪怪的呢，发短信就没事呢?

“喂，我是华歆的新同桌。”

“麻烦把我的手机还给我。”这话是电话那头华歆的声音，听起来有些不耐烦又像是习以为常。

“你不在替你接个电话怎么不说声谢谢?”

“呵呵，我谢特（shit 见鬼的音译）你。”

听着两个人在那边打闹嬉笑，门佑忽然之间领悟到什么叫作距离感、什么叫作可怕的隔阂。他和华歆之间现在隔的不是阂，而是一个大活人。

“门佑?”这会儿终于物归原主了。

在听到华歆的声音后，门佑本来想和颜悦色说的话就立马味道变得怪怪的了。他说：“这么开心，是收到很多苹果了吗?”

“呃，没有啊。”华歆想象得出语气生硬背后门佑的表情，只能走出教室选了个僻静的场所和他打电话。“你是打来送苹果的吗?”

女孩子的玩笑话不知道为什么很治愈，让门佑心里的阴郁一下子就化开了。他微微一笑道：“送你一打好不好？”

“听说 iPhone6 出来了。”

“什么？我这里信号不好，你说大声一点。什么疯了？是你的新同桌疯了是吗？那就让他去死吧。”

“……”

结果话到最后，门佑居然忘记自己要说什么了。但是也没关系，因为华歆邀请他参加圣诞之夜的活动，说白了就是小年轻们吃吃喝喝讲讲笑话，但是再无聊有华歆一切都好商量。

第三十二章　许个愿望

尤为寒冷的圣诞夜，虽然是西方的节日，但大街小巷都充斥着欢度节日的气氛。毕竟快乐的事情谁人都愿意去分享，去感受。

“好冷。”早些来到某个奶茶店坐着的华歆替即将要来的人分别点好了热热的奶茶，她点的时候还有些担心，其中的某个人会不会突然打来电话变卦。“奇怪了，这个活动又不是我组织的，我为什么要操心？”说到底，她也还不是被顾南木给拉进来的。

奶茶店的店门被拉开，门铃也清脆地响了起来，华歆急忙抬头仅次于她之后到来的人竟然是门佑。这个时候，店里的小年轻也很多，热热闹闹的感觉让华歆总有一种她这是要和门佑约会吧的错觉。

门佑先是看了下她选的座位，然后不假思索地拉开她旁边的椅子放心地坐了下来。“怎么就你一个人？难道你是私心想约我？”脸上泛起得意的笑。

“我是被你认为的私心还害得不够惨吗？”言下之意就是她要是抱着这种心态和他见面不是又要被坊间传得天花乱坠了？这么说着，华歆端起桌上的奶茶看了看后把其中一杯放到他的面前说：“我给你点的红豆烤奶，我的最爱。”

一听是华歆的最爱，门佑有些迫不及待地喝了一口，顿时嘴里浓烈的红豆奶香味在他的唇齿间溢满。一种幸福且温暖的感觉油然而生。“果然是最爱，味道就是不一样。”

华歆笑着点点头，心里有些甜甜的，幸好他喜欢。

喝了几口奶茶，门佑琢磨着要说些什么。侧过身看着手捧奶茶望着玻璃窗外夜景出神的华歆，他才发觉华歆的眼睫毛原来是这样的长而浓密，眼眸大而清亮，就连裸露在外的皮肤也越发白皙起来。

这样的华歆是那么的好看。门佑看着她也出了神，就算是说再多的话好像也不及现在安安静静地欣赏她的美来得强。

“你看我干什么？”华歆不经意间回头正好和门佑四目相对，脸有些泛红，还是小心地问了一句。

门佑学着她咬着吸管，笑着说：“我好像看见了自己的未来。”

华歆奇怪地皱眉，怀疑地打量着他，而后反问道：“你的未来是准备和我一样转学吗？”

他还想继续说什么的时候，奶茶店的门铃又响了，这次进来的是风尘仆仆的顾南木还有班里本来就打成一片的好伙伴。于是，门佑只是下意识地把椅子往华歆身边更加挪了一点，笑着像是老熟人一样冲他们笑笑。

顾南木在门外的时候就透过玻璃窗看见门佑和华歆挨着坐，当即就懊悔不该在家洗了个头还吹了个发型，果然臭美没有好下场。

“这么早？”顾南木借着和华歆说话也拉了下椅子坐在了她对面的位置，随后伸手想要从那么多杯奶茶中挑一杯他喜欢的。

华歆见状，伸手比他早一步拿到那杯咖啡放到他的跟前说：“就你不爱吃甜食到连奶茶都忌讳。你这么挑剔，以后看样子要请保姆了。”

“不是有你吗？”顾南木心满意足地插进吸管喝了口咖啡，瞬间体温回升。当然这句话显然是想让除了华歆之外的另外一个人听见。

果然，门佑差点把奶茶的纸杯给捏畸形了，但是他忍住了。因为华歆并没有回应顾南木这句暧昧至极的话，而是见怪不怪地叹了口气，之后看向门佑问："对了，张洪笑有跟你说她要来吗?"

"你觉得她像是会和我说话的人吗?"语罢，当事人表示不关心。闷头喝着奶茶，顺便和顾南木相当心有灵犀地对视了一眼。

华歆正担心着张洪笑不来呢，这不张洪笑背着个包就出现了，今天的打扮也完全是一副好学生的样子。其实不用猜华歆都知道，她包里一定背着各种练习册和试卷。

"这边坐。"华歆连忙欣喜地打着招呼，稍微腾开了自己身边的座位，可是挪动的时候才发现左右都被占着。

张洪笑很快扫了眼门佑继而又看眼陌生的顾南木，心里相当明白地坐在了离华歆稍远的一个位置旁，不过倒是离晨华同学坐得蛮近的。

"这位同学莫不是华歆的好朋友，看起来简直就是学霸级别的啊。"长脸男生似乎对张洪笑很感兴趣，她一来就找她搭话。

顾南木冷哼了一声道："注意素质。"

大长脸不敢作声了，但是张洪笑却不知道为什么笑了起来。许是顾南木的那句话的腔调太过于模仿官腔让她觉得突兀，也许是顾南木骨子里的幽默激发了她的笑点。

华歆见张洪笑不尴尬倒也放心了，有些感激地朝顾南木投过一个眼神。哪知顾南木相当不屑地拒绝，悠悠道："我拒绝任何不以文字表达的感谢。"

"奶茶都是我请的啊。"天真如华歆，一点攻击力都没有却又好似拥有强大的防御力。

门佑思忖着这个顾南木怎么这么幼稚？自己别过脸一点都不想看他，而与此同时顾南木也似乎察觉到，瞥了眼门佑心里想的内容和他一模一样。

"洪笑，你喝这个。"华歆猛然想起来，便把布丁奶茶推到了她的跟前说："我也不确定你爱不爱喝，我就只看过你吃过一次布丁。"

"谢谢。"张洪笑很自然地接过奶茶，喝下一大口。在这样的冬季里，没有任何东西能比得上能让自己温暖的奶茶了，至少是现在。

奶茶店里的人不知不觉也变得多了起来，围坐在华歆这一桌的人也从三四个变成了五六个。奶茶店里暖暖的氛围让他们居然都犯懒不想出去遭遇极寒了，简直就是酷刑。

“所以坐在这里是等……”死？后面这一个字小胖同学在看了一眼门佑的眼色后硬生生地给吞回了肚子里去，在这种欢快的节日里还是不要乱用这个字眼了。于是便改口道：“下雪吗？”真是太机智了！

华歆瞅了眼外面黑沉沉的天空，冷不丁打了个哆嗦。身边的门佑看看，问道：“冷么？奶茶要不再叫一杯？”

华歆笑着摇摇头，说：“我已经喝不下了。”

这个时候顾南木好像才看见只有华歆和门佑喝的是同样的奶茶，于是心里又开始暗骂自己怎么就不能吃甜食了。

“介意我拿出来做试卷吗？”果不其然，张洪笑在沉默中爆发了。

“介意！”一干人等默契同时爆发。

无奈之下，全员动身准备要离开奶茶店。门佑拉开椅子退了一步，绅士地扶着华歆的腰让她先走出去。其实手根本没有碰到华歆的腰，但是在对面的顾南木看来他们已经在亲密接触了。到底是抢先来了一步，待遇都不一样了。

华歆微怔，但很快就接受了门佑这样的细心，他本来就是这样的人不是吗？这么想想又心安理得多了，其实有关于那些流言她又何必较真？她和门佑确实有着比一般人更进一步的关系，可如果她不是机缘巧合住进他家，那么何来比一般人深厚的情谊？或许是他们无法想象，又或许是他们觉得好奇，可她又偏偏觉得这些好奇和想象过于针对她，让她无所适从。

实际上她谁都不怪，因为她真的动了不该动的心思，要不然成绩怎么会下降呢？

“想什么？”几个人三三两两地走在一起取暖，门佑走在华歆的左侧，双手插进厚厚呢大衣的口袋，轻声问。

华歆轻呵出了一口气，浅笑着说：“想起一些事。”

“一些事？”门佑重复了一句，偏过脑袋看她，注视着她脸上淡然的笑，而后放心地说：“那些事现在不是什么坏事了吧？”

华歆澄澈的目光变得惊诧，她诧异门佑居然连这个都能猜到。说真的，她都不确信他究竟是猜到还是真的知道。只是感激地望着他，说不出话。不知道为什么觉得感动，只是好像心里暖暖的。

走在华歆右侧的顾南木也听见了这番对话，盯着华歆的侧脸，叹了口气。而后对着天空说：“转到晨华才是最好的事情。”

听见这话的华歆抬手拍打了下顾南木，蹙起眉头对他说：“能有我这样的同桌才是你最好的事情吧？”

“说得真对。”顾南木此刻非常想抬手揉揉她的头发，可是一向不拘小节的他居然担心华歆会不会不高兴，于是只能握拳忍住。

门佑看似漫不经心地往前走，嘴里却一本正经地问华歆：“老师还不给换位置吗？安排一个女生坐在最后排这是什么用心？你们班主任不会是在欺负你吧？”

“就算老师欺负她，我也不会。”顾南木也冷峻严肃地回复。

“会不会有这种事情，大家都是男的，心知肚明。”门佑勾起嘴角甚至嘲讽地说了一句，然后抬手轻轻地搭在华歆的肩膀将她从中间这个位置换到了他的左手边。

对于门佑的这句话，顾南木倒还真的陷入了严肃的考虑中。说实话，他非常认同门佑的观点。欺负一个喜欢的女生是男生必须做的事情，不欺负怎么能确定女生对自己到底是个怎样的态度？又或者自己在女生眼中到底只是一个坏蛋一样的存在还是仅仅是坏坏的存在？

面对两个男生的你一言我一语，华歆表示统统不重要，因为她刚刚因为门佑这个自然搂肩的动作陷入了荒唐的小得意中，怎么能那么高兴呢？

另外一边，小胖同学冷得直哆嗦，想和张洪笑搭话却不想被大长脸捷足先登了。这大长脸怎么对张洪笑这个严谨的学习狂魔这么感兴趣？

“你居然翻了整本新华字典？”

“嗯。”

“不觉得乏味吗?”

“不。”

“那你都记住了吗?”

“你猜。”

听完张洪笑和大长脸的对话后，小胖同学彻底缴枪投降了。算了，你们聊去吧，听你们聊天的内容就知道你们和我不是一个次元的。

漫步来到附近的一个公园里，这里也是灯火通明。更没有料到的是，居然还有大妈们仍在坚持不懈地跳着广场舞。伴舞的音乐让几个年轻人突然恢复了点活力。

“这么冷，干脆跟着大妈们一起跳算了。”小胖同学突然建议道。

大长脸举双手赞成说：“反正也不知道哪里好玩，冻得发抖还不如抖个痛快。”

张洪笑手一勒包包带子，冷淡地说：“我先回去了。”但是未果，被大长脸一把拉住，好像想看看这女生嬉笑的样子。

华歆还没开口表达自己的意见，身边的两个差不多优秀，各自心里都对彼此抱有那种“既生瑜何生亮”的想法的男生异口同声道：“要跳你们跳。”

虽然他们两个人在心里都认为自己才是那个诸葛亮。

正当他们吵闹不休的时候，华歆感觉到鼻尖凉凉的，怔忡了下后惊喜地说道：“下雪了。”

众人纷纷抬头，天空中确实有东西一点点地飘下来，那么不真实可又感受真切。跳舞的大妈们也停下了舞步，欣赏着大自然给予的美景。

渐渐地，雪花变得分明。

“虽然不是新年，但这是今年的第一场雪，我要许个愿。”华歆说着这样的有些俏皮的话，她自己一点也不介意。

雪，就是让人欣喜的存在，象征浪漫的存在。

门佑和顾南木不约而同地看着双手合十虔诚许愿的华歆，微笑过后便也学起她的模样许愿。身边小胖、大长脸还有张洪笑愣愣地望着天空飘下来的雪，不知道在想什么。

这个年纪的他们，还能想什么呢？

“希望我能考上C大。”华歆在心里默念。

“我想知道华歆的愿望是什么。”顾南木在心里默念。

“总之不要让旁边这个人的愿望实现就可以了。”门佑在心里默念。

无所事事的圣诞节就这么过去了，华歆躺在自己的床上甚至有些想不起来她到底出去做了什么。但是，她记得很清楚门佑搭了她的肩以及她第一个发现下雪了。

“我希望自己能考上C大，也希望你也能选择这个学校。”华歆打开手机破天荒地给门佑发了一条短信，短信的内容是“圣诞节快乐。”

收到华歆短信的时候门佑正在思忖着要不要给她打个电话，却正好看见屏幕亮了起来。他想，华歆最好不是群发短信。

但是他还是回了一句：“晚安。”因为他想她的时候，正好她也是想着他的，又或者是想着他们的。

“晚安。”同样的短信，华歆收到了两条。另一条不用说来自于顾南木。此时的顾南木还坐在自己房间的窗前呆呆地看着飘雪，然后问了自己一句：“华歆难道不是白雪公主吗？”

呵呵，谁知道呢？

第三十三章　月下心事

临近期末考，越来越多的模拟卷雪花似的漫天飘。华歆不过就是去了下洗手间，回来座位上已经是试卷堆成山。

对此，顾南木看着自己整洁的桌面说道："这就是智商的高低。"

华歆对顾南木这种少数的天才已经不抱任何超越的念头了，这话如果当着他的面说出来，估计那家伙会毫不犹豫地回你一句"这样自取其辱的念头你就不该有"。于是，为了避免这种搬起石头砸自己的脚的情况发生，华歆一般选择沉默并且麻利地完成桌上这些试卷并在放学前做好错题集。

"这次月考的成绩出来了，要给你们开个家长会。"放学前，班主任和颜悦色地说道："那些以前和爸妈谎报军情的同学赶紧回家坦白争取宽大处理，老师可以当作不知道。但是如果你们不向爸妈坦白，到时候问起老师说'怎么我孩子成绩一下子就变成45分了？'那我解释起来也很尴尬是吧？"

诸如此类的话一出，很多同学开始陷入恐怖的沉默，还有一些一直在和同桌碎碎念。华歆自从转到理科班之后，成绩一直稳稳地。对，全班50个人，她稳稳地停在25名。物理、化学成绩就像是小孩子过家家，看起来像是那么回事，实际上也不过是站在了危险的及格线上。帮她拉分的只有英语和语文，数学偶尔还勉强算得上。

“家长会之后，你爸妈肯定会帮你请家教。”顾南木如此预言，因为他看得出华歆也很焦急这不温不火的分数。

华歆收起那些试卷，没有什么特别的表情，倒是认真地问了句顾南木：“你真的没有类似什么课堂笔记，能一决雌雄的秘密武器吗？”

“秘密武器？”顾南木挑眉看了她一眼，然后欠扁地指了指自己的脑袋。“是要我把脑袋借给你的意思吗？不好意思，人可以借给你，脑袋不行。”

华歆闭上眼做了个深呼吸，也觉得自己好像到了非补课不可的地步。整理那些试卷，华歆发现同样的一道题目她可以坚持不懈做错三次，也真的是够了。

“你的主要问题是不够细心。”顾南木再次开了金口，“难的试卷你考 90 分，简单的试卷你也只能考 90 分。那么问题来了，你究竟是太善良不想抢了我的风头还是你的水平真的只是这样？”

“难道我细心一点就可以抢了你的风头？”华歆试探问了一句。

“显然你这是痴人说梦。”

“……”就知道，顾南木不是善良之辈。

家长会暂时定在了星期三的班会课上，先前就知道顾南木的父母因为长年在国外没办法赶回来的老师只好作罢，但交给了顾南木一个任务。对于这样的任务，华歆对着顾南木笑了大半天，好像把以前的仇都给报了。

“你别笑了。”顾南木单手撑脸也就这样看着华歆笑了半天，也不知道她在脑子里意淫些什么东西能让她高兴成这个样子。“老师说我可以找个搭档。”

于是，华歆不笑了。她拉开了和顾南木的距离，皮笑肉不笑地指着自己的鼻子问道：“不会是……”

“嗯。”顾南木嗯得很干脆，嗯完之后就自己坐在位置上信手涂鸦。那化学书上都是他画的漫画，别提多好看了。但是化学老师一定会被气吐血的。

华歆被一个简单的字打败，抱着头无力地趴在桌子上。本来成绩这事就够闹心的了，居然还要在家长会上给爸爸妈妈们端茶送水，顺便再听听老师对全班同学的评价？Oh，no！

呵呵，果然门佑说的话是对的。顾南木确认了下，还是承认了。他低头笑而不语，只是画着，然后想起桌子里华歆的自画像。

“要不要当场交给她妈妈，说‘阿姨，这是我给你家女儿画的，请笑纳。’呵呵，图谋不轨的意图太明显了。”脑内自动否定了这个蹩脚的方案。

华歆听见他自言自语，转过头问道：“说什么？”

“说心里话。”

“……”

闹心的事情还远远没有结束，因为华歆的偏科，让化学和物理老师也有些担心，隔三岔五也找她到办公室辅导作业。终于有一天，物理老师坐不住了，跟华歆说：“要不还是补下课吧？有个精英班，专门辅导那些要去参加比赛然后争取大学保送的人……”

“老师，你是想让她被秒成渣吗？”这话是刚好也在办公室的顾南木说的，甚是鄙夷。

“你闭嘴！”当着老师的面，华歆就这样吼回去了。

物理老师摆摆手说：“顾南木也是那里面的。让你去显然也不是为了培养你去参加比赛，正巧从下节课开始就轮回到上基础课，你去听一下。”说着还顺便拉住了要走的顾南木，“家长会结束后你带华歆去上课，她不认识地方。”

“哦。”顾南木乖巧地回答，心里却莫名地暗爽。

华歆这下子有种彻彻底底地被当成比上不足比下有余的学生了，她倒是不失落，就是有些急。她急着想要把成绩提上去，可做了好些题目好像也没什么效果。看样子，除了接受老师给的建议外，她没有第二个选择。

顾南木倚在办公室门外的墙上等着华歆出来，一看见她就抬脚和她并肩走，说：“你的那个小男朋友也在那里上课。”

“什么小男朋友……你说门佑？”华歆有些惊讶，她还从来没有听说过门佑也去上这样的补习课呢。不过老师也说了，那课是专门给那些准备保送的人开设的。

呵，真的是。顾南木头一次明白气到说不出话来的感受，想要狠狠地打一顿对方可是又舍不得的心情。提到小男朋友就自然而然地想到了门佑，这华歆可真的是打了自己的脸。

“门佑也在是吗？”不知怎么地，华歆突然安心不少。感觉有门佑在，她就不会去担心环境的陌生程度带给她的不适感觉。虽然彼此间的关系还被别人津津乐道，但是华歆觉得至少自己在那件事上的成长已经足够让她去面对那些流言了。

“……哼。”顾南木冷不丁的发出这样的声音，随后又自顾自地往教室里走。

这什么反应？华歆站在原地看着他有些不爽的背影不解其意，但是暗自给自己加油。可千万不能丢脸，绝对要突飞猛进。

自那天起，顾南木几乎找不到和华歆说话的机会。每次他来到教室，华歆就已经在背元素周期表或者是化学方程式了。每次他吃完饭回来，华歆还是坐在位置上埋头做着试卷。每次放学后，他故意留到最后一个看见的也只能是华歆想要喷出火来的学习力量。

她这是在修仙吧？

试着和华歆讲话，但只要一开口是题外话就会被华歆自动忽视，不仅不理你，最后干脆忘记你和她讲过什么了。

最后顾南木确定了一点：华歆不是在修仙，她这是在炼疯子。

一直到什么时候和她讲上了一两句正常的话，顾南木想了想居然暗自骂了句脏话。好像就是某一天在补习课上，门佑先找她说话，好像家里的妈妈托他给华歆带点补品。华歆笑得那叫一个灿烂，简直快醉了。

然后他才凑进去说了句：“脑子不好是硬伤，补多了只会胖。”

“你滚。”这就是华歆对他说的再正常不过的话了。

但对于门佑而言在那里见到华歆也实属意外，他看着她努力的样子，心有悸动。但是他现在不能说什么，也不敢说什么，怕一开口就是一些自己都没办法控制的感情宣泄。

事到如今，唯有一忍再忍。

“这道题目的公式记住就行，这是万能公式。遇上不会做的题目，套用进去试试，没准不小心分数就拿到了。”老师如此讲着。

华歆奋笔疾书地记录着，手不够用，好在脑子够用。补习课结束，顾南木从自己的位置上站起来走到华歆身边，看了眼外面的天色问道：“今天怎么回家？”

“看着办吧。”华歆没有抬头，只顾着算着最后一道题目。“你先回去吧，骑车小心，明天见。”

有这个必要一口气把该说的话都说完吗？顾南木无语，也只好嘱咐了她几句早点回家便先走了。可他完全没意识到，门佑也没走，只不过他刚刚去洗手间了。

“还不走吗？”门佑甩甩手上的水，问道。

华歆写完最后一个句号才抬起头，动了动脖子，打了个哈欠。望着门佑说：“这就走。”

于是两个人难得的一起走在了“放学”的路上，想起来也不过是几个月前的事情。门佑很是怀念那个时候的他们。

“嗯，还是外面的空气清新。”华歆狠狠地吸了口氧气。

门佑看着她，抽过她搭在手臂上的围巾，停下脚步替她围上说：“别冻感冒了。”两个人距离站得很近，好像在不知不觉中门佑又长高了一点。

眼睛看见的就是门佑的胸口这个部位，周围都是他的气息。华歆顿时觉得不好意思，缩缩脖子轻声地说了句：“谢谢。”

“冷吗？”门佑又追问了一句。

“嗯？”华歆不解。

然后一路上两个人就不再言他了，这有什么，属于他们之间的秘密和心事都在月光下看得一清二楚，但是也只有他们知道。

月光下是他们沉默又小心翼翼牵着的手，谁都不会问这是什么意思，谁都不会追究这是什么意思。当下，他们明白就好。

第三十四章　还是朋友

这天阳光正好，周末的天气总是能这样天朗气清，让人能安心出游享受。但对于即将步入地狱一般的高三最后冲刺阶段的同学来说，周末无疑就是个学习的好时候。

因为爸妈会说“天气这么好，不在家学习怎么行”又或者“天气这么好，一寸光阴一寸金”，鬼知道天气好和学习有什么必要的联系。

但是，读书为重的学生没有任何借口说“但是”。

“果然还是图书馆最好了。”华歆到了三楼阅览室找了个光线好的窗口位置，轻轻地移开椅子坐下，拿出包里带来的试卷错题集。脑子里没有以往乱七八糟的想法，自从转到晨华有些事情变得简单了起来。

但非要说什么变得简单了，或许就是学习的心情吧。

“唔，这题目我算了八遍了还是这个答案啊，是不是标准答案出问题了？”对于题目华歆也有自己的执着，那就是做了三遍以上如果还是自己的答案她就理所当然地认为标准答案肯定是错的。

这时候身边传来低沉的笑声，修长的手指拿过自己手中的笔直接把解题过程中的错误给圈了出来。“标准答案都要被你气死了。”

“你怎么在这儿?”华歆惊诧，门佑是什么时候来图书馆的，又是什么时候来到她旁边坐下的，还有到底这样看着她多久了？莫名地有些脸红，想太多了就是不好啊。

阳光下门佑的五官显得更加的精致，整个人那么的干净、挺拔，就连那乌黑的短发看起来都那么的有型。他浅浅地笑着垂目望着她说：“我猜你会来这里，所以过来碰碰运气。”

华歆被这样的话惹得心头一暖，佯装低头继续做作业，“找我有事吗?”

“没什么特别的事情，就是来帮你提高下成绩。”门佑这么说着的时候，顺势从自己的包里拿出了作业，摊开在桌面上，又瞧了她一眼说：“你妈妈在和我妈妈聊天的时候，说让我好好帮帮你，但是要若无其事的。我说好的。”

“……”呵呵，你已经把若无其事这四个字写在脸上了。华歆对于门佑这样子的调侃也是习惯了，反正谁让她身边除了学霸还是学霸呢。

从张洪笑到门佑，又从门佑到顾南木。

两个人挨着坐，虽保持了一定的距离，但是偶尔的动作还是会让两个人的手肘不经意间碰到。小心翼翼又迫不及待地接近，怀抱着这样的小心思，华歆和门佑都不曾言语半句或开半句玩笑。什么“你超过三八线啦”这样幼稚的话显然不是他们的风格，他们需要的就是心照不宣。

我知道你在坚持什么，那么我就陪你一起努力。

“以前在学校的事情我也知道了。”不可避免地，还是提到了这个话题。对于门佑而言，这里面有他不可推卸的责任。“所有的不管是谁传出来的，该说对不起的都是我。”

华歆的笔尖停在某一道数学题上，她微怔。这件事好像过去很久了，再次听到心里都没有什么异样的感觉。只是，她抬头浅笑着说：“说那事干什么呢？大家也包括我们不都像是活在牢笼里的鸟吗？除了学习并没有其他的乐趣，如果我们之间的事情能给他们添些活力，我也就当为了他们的快乐做贡献了。”

一番话让门佑对华歆有了新的认识，好像和之前那个性子略冷淡的女孩子有所不同了。她开始站在别人的立场上考虑他们带给她的困惑和尴尬，一切都有因果。

窗外的树秃秃的，也丝毫不妨碍看的人的心情。再者，这样的天气，看着身边的女生，门佑觉得一切都完美极了。

“看样子你的新同桌说的没错了，转学后的你好像变得更加好了。”他略微烦躁地翻了页作业，有好变化是好事，可是他就是觉得烦躁了。

呃，这听起来带着酸味的话是什么意思？华歆尴尬地拿手肘捅捅他说：“换个环境就等于站在了旁观者的位置看事情，我站在圈外回头看我们事情的时候觉得我根本没有做错什么，传出流言的人也没有做错什么。因为基本上他们说的都是真的……”

是啊，什么牵手，住在门佑家统统都是事实。华歆过不去的是自己心里的一道坎，好在现在也释然了，所以能平静地做着题目，而且是在门佑也在旁边的时候。

“哪些是真的？”说到这个份儿上，门佑又开始得寸进尺了。他也想听听传言中的那些究竟哪些部分是华歆认可的。

华歆抿抿嘴，瞪了他一眼不再说话，埋头苦读。这种事情，谁要当着他的面说出来啊。真是的，这么故意有意思吗？

但是，华歆还是在心底笑了。

门佑见状就当自己吃了个闭门羹，随之也安安静静地做起了复习工作。但在他心里他倒是承认所有的事情，甚至有些后悔那些传言居然不是他自己亲口说的。如果是他亲口说的，华歆也就不用转学了。

唉，女生不会懂当男生听到和自己喜欢的女生传出绯闻的时候，心里有多爽。

外面的天空仍旧温暖，只是不再澄澈。专注于学习的两个人再次抬头对视的时候愕然发现已经下午五点了。夜色还没有完全侵袭，但是图书馆里的灯光已经亮了起来。

“我送你回家吧。”门佑拿过她的笔和作业帮她整理好，放进她的包里，顺势背在了自己的肩膀上。“和家里人说过要回家吃饭吗？”

“呃，还没有。怎么了？”有些期待甚至揣测门佑下一句要说出的话，华歆显得心神不宁。就连现在看都不敢看门佑一眼。

门佑把椅子都摆好了，拉了华歆两个人走出了图书馆。这时，外面的天色已经全暗了下来。

“打个电话吧。”门佑往上提了提她的包，望着清冷的月色说：“你得请我吃顿好的，这临时家教当得很累。”

“那就去我家吃饭吧。”出其不意华歆居然给出了这么个折中的意见。“好让我妈妈感激一下你的不求回报。”

门佑沉默了半晌，显然是被打败的节奏。瞥了眼身侧的华歆，嘴角带着浅浅的笑意，自己也跟着笑了。“就去你家吃饭。”

再一次，月色下的少年有了面对新事物的勇气。

就在他们步行来到华歆家的时候，却看见家门口附近有人在徘徊。门佑停下来，抬手把华歆护在身后，看清后有些意外地唤了一声：“陆敏？”

夜色中，那个踌躇不前的身影迟疑地转回身，看见了路灯下一前一后站着的门佑和华歆，又犹豫了要不要上前。华歆也认出了陆敏，便看了眼门佑和他一起走了上去。

“怎么不进去？”华歆轻声细语地问道，许久不见陆敏，好像声音大点会把陆敏来自己家的勇气给吓跑。“等很久了吗？”意识到大冬天，看见陆敏脸颊通红全身发冷，华歆很是内疚，尽管陆敏在这里的目的她不得而知。

陆敏面露难色也觉得紧张，此刻见到了华歆又不知道该说什么了。门佑见此，上前一步手握住华歆的肩膀搓了搓说：“有话进去说吧，免得别人以为我们在这里约架呢。”

听到门佑这么说，华歆忍不住笑了，陆敏看起来也稍微放松了一点。进了家门，爸妈都在。妈妈也忙着准备晚饭，家里突然来了客人，爸爸倒是略有些意外。

“这是我同学。门佑你们见过了，这是陆敏。”华歆大方地向坐在沙发上的爸爸介绍道。

爸爸听见也起身招呼他们坐下，今天爸爸见到门佑倒是没有格外排斥呢。本来心里还想着，这个臭小子居然想拐我家女儿。不过现在看看怎么又觉得这小子顺眼了呢？

“叔叔，这是我爸爸让我给你带的茶叶，听说可以缓解疲劳。”门佑从包里拿出一包茶叶递了过去，既然是爸爸给让带的明显是外国货啊。

“哦，真是让他费心了啊，谢谢。”爸爸看起来还挺高兴。

华歆在一边看得诧异，敢情门佑早就做好来她家的打算了啊。所以她这是很主动自觉地完成了他一系列的阴谋诡计？

对此，门佑冲她一笑，不言其他。

坐在一边略显尴尬的陆敏看着华歆挣扎了几下终于说：“我能单独和你谈谈吗？”然后短暂地看了门佑一眼，起身。

“哦，那爸妈我先和陆敏去下房间，吃饭就下来。”

“好的，可别聊太久哦，很快就能吃了。”妈妈在厨房喊道。

接下来，门佑还是和华歆爸爸愉快地聊着天，丝毫不觉得别扭。莫名的有种成年男人的自信在门佑身上体现出来。他一看见陆敏的时候就知道陆敏的目的，他也并不好奇陆敏会和华歆说什么，因为无非就是一句“对不起”。但是女生之间的对不起需要花费远远超过说对不起三倍的时间，因为她们习惯从前因说到后果。

爸妈也不知道华歆和陆敏聊了什么，只知道两个孩子下来的时候，手牵着手脸上带着笑，那就够了。而在门佑看来，想必事情已经解决，并且误会已经消除了。

酒足饭饱之后，华歆妈妈让陆敏住下来和华歆一起睡，陆敏笑着说：“谢谢阿姨，不用了。明天还要和爸妈出去一趟，就不多打扰了。”

留不下女孩子，华歆妈妈陡然间把话题指向了门佑说：“小佑呢，要不然留下来……”

“妈！”不带这样玩的好吗？华歆红着脸急了。

“好吧好吧，那回去的路上要小心啊。”最后没办法的妈妈只好作罢，送孩子们到门口，忽然想起厨房里还有事情没做完，叮嘱好之后又冲了进去。

门佑站在台阶下看着华歆说：“外面冷，你进去吧。到家了会打电话给你的。”

“嗯。”华歆点点头，然后又对门佑说：“那你送一下陆敏吧，一个女孩子晚上不安全。”

“我这么帅也很不安全的。”对于华歆的托付，门佑居然这么不要脸地来了一句。在看到华歆哑口无言的时候，他倒是笑了，朝她挥挥手说：“走了。”

华歆站在门口看着两个人的影子越拉越长，最后消失在了拐角，她才回到里屋关上房门。看到妈妈迎了过来，她撒娇地抱了上去，喃喃道：“妈妈，我觉得我现在很幸福。真的，转学虽然不习惯，但好在也还是个不错的选择。”因为她又找回了她的朋友以及曾经种种。

“傻孩子。”妈妈摸了摸她的头说：“你和小佑一定要加油啊，都考上个好大学，爸妈也就放心了呢。”

“我会的。”

我一定会的。

寒冷的街头，陆敏走在道路内侧，门佑走在外侧。这是同学这么久以来，陆敏第一次和门佑并肩走在一起。

这个男生永远都像是前方的一道光，看得到却怎么也追不上，但正因为追不上才让你有机会一直仰视并且坚定地追逐他。

“希望你和华歆永远能这样友好。”陆敏轻声地说了这么一句。

门佑声音冷冷却无比坚定地说：“会的。”走了几步后转念想了一下后又补充道：“但不会一直是朋友。”

陆敏低头一笑，她明白是什么意思。或许，那道光确实诱人，可是再诱人的东西也该有放弃的那一天。

陆敏想，是时候放弃做回自己了。但华歆，我们一直都会是好朋友，我愿意做你身边那枚陪你痴狂、陪你笑的女疯子，因为我知道了自己的价值。

深夜10点的时候，华歆还在伏案做着练习，收到了来自门佑的短信。短信的内容不长却像一只手轻轻地捏了下她的心脏。

他说：“晚安，加油。”

其实门佑想说的不只是这些，但是眼下他能说的只有这些。

加油，华歆。

第三十五章 新年快乐

期末考试眨眼间就结束了，寒假说来就来了。刚放假的时候，华歆还没有意识到过年的气氛，直到某一天在街上走的时候被小孩子放的鞭炮吓了一跳之后才明白过来，新的一年马上要来临，而她真的就要步入最后的高中生涯了。

“说错了，是你又老了一岁了。”在听到华歆诸如此类感叹来年的时候，同桌顾南木毫不留情地戳破了另一个事实。“不过，我也老了。”

听着十七八岁的人在谈论年纪，真正老的人或许都想给他们一巴掌呢。青春年华里，没有任何一件事情和“老”是挂钩的。因为他们的脸上写满了对这个世界的期待和向往，眼神里透露着无畏与坚定。

华歆倒是对年龄没有什么介意的，于是回了顾南木一句：“我不觉得长大有什么不好的。我渴望那种做什么事都笃定的态度，也向往新的生活。”

对此，顾南木的理解是，“你不是想要嫁人了吧？”然后招来了华歆一顿毒打。打完还不长记性的顾南木又补了一句，“嫁谁也不能嫁给门佑。”

“为什么？”猛地抛出这么个话题，华歆倒是有些好奇了。

“我和他是一个类型的学霸，为什么你不选我？”问的时候表情淡然，语气平静，好像心里一点其他的想法也没有。

“……”对此华歆只有省略号。

想来都觉得好笑，随着年纪增长，要说的话也会变得各色各样。华歆站在自家阳台上，望着远方笑了笑。愈加临近的高考，愈加逼近的人生的选择。华歆明白，虽然很多人说高考不能决定一切，但事实上每一个选择都有可能决定未来的一切。

“歆歆，我们出去买年货吧。”楼下妈妈喊道。

“来啦。”华歆理理头发，噔噔地就下楼去了。

妈妈的驾照考出来好多年了一直没有什么特别的情况需要她开车，主要原因就是爸爸觉得女人考驾照就是个错误，统统都是马路杀手还是靠边乖乖做副驾驶吧。这不，今天爸爸正巧不在，妈妈准备过个瘾。

“妈，我跟你说你女儿我年方十七，未尝尽人间的酸甜苦辣，你可千万得给我留条活路。”华歆坐在副驾驶慎重地将安全带系上。

妈妈拉下手刹，戴上墨镜，超酷的对华歆说：“你放心，我车技和你珍阿姨有的一拼。你不是坐过她的车吗，既然坐过她的车，那我的就没有问题。”

和珍阿姨比?! 那我还是下车好了，华歆想着动手解起了安全带，手还没有碰到，车子忽然唰的一下子冲出去了。华歆顿时倒吸了一口凉气。

“哇哦，油门踩重了。”妈妈倒是乐在其中。

华歆瞥了眼妈妈，紧张地问：“戴墨镜干吗？今天没有太阳呢。”

“耍帅啊。”

“……”

就在这紧张的一波三折中，华歆和她妈妈安全地抵达了目的地，但在之前华歆先去洗手间吐了个一塌糊涂。

结果这一路逛上去只有妈妈一个人欣喜若狂，欢乐得不得了，这是不是主妇的心理啊？怎么连差个三毛都要砍价呢，还理直气壮的。对于这样的成人的世界，华歆还不太明白，但是看起来也并不坏。

“哎哟，阿珍你怎么也在这儿呢？早知道打电话一起约出来算了啊。我女儿一脸的不乐意呢，因为坐我的车晕了……”

“哈哈，你看你怎么开的车？别把我小儿媳妇给弄坏了。”

华歆立在原地，听着两个偶遇高兴不已的中年妇女聊天，怎么就有一种想去死的心情呢？还有那个“弄坏”了是什么意思？没有别的动词了吗？

“你还好吗？”等听到门佑关切的声音，华歆才从自己的想象中抽出神来。门佑见她不吭声，傻愣愣地便抬手试了下她额头的温度，轻皱眉道：“看起来脸色不太好。”

华歆忙摇头说：“没事，坐我妈妈的车比玩过山车还惊险。”顿了顿后，纳闷道：“你怎么会出来？”

“和你一样。”言下之意就是他也是心不甘情不愿地被妈妈拖出来买年货的，门佑看着两位妈妈在那头店里聊得正欢，便提议道：“我们随便走走吧。”

“也好。”

珍阿姨见到门佑带着华歆走开了，便笑着捅了捅华歆妈妈的手臂说：“你看你看，我家儿子对你家女儿多上心。那天你把歆歆接走，他好几天没缓过神来呢。”

“哎哟，还不是我家那老头，怕小孩子动了其他心思，会耽误学习。”华歆妈妈叹了口气继续说：“你家小佑倒是不用担心，成绩一直那么好。我家歆歆你可不知道，有段时间成绩差到老师都奇怪了。后来也是她自己提出来要转学的。”

“难怪我家儿子有段时间一直在有意无意地问我关于歆歆转学的事情呢，还常常很晚回家。有天我还特意跟了他呢，你猜他去哪了？”

“别告诉我他去找我家歆歆了。”

“猜对了，他就在晨华校门口看着你家歆歆放学坐上公交车，每天都这样。”

“真不愧是我女婿。”

那边闲逛的门佑突然打了个喷嚏，他郁闷地揉揉鼻子，皱了下眉头，是谁在说他的坏话？

“怎么，感冒了吗？”华歆问。

“没事。”门佑双手插着裤袋，现在和华歆走在一起就会回想起那个晚上他们手牵手回家，以至于现在走在她身侧就想伸手牵她。既然忍不住，还是插裤袋吧。

两个人走着走着来到了大型商场前，门佑停下脚步问：“要不要进去看看？”

“嗯。”这段路上，华歆隐约觉得门佑说什么她就做什么的感觉虽然有些不好意思，但是这种事情明显由男生来主导会好一点吧，换作她来说一定就是“要不我们回去等妈妈吧”这样没有创意并且阻止创意发生的话。

于是这样以后，他们走进了这商场，里面热闹的程度一点都不示弱于外面的大街小巷啊。人流量之多，这让华歆再一次感受到过年的氛围。

“想吃什么？”进来之后的门佑一眼就看见了那边的关东煮，顿时肚子一阵乱叫。要知道他可是还没睡醒就被妈妈叫起来出来逛街的。

华歆看着他的模样笑了，说：“肚子饿了吧？我请你吃。”

“你现在也读懂我的心理了吗？”门佑也露出了笑脸。

“不是，是因为听见你肚子叫了。”说完，捂嘴笑了好一会儿。

在门佑扫荡了关东煮，还执意不肯让华歆付钱之后，他继而又扫荡了意大利面。这商场就是好，什么都有，什么想吃的都能找到。

待门佑感受到饱腹之后才望向身边有些惊讶的华歆，不好意思地解释道：“早上吃得多才有安全感，你也得学着多吃。”

“在你家住的时候，我不是差点吃成了胖子了吗？”

“可是你……”门佑刚想说她根本一点都没有胖起来，还是那么瘦的时候，却意外地发现自己不知道在什么时候已经妥妥地抓住了她的手腕。嗯，手腕还是这么的瘦弱，但好在是健康的。

华歆抬头对上他有些奇怪的眼睛，问道：“怎么了？不会是吃撑了想吐吧？”

门佑摇摇头，顺势举起了自己抓住的她的手说：“不知道什么时候又变成这样了，我想我可能是有点走火入魔了。”

华歆其实也才发现，感觉好像一直是这么过来的，所以没怎么在意。被他这么赤裸裸地一提醒反倒又尴尬了起来。

“那你就继续插着裤袋吧。”华歆咻的抽离，自己一个人往前走去了。

唉，多嘴该死。门佑挠挠头大步上前走在她的身侧，还是抓起了她垂下来的手说：“这里人多，等走到外面我再放开。”

华歆想说什么，但是他已经不再看她了，不知道是在害羞还是在想其他的事情。华歆嗯得很轻，或许她也期待着吧。

那天，华歆和门佑玩得很开心，其实也谈不上玩，只是两个人在一起的时光就算是简单的一句“好”、“嗯”都能让对方心生愉悦。华歆知道，这样开心的日子以后一定还会持续。门佑也相信，这样开心的日子会越来越多。

而对于妈妈们而言，没有什么比孩子开心更重要的事了。

大年三十那天，每家每户的大门口上都挂着红灯笼，门两边都贴着对联。全国都沉浸在辞旧迎新的喜悦之中，一大早就开始的鞭炮声持续到了晚上，满地的红花让幸福显得更加的真实、真切。

顾南木家里，饭桌上爸爸竟然怂恿他喝酒，不胜酒力的顾南木居然被爸爸灌醉了，春节联欢晚会还没开始呢，他就已经醉倒温柔乡了。一家人笑话这个男子汉，胆是挺大居然不会喝酒，这可怎么好。

但是在迷迷糊糊之中，他却拿出手机给华歆发送了一条新年祝福的短信，再之后闭上眼睛就呼呼大睡了。睡梦中竟然还喊着“再来一杯”，看来是真的醉了。

有人欢笑醉倒梦乡，张洪笑也如此。因为除夕那天正好是她的农历生日，爸妈给她准备了一桌的好菜，普天同庆的日子里居然是她的生日，这不等于在说全国人民都在欢庆她破壳的日子？张洪笑深知，世界上最好的礼物就是亲人陪在身边，朋友记挂自己，所有人健康快乐，所有事情顺利成功。

那天，她许下了自己的生日愿望，不同于圣诞节那天荒诞的许愿。她说：“希望我能考上重点大学，希望爸妈健康，也希望华歆一切顺利。”

有人生日欢庆，也有人闹着别扭倔强不肯妥协。节日的气氛也并不能渲染所有人的心情，吴筱家里沉寂一片。因为爱赌博的爸爸欠了人家一屁股的债，大过年的居然上门来讨债，恨不得把家里值钱的东西都给搬空。

妈妈哭着求宽限几天，那些人却更加肆无忌惮了。吴筱躲在房间，蜷缩在床尾哭个不停，也深深地觉得厌恶。为什么爸爸不在，为什么爸爸可以逃跑，为什么她要面对这一切？为什么，她也不过还是个孩子？

新年，要许什么愿望呢？吴筱无助地想着，让那些可恶的人都消失在这个世界上吧。让自己早点蓄满力量拯救这个家。

“爸妈，我想报艺校。”在和爸妈坐在客厅看着春节联欢晚会的时候，陆敏小心翼翼地说出了这个愿望。虽然她知道，爸妈一定会反对，但是不试试又怎么会知道呢？

果然爸妈都沉默了，好一阵子没有搭上话来，只是看着电视节目里的小品，好笑的地方他们也没有笑。

“你自己决定吧。”最后爸爸似乎纠结了很久才说出了这句话。

但是有这句话就够了，陆敏知道。考艺校这条道路虽然很艰辛，但是得到了爸爸的允许她顿时觉得轻松不少。这个新年，她一定要更加努力，为了梦想，为了更好的自己。

而一直很平淡的余西正坐在家门前的那口池塘前，欣赏月色，颇有诗人的风范。对于过年他没什么特别的想法，就连晚上想吃什么菜他也只是笑笑说随便吧。邻里乡亲都夸他是个懂事的孩子，只有余西自己知道性格使然罢了，他偶尔也想任性叛逆一下。

比如，在面对华歆他们的时候。对华歆，他有一刻的恍惚，可惜感觉过于短暂就被现实给扼杀了。虽然可惜，但也算不上遗憾。

总之，希望华歆的周围都是好人，也希望他们这些不懂得如何去喜欢的人能最终获得喜欢的人，成为最想成为的自己。

这会儿，华歆正跟着妈妈包饺子。她硬是要往饺子里塞个硬币，坚持称如果她吃到这个硬币，那么考C大绝对是易如反掌的。

“能不能考上取决你的实力，别和硬币过不去。再说了，这个硬币有多脏你们又不是不知道。”爸爸接过话茬，满不在乎地说。

华歆就知道，有些话就是不能和爸爸交谈，他总有办法泼一盆冷水下来冻死你。让你打着哆嗦再也说不出完整的一句话。

“别听你爸的。”到底还是妈妈开明，很是利索地将一枚硬币塞进饺子里，然后捏起来。对华歆说：“我宝贝女儿绝对能考上C大的！加油！”

“嗯！”华歆也激动了起来，双手合十，小心翼翼地把那个饺子放进了沸腾的锅中。然后盯着那个饺子，心想趁现在看看这个饺子的样子，等会儿好方便找。

回到客厅，见到手机屏幕总是亮着，拿起来一看竟然已经有10条短信了。一条条看过来，华歆心里充满着温暖。管它是不是群发呢，都是祝福，照收不误。

不过。“这个顾南木在说什么呀？”华歆笑了，看着手机屏幕里的那条“西环死华歆了，新年快乐。”大过年的，说什么死啊，真是不吉利。

但是，华歆还是回复了一条：“新年快乐，顾南木。来年一起加油。”她还接着往下看，接着回复他们的短信，与此同时接到了门佑的电话。

电话里接起来就听见了热闹的鞭炮声，过了好久才听见门佑说了句：“新年快乐，华歆。”

“嗯，新年快乐。”华歆真挚地说着。

电话那边接着又沉默了许久，华歆以为又将有什么鞭炮点燃，也就静静地等着没有说话。半晌，门佑抬头望着天空，笑了。

他说：“来年我们一定要在大学里见面，这是约定。”

华歆怔住，心尖暖暖。她点头，虽然他看不见。

“嗯，约定。”

同一片天空下，那么多不同的戏码上演着。但，我们又能说什么呢？新年快乐，仅此一句，愿我们幸福长长久久。

第三十六章　岁月如歌

学校很快就恢复了正常的上课时间，本来高三党根本熬不过元宵节。一晃眼，差不多十几二十天的假期，好多同学几乎没有跟爸妈出去拜过年，更别提收什么红包了。

想想真的是心好疼。

教室里来来回回走着的同学也都是介于洗手间和老师办公室，根本没有人还闲着跑到操场上散心。用老师的话来说就是“看看还剩几天，你觉得你们还有时间笑吗”。

老师说完这句话，华歆就噗的笑出来。原因是顾南木信手涂鸦了下大长脸的自画像，简直就是惨不忍睹、面目全非啊。这哪是大长脸，明明就是倭瓜脸啊。

于是，被老师无缘无故瞪了一眼的华歆在老师走后狠狠地把气撒在了顾南木的身上，使唤他给自己跑下小卖部去买了奶茶。

“大年三十那天我发的短信……”顾南木难得的省略号出现了，他踌躇满志说话向来只能把别人噎死，可这会儿突然欲言又止的也不知道发生了什么事。

华歆喝着奶茶，眼球咕噜一转看着他说：“怎么了？”

“没。”酝酿了几番之后，顾南木还是选择放弃追问。那天他喝醉酒虽然不清楚短信是怎么发出去的，但是短信说了什么他自己还是看得明白的。

华歆笑眯眯地享受着奶茶，显然她并不明白他发短信的真正用意是要表达什么。而那天的短信还是安安静静地躺在顾南木手机的发件箱里。

什么西环。他明明要打上的字眼是喜欢。但是谢天谢地，喜欢变成了西环。暂时让喜欢变成秘密吧，他顾南木不喜欢做没有把握的事情。

“哦，对了。我过年去玩的时候给你买了支笔。”正想着，华歆好像忽然想到了什么，从包里翻腾了好久，结果从包里拿出了好几支笔身纤细的黑色水笔。“喏，送给你。”

顾南木受宠若惊地从她手里接过其中一支，笔套是宫崎骏动漫里无脸人的Q版形象，真是可爱至极。

“为什么突然送我这个？”

“不知道。”华歆漫不经心地回答，“我挺喜欢的，而且你不是喜欢画画吗？这笔还可以拿来转，一定非常顺手。你不这样觉得吗？”

看着华歆手里拿着另外几支笔，顾南木脑子里突然蹦出来了几个大字——“这些笔是一套的？也就是配对的吗？”然后，忽然就笑了起来。

“你笑什么？”华歆被他笑得有些懵了，瞥了他一眼后皱着眉头问：“你不会是在心底嘲笑我的肤浅幼稚吧？再肤浅幼稚那也是我掏钱买的好吧，金钱就是上帝。”

“谢谢，我很喜欢。”

“……噢，那就好。”华歆再次看了他一眼，看来男人翻脸也和翻书一样啊。

顾南木望着手中这支滑稽又可爱的笔，再次忍不住笑了。你说你这么可爱，我怎么舍得和你分开？他好好地把笔放在桌子上，甚至拿出手机咔嚓一下将它拍了下来。细想了一下后，顾南木还是不放心，干脆拿出白纸画了起来。

看着吃惊的华歆眨眨眼，顾南木是从来没有收到过别人的礼物吗？不对，平常那些女孩子不经常送他礼物吗。所以他为什么一副“受宠若惊”的样子？

百思不得其解的华歆干脆不再揣测，埋头复习起了知识点。记了几个知识点之后，华歆忽然间想起，不知道送给门佑那本书他喜不喜欢。

呵呵，应该会喜欢的吧。

这天不知道是不是因为天气的缘故，竟然破天荒地获得了班主任的批准，允许他们进行一堂体育课，说白了就是在高考前最后的放松机会。

“你好像没看过我打篮球。”不畏惧初春的寒意，顾南木果断地脱下了外套拿在手里，对着站在操场观众席上的华歆说。

华歆搓了搓手臂，轻声说：“是没看见过你打球，应该不会帅过科比吧。”

“呵。”哪知顾南木轻蔑地笑了，把外套塞到她的手里，一点都不像是开玩笑地说：“帮我拿着。我和科比只比帅，不比球技。”

华歆和顾南木的重点在于科比和他究竟谁帅。但是在周围同学的眼里，重点明显在于顾南木将外套交给了华歆保管的动作上。

这一幕简直不能更有爱了。

“那你要是这么比，明显你帅啊。”华歆看着他飞快转身到球场的背影无奈说：“我还是喜欢黄皮肤黑头发的中国男人。”

大长脸同学走过来，暧昧地捅了捅华歆的胳膊说：“你还真拿着呀。他是看你冷，明显让你穿上啊。”

“胡说什么呀？”华歆微微一怔，似曾相识的感觉让她觉得脸红。周围也有低声起哄的人，这让华歆有些无所适从。

大长脸嘿嘿一笑说：“开玩笑的。虽然顾南木智商高，但情商就让人有些尴尬了。”

“是吗？可是他看起来很正常啊。”华歆表示惊讶，人家门佑也是高智商呢，怎么也不见得情商和智商有什么差距的啊。

“看起来，你的情商好像也有点问题。”大长脸冷哼着扔下这句话后也加入了男生庞大的篮球队伍中，剩下华歆站在那里反省。

周围的女生顺便也挨了过来，试探性地问华歆：“你毕业了要考什么大学啊？”

“C大。”还是如此笃定的回答。

“哦，是重点呢。顾南木也一定能考上的，我们就不行了。”

华歆抱着顾南木的外套，疑惑地看向他们，眼里满满的都是“这事和顾南木有半毛钱的关系”，后来转念一想，好像顾南木似乎也问过类似的问题。

顿时，心底隐隐地升起一种异样的感觉。这个顾南木该不会是……呵呵，肯定不会。大长脸都说了他是个情商低的笨蛋。

篮球场上，男生们为了吸引女生的注意力都奋力地表现。但是不知道是不是因为长久压抑的结果，顾南木看起来显得特别的卖力。

他每投一球，都会向华歆的方向看去。看见她笑着对自己竖起大拇指，他就隐隐觉得心动。这样的心动就如当初第一次在游乐园见到她一模一样。

“哇，顾南木酷毙啦!”从来没有对门佑喊过类似话的华歆居然不假思索地就把鼓劲的心意给呐喊了出来。

当下在场的女生都吃惊于华歆的勇气。唯有场上的顾南木在听到这样的加油声干脆一鼓作气，将比赛搞成了他的个人秀，对此他非常的满意。

“你帅。”比赛结束后，华歆很是干脆地当面承认了这一点。反正她一开始就这么认为的，当然在看了顾南木的篮球技之后她明白女生喜欢他还是有多方面的原因的。

顾南木笑着从华歆手里接过餐巾纸擦了擦额头上的汗，然后和她并肩一起走向小卖部。这一系列场景如此熟悉，让华歆不自觉地又想起了门佑。

结果脑门被顾南木弹了一下，他看着华歆说：“想我就可以了。”

华歆怔在原地足足三秒之后将手里的外套还给顾南木，有些结巴地说了句：“别，别着凉了。我先回教室，我口渴。”

呵，口渴不是应该去小卖部的吗？顾南木无语地笑笑，将外套重新穿上，这也是件橘黄色的外套。太多场景相似，让人都产生了错觉。

顾南木没觉得自己刚才的话有多惊人，他不过是说出了想说的话而已。看着华歆出神，嘴角又带着浅浅笑意的模样这绝对是想到别人了。所以，他不过是打断了她的思绪而已，并没有做什么特别的事情。

“肇事者”觉得并没有做什么出格的事情，而那边飞一般的回到教室的华歆就觉得小鹿撞个不停。那句“想我就可以了”简直能和“做我女朋友”相媲美了。

“不行不行，不能胡思乱想。”华歆拍拍自己的脸颊，给自己鼓气说：“要高考了。那个学霸不会对我动歪脑筋的，绝对不会！”

然后动笔写字的时候，铅笔芯居然断了。那个时候，华歆恨不能哭出来了。感觉不好的预兆就要成真了。

“给。”相当及时回到教室的顾南木给她买了杯热饮，放到她的手边。观察了一下她，缓缓地问了句：“我说什么让你这么慌不择路地跑回教室了？”

“……”啊。华歆想着，这个人果然是情商低啊。

“笔芯断了。”顾南木放下热饮，拿过她的自动笔，重新替她按了一支笔芯回去。“都要高考的人了还心不在焉的，C大是拿来做梦的吗？”

顾南木，去死吧。华歆一把夺过笔，调整了下心态。她算是彻底知道了，想了那么多有的没的简直就是没事找事。

嗯，继续加油！

一边的顾南木无声地叹了口气，好在自己反应快，看来她确实在为自己的那句话苦恼。什么时候连说话都成了一门艺术，他顾南木居然想好好学习下。

另外一边正在安静翻看着华歆送来的书的门佑，右眼皮却一直突突地跳个不停。弄得他有些焦躁，怎么回事？伸出食指摁住了眼皮，可还是能感受到它的跳动。不跳财也就算了，这跳灾是怎么一回事？

“不会是华歆正在和那个顾南木……”呸，应该不会的。门佑收收心，不想那些个奇怪的想法打扰他阅读书籍，谁让这个是华歆送的呢。

这时候，班级里的几个女生突然神秘兮兮地说着什么吴筱家里的事情，好像要不参加高考之类的话。门佑听到了，没有往心里去，评价别人的家庭和生活是极为不礼貌的事情。

但是她们还是说个不停，于是门佑只好拿着书去图书馆一个人慢慢看好了。半路上他好像看见了吴筱和老师在教学楼边的花坛里谈话，光是这么看的话吴筱的样子还真的有些让人担心呢。

不会是发生什么事了吧？门佑也有些奇怪，但想着快要高考了，总有些人心里有压力没办法释放出来，也有人没办法释怀吧。其实，所有的事情，尽力而为，即使结果不尽如人意那也至少是不会令人后悔的选择。

时间就这样一点点的过去，就像是一首极简单又难以唱好的歌一样，等你学会那首歌的时候，你又会发现其实它并没有你想象的那么简单，也没有你想象的那么难唱。

岁月如歌，不管唱不唱得好，那首歌的价值始终都存在着。

第三十七章　高考加油

眼看着黑板旁边墙上的倒计时的数字从大变小，所有的一切都陷入了沉淀之中，等待着那天的到来。

而那天，也终将到来。

“歆歆，准考证啊，笔什么的都带了吧?”大清早，妈妈在客厅里唠叨个不停，还露出了担心的神色。“要不妈妈陪考吧?”

华歆把东西一样不落地收拾好后，笑着看向比自己还紧张的妈妈说：“不用陪考。你陪考我反而会紧张呢。”

一边的爸爸虽然不出声，但明显在干着急。其实他也想说陪考这件事，但是看华歆都拒绝妈妈的请求了，看样子自己说了也白说。无奈之下，只好叮嘱一句：“平常心，发挥正常水平。当然了，如果你能超常发挥就再好不过了。”

华歆点点头，深吸了一口气，背上包打开了房门，站在门口对爸妈坚定无比地说了句：“我去了！”

爸妈在身后也无比坚信地点点头。

这考场就如战场，心理素质不强的听到同考场的人一声咳嗽都恨不能吓出病来。

刚来到学校，就在校门口遇上了顾南木。他倒是步履轻盈，就像进行一场简单的模拟考一样，脸上的神色完全和紧张不挂钩。

“放轻松点，你肩膀都僵硬了。”顾南木似有轻蔑地笑，双手却搭上了她的肩膀，给她按摩了起来。“肩膀上的肉都紧绷起来了，你是有多紧张？”

华歆连忙转身，看着他，眼神有些慌乱。她咬牙解释道：“肌肉紧绷那是被你捏的！跟我保持10米的距离，至少在高考这两天！还有，不要和我说话！”

这每说一句话都加感叹号是几个意思？顾南木来上学的一会儿工夫就体会到什么叫作“狼心狗肺”了，这招按摩的手法他还是跟奶奶学的呢，华歆居然不领情，还喝令自己和她保持距离，这丫头是不是被高考折磨出精神病了？

这么想着的时候，顾南木默默跟在华歆身后来到教室。一坐下来，他发觉自己根本没办法不说话。

“你看，不能保持10米距离了。”他灿烂地笑着。

华歆怒瞪了他一眼，显然她确实紧张到有些牙齿打战，但是她又不能承认。这考试不仅考实力还考心理素质啊。这离考试还有一个小时，华歆觉得她忽然肚子痛想上厕所。

“都跟你说了不要紧张。”看着华歆刚坐下又急忙跑出教室的顾南木嘀咕了一句。这个时候，华歆扔在桌上的手机亮了一下。“一条来自门佑的短信？哼，删了。”

顾南木瞥了眼那手机，震惊于自己的反应。他这是在嫉妒还是在嫉妒呢？真是，眼不见为净。说罢，顾南木将华歆的手机直接扔进了抽屉里。

从洗手间回来的华歆吐了口气，甩甩手望了眼脸色不太好的顾南木，忍不住调侃道：“怎么，忽然感到紧张了？没关系，有点紧张是好事。”

顾南木淡淡地看了她一眼，“放心，我不会紧张到和你一样拉肚子。”

“就跟你说不要和我说话！”

“……”最近属于顾南木的省略号越来越多了。

在还剩半个小时的时间，他们就要各自进入考场了。全班同学都在默默整理抽屉，而顾南木很是潇洒地只带了两支笔，其中一支笔正是华歆送的那支无脸怪，还有一块橡皮。

“你要加油啊。”末了，顾南木才想起要鼓劲这句话。

华歆可没有他这么轻装上阵，拎着一个笔袋心不在焉地点头说“哦”。然后抬头看到他一脸真诚之后，立马调整了下自己的状态说：“嗯，知道了！一定全力以赴！”

“那是当然，我可不想一个人考上C大。”

“你闭嘴。”

没有使用感叹号是因为顾南木脸上的神色丝毫没有半点是在开玩笑的，华歆对此只能当作一个刺激性的鼓励。毕竟C大有很多吸引她的因素，她必须为此付出全部精力。

“顾南木。”在走向各自考场之前，华歆叫住了他。

“嗯？”

“你也加油。”虽然他不需要任何的加油，因为他本身的油就比任何人多。但是华歆就是想告诉他，就是想简单地回报一下他对自己所做的一切。

顾南木站在走廊上，和华歆之间的距离不过一米，他笑着伸手轻拍了下她的脑袋，旁若无人地。他说：“知道了。”

于是，就这样，考试时间到了，考试那可怕的铃声响了起来。每个考场不过二三十个人，彼此间的位置隔得远远的，其实关键的时候谁还管彼此的座位怎么样，反正前后左右都没一个认识的，怎么会都不是自己班的同学呢？这是大长脸同学的想法。

写上自己的名字包括班级，华歆快速地看了眼语文的作文，这次的作文是命题作文，作文题目只有两个字《听说》。这些年，华歆倒还真的听说了不少事。

早上第一门的语文做得还算顺手，选择的答案也没有觉得模棱两可的。这让华歆有了信心，有了面对下一门数学科目的信心。如果非要给自己挑刺的话，华歆觉得这次试卷上自己的字没有写得特别的漂亮，这让她有点沮丧。

上午语文结束后，华歆走下楼梯准备随着人流去食堂的时候，忽然感觉自己迈开的腿居然在无力地发抖。

“我的天，这个紧张起来的生理反应还真的是赤裸裸的。”华歆扶着楼梯扶手，站在往下的第二台阶上驻足，她想等腿不再抖了再继续往前。

那些和她擦肩而过的同学也没有留意她，只是一个劲地在讨论语文试卷上的题目，尤其是在讨论那些选择题，什么错别字啦、诗词啦，还有那个文段的中心思想啦，等等，华歆很努力地不去听他们嘴里的答案，但是耳朵一直处于打开状态。

就这样，不情愿地听到了几道和自己选的答案不太一样的答案。这个时候，华歆真的想冲过去吼他们：“讨论什么啊，嘴巴拿来吃饭好吗？”

但是，她腿软。

“你干吗？”高个的顾南木站在她的身后，影子几乎将她整个人都包围了。他看着她别扭的动作，沉吟了一会儿，低声笑道：“考试考到腿软，也是奇葩啊。”

“你闭嘴！”华歆就知道会是这种下场。

但是下一秒，他就一步跨下台阶与她并肩站着，然后托起她的手臂说：“慢慢走。”

“没事没事，一会儿就好。”对于这样的亲密接触，华歆还是觉得不适应。她急忙婉拒他的好意说：“你去吃饭吧，等会食堂菜都没了。”

顾南木挑了下眉，打量着她，缓缓问道：“你想吃饭吗？”

“废话。下午还有数学呢。”

“那我是背着你到食堂还是扶着你到食堂，你自己选。”

“……”

所谓道高一尺魔高一丈，华歆最后只能妥协让顾南木扶着自己下楼梯。当她走到最后一层的时候，忽然感觉腿不软了。站在大地上的感觉就是好啊，于是华歆瞬间挣脱顾南木，飞快地冲向食堂。

“好一招过河拆桥。”顾南木留在原地自嘲。

等他漫步随后跟上的时候，却看见学校大门外华歆的妈妈和其他的父母亲探监般的非常激动地朝里望。这个华歆，让你跑这么快。

“阿姨您好，我是华歆的同桌，上次家长会的时候我帮您倒过茶。”为了帮助华歆妈妈记起自己，顾南木还真的是不遗余力。

华歆妈妈显然记得这个高高帅帅又全能的男生，简直和门佑是一类人。看见他倒是乐了，忙从大门里塞进来自己亲手煲好的鸡汤、做好的鱼肉交到顾南木手里。

“歆歆说不要陪考，我琢磨着考试还是要吃点好的。我在这里等她好久了也没看见她，你帮我带去吧。记得你也和她一起吃啊，都考个好成绩。”

既然这样，那就恭敬不如从命了。顾南木笑得完全是一脸模范生的样子，接过来朝华歆妈妈说了声谢谢后转身朝食堂走去。走了几步又折了回来，问道：“阿姨您带手机了吗？”

“嗯，带了。”华歆妈妈自然地拿出手机。

顾南木浅笑着拿过华歆妈妈的手机，摁下了几个数字然后拨通了。几下之后挂断把手机换给了华歆妈妈说：“这是我的号码。如果以后找不到华歆，您可以打我电话。”

“哦哦，真是个帅小伙。”就这样，华歆妈妈对顾南木的好感瞬间上升，“快去吃饭吧。”

顾南木再次道谢离开后，华歆妈妈啧啧了几声，想着不愧是她生的女儿，桃花运好的没话说。不过，首先是华歆遗传了她的美貌啊。

与此同时，还在长长的队伍里等着打饭菜的华歆无所事事地站在原地发呆出神，直到顾南木将她从队伍拖了出来，拉到了靠墙的座位上。

“不让我排队难道你帮我叫了外卖？”华歆看着他放到桌面上的东西，眼睛闪亮。“我看看，你买了什么。”

顾南木拍打了一下她的手，样子有那么点较真。“你不觉得你应该向我忏悔刚才抛下我一个人的行为吗？”

“呃，所以你是想让我看着你吃外卖吗？”华歆纠结的嘴巴都有点嘟起来了，又万般要赖道：“你是男的，就不要跟我计较了啊。你就不是小气的人，对不对？”

“我不小气，但我计较。”顾南木还真的没办法和他开玩笑呢。他指指桌上那些东西说："这些都是你妈妈送来的。赶紧吃吧。"

"我妈妈？"华歆怔了怔，世上只有妈妈好啊。但是过了几分钟之后，华歆怒拍了一下顾南木伸过来夹菜的手，"你干吗，自己去排队打饭。"

"你妈妈说了，让我和你一起吃。大人的话，晚辈一定要听。"顾南木继续吃着华歆妈妈做的菜，吃完还赞不绝口，"你妈妈的手艺真棒。"

唉，算了。高考是个好日子，不要吵吵闹闹的以免影响了考试的情绪。这么抚慰自己的华歆也埋头认真吃饭了，但是她全然没有意识到这是她第一次和顾南木独自吃饭。

意识到第一次珍贵的顾南木吃得格外的香，想着这点饭菜吃下去，能量爆发到考到国外名牌大学都有可能啊。

午饭过后做了短暂休息的各位，下午又立马迎来了数学考试。果然下午的数学完全没有上午的语文来得神清气爽。考场上一下子出现了各种的表情，看得监考老师都有点揪心了。

相对于第二天的理综和英语，大家没有表现出第一天的激动。虽然很多同学表面上风平浪静，但心底早已呐喊成灾。

那个时候和华歆隔着好几个考场的顾南木做得倒是很流畅，冷不丁地会想到这题目华歆会不会做不出来，又或者这么简单的题目她会不会又很粗心地做错。

所有的紧张、不安、忐忑，一下子被"本场考试结束"的铃声给打断了。倒计时倒得如此辛苦的高考就这样简简单单像是平常往日一般的结束了。

夕阳西下的时候，华歆感觉到全身心放松，像是卸下了一副重担。就像好多同学在考试结束回到教室的那一刻将全部的书本都扔在桌面上大喊："卖了，全部都卖了换钱！"华歆笑他们的豪放，她想着无论痛苦抑或快乐，这些书本都承载了他们最美好的记忆。

走出校门的时候，华歆意外地看见了门佑，他穿着那件橘黄色的外套，背着双肩包，站在梧桐树下，零星斑驳的树影落在他的身上。

“门佑?”华歆微怔，却无意识地嘴角向上翘。

门佑朝她走来，抬手梳理了一下她略微凌乱的刘海，低声笑道：“放心，我很好地考完每一门。就是来接你而已。”

嘿嘿。华歆在心里是这样笑的，但是嘴巴上却发出了矜持的“呵呵”声。然后往门佑身后看了看问：“就你一个人吗?”

“因为人多，我妈妈把车停在了比较远的地方。所以我先走过来帮你搬东西。”门佑接着说：“哦，你爸爸因为工作把家里的车开出去了。你妈妈知道我来接你。”

华歆点点头，原来是得到过爸妈批准的啊。“嗯，我的书还在教室。如果你不介意的话……”

“不介意。”门佑眉眼带笑，抬手轻轻扶了下她的背，示意她学校里走。这个时候的学校，有种要被学生搬空的势头。而宿舍楼那边，华歆已然听见了各种呐喊着解放的声音。

来到教室，华歆前脚刚踏进去，就立马转身双手撑开拦住门佑，尴尬地挤出笑脸说：“你先在外面等一下！就一下!”

门佑奇怪地点点头。随之听到里面传来华歆故意压低的声音，像是在怒斥某个人。

“你干吗翻我抽屉?”华歆上前狠狠地打了下顾南木自作主张的双手，羞红了脸怒视着对方。“趁我不在偷我的书拿去卖吗?”

无缘无故被打的顾南木很是冤枉地看着华歆说：“我总算是知道狼心狗肺这几个字的写法了。你就是那狗，我就是那吕洞宾。”

“你才狗呢!”华歆立马反击。

“老师说了，东西必须全部搬走。你说你总是走那么快干什么，害得我每次都跟在你屁股后面帮你擦屁股。”

“……你不要说话了!”真是被他说得羞到脸都要滴血了。

站在门外听不下去的门佑直接走了进来，一把接过顾南木手里属于华歆的书，不搭理顾南木，帮着华歆麻利地收拾了起来。

顾南木略微瞪大的眼睛显然对于门佑的出现相当的意外，他看了看旁边坐立难安的华歆，忍不住打趣道："要不要站过来和我一起看他帮你整理？"

这下子华歆显得更加窘迫了，她无奈之下只能选择无声地瞪着顾南木。

"你也可以选择和我一起整理，让他在一边看着。"门佑忍耐了一会儿，也终于选择出声。刚结束高考，这又开始了另一场战役。

华歆无言以对，有些不知所措地看着两个大男生浅笑着四目相对，却暗藏杀机。她一时间分不清这是什么，愣愣地说了句："你们再看下去要擦出火花了。"

"……"这是他们在面对华歆时共有的省略号。

第三十八章 有恃无恐

一年四季轮回转换，有些时候都分不清季节到底有没有真的变化。春去秋来，好像太过鲜明又太过模糊，只是转眼的工夫。

暑假过早的开始，让在星期一准时睁开眼睛的华歆有些痛苦。折磨她的倒不是等待高考成绩，而是该死的生物钟似乎永远没办法调回到懒惰模式。假期如果不赖床，那和没有假期有什么分别？于是华歆索性在床上挺尸，她不知道像她这样的人多不多。忽然间有点想知道陆敏、张洪笑她们现在在做什么。

拿起床头柜上的手机，她打开先是刷了遍微博，再登上 QQ 看了看，发现通篇都是同学在潇洒地打开了各种假期模式。照片上要么是自拍，要么是美食，还有就是令人窒息的美景。简直把华歆羡慕死了。

一个激动，手机从手心滑落狠狠地砸中了她的脸。

心里极度不平衡的华歆在微信上立马改了条状态，斥责那些“花天酒地”的同学们，顺便呐喊了一句：“快来个人带我飞，我要去拯救世界。”

三分钟过去了，没有人理会她。但是，门佑的电话却打了进来。第一句话就说：“我来拯救你了。”

挂完电话后华歆麻利地从床上爬起来，从衣柜里扒拉出了好多套衣服，房间一下子变得凌乱起来。妈妈听到华歆房间里的动静还纳闷：好不容易过暑假了，居然醒的这么早？

正当华歆望着一地的衣服发愁的时候，顾南木的电话也打了进来。开口的第一句也是相当的单刀直入，“我来带你飞了。”

于是，华歆更加凌乱了。她对着电话那头的顾南木嗫嚅了好久，弱弱地问了一句：“要不我们一起去旅行吧？”

不知道具体情况的顾南木听到这样的话高兴地说了句“yes”，也学着华歆开始把衣柜里的衣服全部倒腾了出来，还掏出手机给远在美国的姐姐打了一个电话。

“我把衣服照片全部发给你，帮我整理一下，看怎么能让女孩子一秒钟爱上我。”说罢果断挂了电话。

而姐姐在那头只是说了一句：“女孩子爱不爱你这事主要看脸。”不过顾南木相对于一般男孩子来说已经算得上是俊朗非凡了，再加上常年在国外生活，身上多少还是带着点洋气的。姐姐也纳闷了：这小子是看上了哪家姑娘了，居然在意起自己的外形来了。

呵呵，还真是少见多怪了。

淡定地邀请了华歆的门佑在挂断电话后做的第一件事居然也是打开衣柜。望着衣柜里琳琅满目的衣服，他开始惆怅了。现在已经是大夏天了，总不能还穿着橘黄色的棒球衣吧。把华歆给迷倒之前，肯定先被别人认为是傻子。

“这次旅行去海边的话，不是……”不是可以看华歆穿比基尼？想到这个，正处于青春期的门佑低头偷笑了。

呵，一定非常的美好。

可事实上，当门佑站在旅行社门口等华歆却等来一群人的时候，那种美好的表情瞬间变成了一摊死水。如果他没有记错的话，他好像只叫了华歆一个人。

为什么张洪笑在，陆敏在，大长脸在，余西在，就连顾南木也在?!这是什么组合，门佑瞬间眉头紧锁，十分以及非常不满地盯着这群不速之客。

于是无法形容内心感觉的门佑冷笑一声道："你们真是识时务啊。"

除了顾南木大概都知道门佑在介意什么，于是纷纷别过脸各自东张西望，不予以理会这种侧面的攻击。反正都拎着行李来了，没什么可说的。

"你也叫了这个家伙吗?"果然最不会看脸色的人就是顾南木，他居然还拉着华歆问了这样一个问题。

门佑当下就上前故意拉开了他和华歆的距离，冷冷地说："华歆是我叫来的，你是多余的，这么明显你看不出来吗?"

顾南木才不吃这一套，瞥了眼那边的余西等人说："这里面有个人姓余，他才是多余的。"

无辜躺枪的余西干咳了几声，看向了华歆说："还要出去玩吗，再站在这里我心脏有点受不了。"

众人一致点头。

华歆无奈只好站在两个人中间隔开他们，好声好气地说："人多不是热闹嘛，或许我们以后就各奔东西啦。好好珍惜，友好如初。"

"一开始我就不认识他。"顾南木虽然情商低，但是对待输赢却认真得很。

门佑冷哼一句："幼稚。"

听到这话，所有人在心底暗骂：你才是最幼稚的那个好吗?

磕磕碰碰、吵吵闹闹的旅行这样开始了。那陌生的地方就像是他们即将迎来的新生活，一路上谁都不知道风景会是怎样，直到看见了为止。没有一起旅行过，就不会知道朋友的真正定义。

那些我们曾经在一起过的痕迹，都将随着时光深刻在我们心底。等到回首的那一天，我们会感谢，一起走过的路、一直陪在身边的人。

"哇，大海啊。"来到目的地时已经是晚上了，感觉到迎面扑来的海风与海的味道。一行人全部被解放了天性，尤其是陆敏扔下行李奔了过去。

虽然是晚上，看不清那湛蓝的、美丽的大海，但是能听到那澎湃的声音。

“陆敏，小心被海怪带走。”留在岸边帮忙看行李的张洪笑冷不丁地说了一句，即便是澎湃的海浪也没有阻止这可怕的话传入陆敏的耳朵里，吓得她连喊带叫地从海边跑了回来。

大长脸戴了顶帽子走到张洪笑身边，奸佞地笑了笑之后，忽然打横抱起张洪笑一路狂奔之后，毫不怜香惜玉地将她扔进了海里……

“哈哈哈，是不是很开心啊？”大长脸在岸边拍手叫好。

瞬间从高冷的学霸变成滑稽的落汤鸡的张洪笑狼狈地从水里挣扎起来，气急败坏地冲着他嚷道：“大长脸，我诅咒你以后孩子的脸一代更比一代长！”

“我乐意，我长脸我骄傲！气死你，哈哈哈……”

开心的氛围肆意蔓延，站在门佑和顾南木中间的华歆隐隐感觉到一种古怪的气氛正向她慢慢靠近。她打了个哆嗦后，干笑着往后退说道：“你们玩，我先去房间。”

话音刚落，门佑和顾南木居然相视一笑后，两人弯腰将华歆瞬间扛起，啊啊喊着向着大海跑去。那种兴奋与激动好像今晚就想全部发泄掉。

“不要把我扔进去，快放我下来，你们两个禽兽！”连哭带喊都没有得到解救的华歆最后无奈地闭上了眼睛，双手合十，“呜呜，妈妈我要回家……”

“扑通”一声后，那边余西显然也不愿意放过陆敏了，相当沉着冷静地将她也扔进了大海里。三个女生如数成了美人鱼，头发湿透，衣服也湿透了。

男生们只管哈哈大笑，不断拍手，惹得周围的人都驻足观看，然后羡慕地笑笑。这个时候，华歆忽然在水里蹲了下来，一副痛苦的模样。

见此情景的门佑和顾南木三步并作两步来到她的身边，都紧张兮兮地问：“怎么了，是不是哪里不舒服？”

“是来亲戚了吗？”顾南木说话总是能把人逼上绝路。

华歆继续埋着脸有些难受地低吟着，这个时候，旁边的女生忽然团结一致奋起抵抗将两个大帅哥统统拽进了大海里。华歆也立刻站直身子，指着同样被海水溺爱了一身水的门佑和顾南木说："呵呵，姐妹们，拿沙子给我扔。"

没想到还有这一招的男生们也大笑着从海水里爬起来，四处逃窜着。咸咸的海水，痒痒的沙子，热情的他们。

第一晚就这么妙不可言，让大家对接下来几天的行程都充满了期待。酒店住的是海景房，让几个少年们都觉得惊喜。

女生们都住在一个足够大的房间，洗漱完后纷纷躺在床上聊起了心事。那大概是她们三个第一次同床共枕，讨论女孩子之间的话题。

电视没有看，灯没有开，只有倾泻进房间的月光。这样的能见度带来了一种静谧、舒适的感觉，让女生的友谊瞬间升华。

"那个顾南木是什么来头？"陆敏首先开腔道，因为是第一次见顾南木，相比第一次见到的大长脸，她当然是对帅哥更感兴趣了。

华歆挪挪身体的位置，对着天花板说："好像之前一直在国外生活来着，我猜应该是有钱人家的孩子吧。"

"绝对的有钱的小孩。"张洪笑也被这刺激的出行开放了天性，也聊了起来。"你看他今天穿的那一身衣服，都是外国牌子。"

"那他，是不是也喜欢你啊？"陆敏好像是笑着问出了这句话。

华歆听后，心跳都加快了。这从什么来头跳到喜欢这个问题是不是跨度大了一点啊？华歆尴尬地呵呵笑着解释，"不可能，顾南木情商很低的。这一路上他说的话你没听出来吗，不是损人的话就是恨不能把你气死的话。不会的啦。"

有那么一会儿，女生之间陷入了沉默。

"刚刚你在解释的时候，手上的动作都变多了。"张洪笑淡淡地说道。言外之意就是华歆你好像在掩饰什么。

华歆当即就把不停拨弄自己手指的动作停了下来，换作抓着双手服服帖帖地放在腹部。她其实也不知道，但好像是有那么一点明白的，关于顾南木对她的感觉。

陆敏翻了个身，面对着华歆，语气里有些羡慕。"那个顾南木肯定是喜欢你的，要不然他也不会跟你一起出来。来的路上他就一直在盯着你看，眼神像是在研究一样文物。话说回来他在学校就没有做什么让你觉得他好像对你有意思的事情吗？”

“这种事说起来，门佑做得也不少。”张洪笑真的是不鸣则已一鸣惊人啊。

陆敏很镇定，但是听这话张洪笑好像知道的比她还多啊。于是干脆起身来到她的身侧躺下，兴致勃勃道：“说来听听。”

唉，能不能不要这样啊？瞬间被抛弃的华歆感到女生之间真的是没什么好聊的啊，能有什么好聊的啊？关于一个男生对她做过的心动的事情居然要别人来讲，这难道不是变相的嘲笑吗？于是，她尝试着打断陆敏和张洪笑对她私事的八卦，但是失败了。

算了，睡自己的觉吧。

至于男生房间，余西和大长脸居然趣味相投地看起了某个台播放的战争片，还边看边评价。说这长得好看的刚出场就挂了，简直就是在告诫那些美男子，光有一张好看的皮囊是远远不够的，因为死得快，你还得有个能运筹帷幄的大脑。

而海风徐徐，沁人心脾的阳台上，顾南木坐在吊椅上喝着椰子汁，听着海浪，想着自己的事情。就连门佑什么时候也一起坐在了吊椅上都没发现。

“怎么？”顾南木微睁着双眼，意识到身边的人是门佑。

门佑手里也拿着新鲜的椰子汁，听见他的声音，吸了一口，顿感味道醇香可口。心情又变好了，于是干脆说：“先来后到你应该懂吧？”

“后来者居上没听说过？”顾南木不是省油的灯，他自然明白门佑会来主动和他说话的原因，那绝对不是来“好兄弟，一口闷”制造情谊来的。

门佑斜睨他一眼，表情淡如水道：“我没有初吻了。”

“呵。”顾南木都冷不丁地笑了，本想说关我什么事。忽然之间意识到什么严重的问题，终于直视他说：“没关系。擦枪走火的初吻在我眼里可不算是吻。”

其实门佑说这话还是有些心虚的，关于那次吃米线不小心碰到嘴唇的事情一直让他耿耿于怀甚至晚上都没办法好好睡觉。但反正他是觉得他把初吻给华歆了，自然华歆的初吻也是被他夺了过来的。

不过，顾南木为什么要用“擦枪走火”来形容他的初吻？

“嗯？”顾南木见他有些困惑的眼神，眼睛一亮，勾起嘴角笑道：“那天我也在。缘分这种事情真的不好说，或许她是先遇见你了，但是谁能保证最后的结局是怎么样的。”

“确实。”门佑承认这样的说法，随后站起了身说：“来日方长。”

顾南木看着他离开，也从吊椅上起身，跟在他身后轻轻地说了句话。听完那句话的时候，门佑愣在了原地。他不是不知道，顾南木因为奥数比赛已经被保送进了名牌大学，他这会说出这样的话难道是……

好像他也没什么好惊讶的，他自己不也和顾南木一样吗？

一晚上，大家都若有所思，各怀心事。女生那边风平浪静，和谐共处，男生这边虽然表面平静，但是暗涌滚滚。

但愿第二天醒来，所有人还是像今晚这样开怀大笑，能够肆无忌惮地捉弄对方，能够尽情地享受这样难得的假期，能够敞开胸怀迎接新生活。

第三十九章　最后一刻

海边清晨第一缕阳光带着唤醒人们身上的每一个细胞的能量照在落地窗上，斜斜的阳光伴随着海鸥的叫声，美好的感觉。

“他们还没有起床吗？”三位女生雀跃的心情令她们早早地醒来来到自助餐厅吃早饭，一眼望去却没有见到一起的玩伴。这倒也无所谓，自助餐的美味早已不在乎同行的玩伴是否能享受了，反正男生总是糙得很，估计也不在意。

就属华歆比较费心，她总觉得难得一起来玩，所有活动最好是全员行动，当然吃早餐这种事情也必须是一个都不能少。于是，她边往自己的盘子里夹玉米，边拿出手机拨通了其中某个男生的电话。

酒店住房里，太阳完全晒到屁股了的男生们丝毫没有起床的意识。床上横七竖八地躺着人，地上也躺着人，不知道的还以为是凶案现场呢。

“嗯？哦，华歆啊。”接电话的是余西，他一扭头就看见大长脸的大长脸横在自己的眼前，顿时吓了一跳，安抚了下自己的心后，他才力不从心地问：“怎么了？”

这时候，床上的两位大少爷在听到华歆这个名字后也迷迷糊糊地睁开了眼睛，循着声音望过去，可没有看到另外两个本该睡在床上的男生，于是精神萎靡不振地坐起来，才朦胧地看见躺在地上打着电话的余西。

“华歆吗?”门佑抓抓自己的头发，眼睛好像进沙子一样，磕得难受。

余西听到声音便也从地毯上坐了起来，朝他点点头说：“华歆她们已经在自助餐厅吃早饭了，让我们快点。”

“哦。”顾南木应答，随后伸手过去说：“把电话给我。”

门佑起身，啪地打了下顾南木的手臂，直接下床把手机从余西手里夺了过来，一开口瞬间成了清晨小王子的模样。

“嗯，我们都起来了，五分钟之后就下来。”接着电话自顾自地走向洗手间的门佑帅气地拿手指穿过自己柔软乌黑的短发，拨弄几下后算是整理完毕了。“你先吃吧，记得多吃点。”

“帮我也多吃点。”这里后来者居上的顾南木抢过电话也是一副温柔的声线，“给我倒杯牛奶吧，我马上就下来。”

“你自己没手吗?”门佑挑着眉质问。

“想打架吗?”顾南木第一次显露出了黑暗的本质，深幽的瞳孔望着门佑，揣摩不透。

余西也是听不下去了，拍了拍大长脸的大长脸，眯着眼睛道：“起床了，你家张洪笑可是在下面吃早餐了。你难道不想看看她今天穿了什么?”

“什么我家张洪笑?!”大长脸忽然睁眼大声反驳。

结果又被吓了一跳的余西捂着胸口问：“原来你醒了啊。”

听到这话，大长脸愤恨地拍拍地上的毛毯，欲哭无泪道：“也只有你这种没心没肺的被他们踹下床了还睡得那么香，你是被虐的体质吗?”

“呃……”

等到挂断电话，额角早已三根黑线的华歆完全不顾电话那头交代了什么，和女生们坐在一起专心致志地吃着早餐。吃的时候还非常赞同地说道：“没错，就不该管他们的死活。”

“你才知道啊。话说你电话打给了谁？”陆敏边剥着水煮蛋边好奇地问：“我怎么感觉你同时在跟好几个人打电话呢，脸色都变来变去的。”

华歆单手拿着盛着牛奶的玻璃杯，另外一只手竖起了大拇指，“我打给了余西，结果除了大长脸都接电话了。”

“噗。”张洪笑果断嘲笑了一番，看着华歆语重心长地说：“如果门佑和顾南木同时掉水里了，你先救谁？”

喝着牛奶的华歆差点被这个问题呛到，吞吞口水为难地说：“我应该会陪着他们跳下去吧。因为我谁都没办法救啊，他们都是一米八几的高个，我下去救他们，还不如陪葬呢。”

“说得好。”耳边属于男生的声音总算是出现了，顾南木单手插袋，接过她手里喝剩下的牛奶一口而尽，舔舔嘴巴意犹未尽道：“我可以把他踩下去，然后救你上来。”

华歆全部的注意力暂时都放在了那被顾南木喝光了的属于自己的牛奶，而且他嘴巴碰过的地方刚好有她喝完留下的唇印。所以，她这是无意识地被间接接吻了吗？

咦……被自己恶心的想法恶心到的华歆摇了摇头，一把夺过那空杯子，看着他问：“其他人呢？”

“哦，被我反锁在阳台上了。”

“……”顾南木，你这个丧心病狂的家伙。

对此，对面一直默不作声吃着自己早餐的张洪笑和陆敏其实早已经在心里咧开大嘴暧昧地笑个不停了。华歆啊华歆，这简直就是大灰狼和小白兔的故事啊。

“我觉得把她们也关进去会比较好。”顾南木目光轻飘飘地移到了正吃着早餐的陆敏和张洪笑身上。

陆敏拿叉子叉了最后一块木瓜后，大惊失色道：“你怎么不干脆说你只要华歆就够了呢。”

“噢，我就是这个意思。”顾南木笑了，他居然笑了。

华歆坐不住了，推了想坐下来的顾南木一把，瞪着他说：“赶紧把他们放出来。”

“咬人怎么办？”

“快去！”

折腾的早晨，短短的半个小时内已经让华歆有了不下三次想回家的冲动。男生们的吵闹方式实在是有些幼稚得令人感到意外。

恰逢好天气，华歆等人便迫不及待地要和大海来个亲密接触。这边女生们还在遮阳伞下抹着防晒霜，那边男生直接一条花裤衩就跳入了海里畅游。

“帮我背上也抹一下。”陆敏把防晒霜整瓶塞到华歆手里，穿着女生连体的泳衣瞥了眼远处的男生还略显羞涩。“我是不是穿得太严实了啊？”

对此，已经断念的华歆只是安安静静失了灵魂一样帮她抹防晒霜。一边躺在沙滩椅上享受日光浴的张洪笑难得优雅地端起高脚杯小喝了口饮料，食指往下移了下墨镜，露出一双锐利的眼睛，看着华歆说：“你回头看看华歆就知道什么叫作严实了。”

陆敏光顾着抹着防晒霜还真的没注意华歆穿了什么出来，于是幽幽地回头瞥了一眼，吃惊得下巴都要掉下来了。

“这七月酷暑的，你身上穿的是什么玩意？”陆敏用手拉了下她身上奇奇怪怪的外套，“这是男款卫衣吧，又宽又长的。”

华歆已经不想说什么了。10分钟前，她本来穿着自己的泳衣出来的，其实就是一件普普通通的泳衣，刚走出来就被门佑一把重新拽回到更衣室，直接扔了件自己的衣服给她，眼神沉静威胁道：“穿上。”

就这么简单的两个字，华歆根本来不及反驳。这事本来还有后续的，华歆都不想回忆了，她穿着门佑的卫衣出来后，顾南木又拿着一条不知道从哪里找来的长裤对她说：“把剩下的大腿部分也给遮了。”

事情发展到这里的时候，华歆就已经恨不得撞墙了。但是，女生都爱漂亮好吗？大夏天的穿成这样在海边，人家以为她是猴子派来搞笑的呢。死活不同意再穿条裤子的华歆最后被顾南木下了禁令，只能待在岸边。

理由是，海水会把衣服弄湿。

“他们也真的是够了。”陆敏无语地望着玩得热火朝天的男生摇摇头，安抚地拍拍华歆的肩膀说：“所以说，万一门佑和顾南木他们遇到危险了，你到底先救谁？”

“现在危险的人是他们吗？”华歆冷冷地问了一句。

张洪笑“嗯”了一声，用一种女人的口吻说道：“现在对于他们而言，危险的人是你。”

聊着天的时候，大长脸双手捧着什么玩意兴冲冲地朝他们跑来。张洪笑见状，莫名的感觉是冲着她来的，于是立马从沙滩椅上起身躲在了华歆的背后。

“快看，贝壳。”大长脸居然捡到了一颗漂亮的贝壳急着拿给女生们看，尤其是看着张洪笑说：“我跟你说，这贝壳绝对能让你独当一面。”

有些讶异，张洪笑好像第一次感受到另类的关注。看着递到自己面前的贝壳，她犹豫地伸出手去，或许是以为又会是恶作剧一场，但是这一刻那贝壳真的小心翼翼地躺在自己的手心里。在看着大长脸跑开之后，张洪笑确定这是一份礼物。

于是，她开心地笑了。

“哟，张洪笑都开花了。”陆敏有些羡慕，急忙脱下帽子，转身大义凛然地说：“我也要去邂逅我的 love 了，姐妹们我去了！”

华歆一点也不介意，因为她已经没有任何想法了。怎么出来玩还被他们两个吃得死死的，真是自作孽不可活。

“洪笑，你反正不下水，我把衣服给你，你帮我顶着呗。”华歆眼骨碌一转，想出了个馊主意。

张洪笑见她也实在是可怜，看看远处的那两个大帅哥，都不是好惹的主。但是华歆比他们重要，也比自己重要，这差事她接了！

“呦呼……”终于和大海亲密接触啦，好舒服。海水都是柔软的，流淌过自己的身体，就好像在做按摩。嗯，天空也是那么的蓝，世界怎么就那么美好呢？

华歆沉浸在大海的美妙中，戴着泳圈的她几乎都要睡着了。但愿世界就这样温柔待她，千万不要出现什么其他人来打扰她。

“很舒服，对不对?”

“嗯……”华歆毫无防备地应答着，睁开眼后赫然看见顾南木已经游在自己身边和自己一个姿势的享受着。“你干吗?”

“站在你的角度感受大海啊。”顾南木濡湿的头发凌乱地贴在额前，看起来特别的性感。尤其他还笑着的时候，就像是在诱惑你。

华歆脸微红，狗刨式的游得离他远一点。这个节骨眼上万一门佑再过来，她岂不是又要开始思考陆敏那混蛋提出来的先救谁的问题了么，绝对不要。

“戴个泳圈你还狗刨什么?”像顾南木这种手长的一把就在水下抓住了她的脚踝，接触她脚踝的那一刻，顾南木觉得自己心跳都加快了。手上竟然还会有麻酥酥的感觉，在水下她的脚还带着静电吗?

华歆顿时大惊，全身的细胞都紧缩了，脸涨得绯红，她急了轻轻地蹬了一脚，示意他放手。可是，顾南木目不转睛地看着她，神情温柔而缱绻，令华歆差点失去了招架之力。

许久之后，他松开，只是说了一句：“你真的应该增肥了。”

“……”所以抓了这么久得出了这样的结论，华歆听听都醉了。

上岸之后，被戳穿的张洪笑若无其事地喝着自己的饮料，不顾站在旁边看着和顾南木斗嘴的华歆的门佑，仍旧享受着。而门佑却不知该走近还是继续站着，心里隐约有了和之前不一样的想法。

但似乎日子就会这样过去，亦会这样开始。

等到回去的时候才会惊觉，还有好多欢乐没有分享，还有好多欢乐没有挖掘，还有好多话没有单独和你讲，只是人生中总会有遗憾才会让人念念不忘初衷。

不论是理想抑或是幻想。

高考分数出来的那天，华歆的心跳声不论站立或者坐下都能以高分贝让别人听见。她迟迟不敢打电话去查分数，也害怕别人电话打进来问她分数，或者是告诉她别人的分数。

就连陪着的爸妈都感觉冷汗直往外冒。

“我想去上厕所。”关键时刻，华歆居然毅然决然地放下电话要去厕所。

“不准去!”老爸就是老爸，一声令下就可以遏制强烈的生理反应。

真是公主不急，皇上急。无奈之下，华歆拿着准考证哆哆嗦嗦地拨通了查分数的号码，听着那天的语音想起来的时候，华歆觉得自己要吓晕过去了。

“没事，妈妈在这儿呢。”妈妈捏着华歆的手，算是鼓气。

等到华歆把准考证号输进去的时候，每科科目的分数瞬间从冷血的语音里传了出来。爸爸在一边紧张地记着分数，时不时地看向华歆。

终于挂断电话之后，华歆想着电话里头最后报的总分，没有笑，松了口气，因为一直太紧张，一笑脸就抽抽。

“这分数能上C大吧?”妈妈担心地问。

华歆有气无力，最后蹦跶起来说：“耶……C大我要来啦!”高兴不过三秒之后又说：“万一今年C大提高了录取分数线那我不就摔了个狗吃屎吗?”

“……没有万一!”爸妈的异口同声让人好感动。

华歆想着这一刻她总算可以松口气了，按照往年的惯例，她的这个分数C大一定可以上了。不管了，运气一定不会差的。

就是不知道门佑他们考得怎么样，想想自己都能考出这个分数，门佑和顾南木应该也不在话下吧。

“阿珍的儿子知道吧，早就保送大学了呢。听说奥数比赛拿奖了……”华歆在这边高兴，爸妈在那边却聊起了其他的事情。

但是如果她没听错的话，意思就是门佑其实不用参加高考，事实上她也不知道他参加了没有。所以，在这最后一刻，她才知道门佑大概是不会和她一起上同所大学的。

之前的那些，不过是简单的加油。

尾声 侧耳倾听

说来也奇怪，在知道高考分数之后，华歆和门佑、顾南木之间便断了联系，他们没有联系她，她也亦没有主动联系他们，中断联系莫名其妙到有些天经地义。没有任何可以解释的理由，华歆在心里隐隐觉得或许就是该告一段落了，高中发生的种种，包括高中认识的朋友，可能就要面临着“辞旧迎新”的结果。

但是，谁能说得准那是好事还是坏事呢？

知道分数后，第一批便开始填报志愿，华歆的第一志愿毅然决然地选择了C大，然后直接将后面第二、第三志愿给忽略了。她想着，要是上不了C大就复读，就是这么彪悍。

对于华歆这样的决定爸妈还是觉得担心，填志愿这事还是得从长计议，不能在一棵树上吊死对不对？虽然起初也说没有万一，但总归前途问题，爸妈倒是没有华歆那样的勇气。

初夏的余温还没退去，夏季的高温便如期而至。炎炎夏日，街头上那些充满活力的少年，说着笑着同任何一个路人擦肩而过。额头上渗出的汗水也像是胜利的象征，他们毫不吝啬地让阳光晒黑他们的皮肤，只希望留住暑假的快乐时光。

那张毕业照被华歆裱在了自己房间的墙上，有些可惜她竟然在转校之前未同陆敏他们拍张毕业照，如今有的也只是和顾南木他们的照片。

照片上的顾南木笑得别样的灿烂，但是他好像并没有对着镜头笑，视线一直是偏向左边。对于顾南木这样不按常理出牌的现象，华歆都是笑而不语。

“他们不联系我是不是都串通好了？”最后，好像有些气馁，华歆不再看那张毕业照，缓缓地推开门走出了房间。

拍毕业照那天，顾南木站在了最后一排，高个子的他一下子便看见了第二排站着的华歆。那天，阳光正好照在她的脸上，更显她白皙漂亮。那时候，顾南木满足地笑了，正在这时摄影师摁下了快门，留住了他的笑，也留住了他驻足在女生身上的目光。

“陆敏，真的吗？”接到陆敏电话的华歆终于觉得自己不再是被遗弃的那个小伙伴，带着遮阳伞就跑出去同陆敏会合。

说来真的是好消息，他们之中陆敏是第一个接到了录取通知书，那是她如愿以偿地考入艺校的通知书。爸妈虽然不怎么同意女儿上艺校，但是木已成舟加之陆敏高兴，这事也从放任转为了支持。

两个女生来到了圣诞节那天相聚的奶茶店，店里开起了空调，那透心凉的温度让华歆倍感救赎。早早就在那里等候的陆敏站起身冲站在门口的华歆挥挥手，示意方向。

“恭喜你啊，陆敏。”华歆一坐下就迫不及待地再次恭喜了一遍，即使在通电话的时候，两个人已经兴奋了不下五次了，但是见面时说出来的祝福语好像更加有实感。

陆敏脸颊微红，既觉得骄傲又觉得不好意思。她推了下眼前那杯奶茶对华歆说：“你爱的红豆烤奶。”

“谢谢。”华歆满足地大喝了一口，忍不住竖起了大拇指。

陆敏本想着都要上大学的人了要装装矜持，可是矜持不过三秒，她就豪放地笑出声来。用手忍不住地拍打着华歆的肩膀，笑着说：“你说那个大长脸好不好笑？居然让张洪笑陪他打游戏，他这不是找死吗？”

那次旅行结束之后，大长脸本着友谊第一的原则问张洪笑要了电话号码。生平第一次被男生主动要号码的张洪笑显得犹豫不决，还提出了一个问题。她给大长脸出了一道题目：“从 1 到 100 中，取两个不同的数，使其和是 9 的倍数，有多少种不同的取法？你猜出来，我就把号码给你。猜不出来……你要是猜都猜不出来，那你也没有那个运气知道我的号码。”

大长脸当场就崩溃了，一旁的华歆笑岔气了，陆敏却一手搭在张洪笑的肩膀上说：“咱俩绝交吧还是，做你朋友还得考验智商太伤人自尊了。”

最后，还是顾南木偷偷在大长脸背上写了“550”这个数字才通关的，敢情顾南木有时候还是蛮通人性的。后来顾南木解释自己当时那个行为说，他只是觉得大长脸太可怜，问女生要号码的方式很多种，他选了最笨的那一种。不帮他，怕他以后会死在这条路上。

“看样子大长脸和张洪笑相处得还蛮融洽的嘛。”华歆欣慰地笑笑，张洪笑在即将毕业甚至毕业之后有了新的朋友，并获得了新的快乐，这何尝不是一种幸福。“曾经我们还八卦张洪笑以前会抢别人的小男朋友，看来这事也是子虚乌有啊。”

说到这个，陆敏倒是不好意思了，因为这事是她道听途说来八卦给华歆听的，无缘无故害得张洪笑背上这种黑锅也真的是一万个对不起了。

“不过，在海边的第一个晚上，你睡着的时候，张洪笑倒是和我承认了一件事情。”陆敏吃了口布丁，样子有些神秘。“她和门佑初中就是同学。用她自己的话来说，当时的门佑和现在一样，出类拔萃，简直就像是神的儿子。她就是追着他的脚步考入了高中，在高中也是不断努力地学习，只为了有一天能和他并肩站在领奖台上。”

这个故事悠久励志，华歆并不惊讶。这个小圈子里，或许并不是只有张洪笑这样做过，好多女生或许都有为了自己内心憧憬的某个人而改变自己，使自己变得更加美好。不管结局如何，那个过程一定是充满痛苦和艰辛的。

“嗯，我想她应该很感谢那个时候的自己。”华歆想了想后说：“也同样要感谢门佑，仍旧成长得那么好。要不然，好多女生所做的努力就都白费了。”

陆敏扑哧笑了，舔舔嘴巴说：“好在门佑没有长残，依旧帅得一塌糊涂。想当年，我也是追随过他的脚步的好吗？”

“嗯，但是和张洪笑比，你显然是个失败的例子。”

“不带你这样埋汰人的吧？”

“哈哈。”

聊天聊了近半个小时，奶茶却还有一大半。女生们之间的聊天充斥着各种心灵鸡汤以及只能暗地里讲的八卦。此刻，她们有些肆无忌惮地在奶茶店谈天说地，全因为她们已经毕业。对于这里而言，她们即将成为“下架的货物”，所以她们不怕。

“哦，对了。”聊着聊着又想起了另外一件事情，这件事情看起来非比寻常，因为陆敏的样子都变得有些疑神疑鬼起来。“还记得吴筱吧？”

“嗯。”华歆点点头。

陆敏靠她近一些，压低声音无比同情地说道：“吴筱高考都缺考了，据说是家里出了事情，不得不放弃高考。”

“啊，有这种的事情？”华歆也倍感意外，虽然家家有本难念的经，但是再难念想必也不会让子女放弃高考这样的大事。毕竟就现在这个社会而言，再困难的事情也有解决的办法。更何况，平时还真看不出吴筱脸上有半点忧伤。

陆敏也觉得惊奇，感觉吴筱的事情是从天而降的，没有预兆，没有传闻，她的脸上没有一点能表露出家庭背后的困难。

“我听说是她爸爸在外面欠了一屁股的债，撇下她们娘俩跑路了。大概是吴筱觉得即使考上了大学也没钱支付学费，索性就放弃了。你说，哪有这样当爸爸的？怎么能这么不负责任呢，你说是不是？”

陆敏的义愤填膺让华歆也陷入了沉思，感觉自己好像也亏欠了那个行事高调却又默默努力的吴筱。在高中里，她几乎没有给过她一个笑脸，想来真的是遗憾，恐怕以后都没有办法见到她跟她说一声“其实你也是个漂亮姑娘”这样的话了吧。

“唉……”忽然间被这样的消息堵得心塞，华歆和陆敏都沉默地喝着奶茶。世事无常，总归是要对身边的人友好热情一点的。

和陆敏的聊天止于吴筱这件事情上，中途华歆的爸妈打电话给她，告诉她录取通知书到了。妥妥地被C大录取了，听到消息的那个瞬间，悲伤故事带来的阴霾一扫而光。陆敏也兴奋地跳起来同华歆拥抱，奶茶店里的客人和老板都看着她们笑了。

身边有人懂你的欢乐，愿意分享你的欢乐，是件特别幸福的事情。年少时候会因为一点小小的成就而去嫉妒对方，可实际上你知道你没什么好嫉妒的，你只是对自己不够满意而已。

9月初，华歆打包了行李没有让爸妈一路护送，而是自己一个人前往了心心念念的大学。她希望从此以后她能够独立生活，做不一样的华歆。

站在C大门口，到处都是大学里的学长、学姐在分发关于学校以及各个社团招干事宣传单。一张张单子就像是华歆的心情，全部兴奋地跃然于眼底。整个C大，来来往往都是同学、家长，这种热闹就像是一种召唤，召唤你进入一个全新的世界。

“哇，小学妹是吗，什么系的?”迎面而来一个瘦瘦高高的男生自称是学长，看着华歆一个人又拎着行李，便想展现一下作为前辈的样子。“学长帮你拿行李，你知道自己在哪个宿舍吗?”

这样的热情高中何曾享受到过？华歆既紧张又高兴，正准备跟着学长走的时候，手上的行李忽而落入了别人的手中。

“不用麻烦师兄了，我和她一起的。”在周围众多的嘈杂声中，突然出现的门佑独独回应了华歆的期待。他修长的手指，指骨有力地拎着她的行李，转头对她笑说：“说好的一起上大学，你怎么不声不响就自己一个人先来了?”

学长看自己有些多余，便悻悻地撤退了，这位可爱的小学妹就交由这位帅气的小学弟吧。应该是旧相识，他放心!

“我以为你被保送到了其他的大学。”这会儿，当着门佑的面，华歆总算是说出了内心的困惑。手指交叠着显得很是窘迫。

门佑浅笑着，摸了摸她的头。好像现在，门佑又长高了，他的手只要一垂下好像自然而然地就能放在华歆的脑袋上。所谓最完美的身高差，现在还存在着。

有些难为情的华歆想要跳一步走开，当着这么多家长同学的面，多不好意思。才刚来上大学就谈恋爱了，一定会被当成坏例子的。可没想到，她一跳开，旁边10米开外就有人直接冲了过来，边打电话边喊着，“什么，你在教学楼迷路了？你下楼梯啊姐姐！什么？找不到楼梯？你确定你在教学楼吗……”

“小心！”门佑伸手一把拽过华歆，毫无防备的华歆一个踉跄跌进了他的怀里。“看来大门口不能随便站着，可能会被撞飞啊。”

华歆听到“撞飞”两个字来了劲，瞬间抬起头第一次同门佑聊起了高二时候的那件糗事。说到高潮，她还捏着拳头愤愤地说：“要是让我知道是谁，我非得让他赔我精神损失！”

“可以。”门佑淡然的回答了一句，“赔多久？永久好不好？”

呃？华歆懵了，这听起来像是变相告白的话是几个意思？她微怔，渐渐抬头对上他的眼睛，发现他眼里像是沾了水一般的清亮、柔软。

“你，不会就是把我撞飞的那个人猿泰山吧？”脑子里意外地得出了这样的结论。

门佑低笑着，牵过她的手说：“正是我，轻于鸿毛的华歆。”这次牵手大有光明正大，给他们两个的关系正名的嫌疑。

但是华歆不这么认为，抽开手，不可思议地瞪着他说：“你现在才告诉我？我要早知道肇事者是你，我非得让珍阿姨天天打得你满地找牙。难怪我一住进你家，你就对我动手动脚的，原来你把我蒙在鼓里还试图欺负我？简直泯灭人性！”

因为迟来的认罪，门佑在新学期伊始就被冠上了种种不可原谅的罪行。他只是笑着，曾经做了很多想要同她拉近距离的事情，也做过被迫拉开距离的事情，但想到今后大学四年都能在一起，门佑觉得以前怎样都无所谓。

“是是是。”对于华歆的震惊，门佑抬手一把揽过她的肩膀，笑着讨好道：“以后我们每天都一起吃饭。”

“为什么？”

"因为我要赔偿你的精神损失啊。"

"直接把钱给我多好。"华歆对此颇有微词。

门佑摇摇头，一脸的无奈道："华歆，你被陆敏她们带坏了。"

"……"

两个人正走在通往图书馆的那条校园大路上，华歆突然感到手里的包被人拎走了，顿时一个激灵就停住了脚步，错愕地望着身边从天而降的顾南木，失神。

"你们这样是不对的。"这是一个多月未见的顾南木开口对华歆说的第一句话，接下去就直接把华歆拽到了自己的右边，然后笑道："这样就对了。"

说完，管他三七二十一的揽着华歆就走了。

"顾南木，你别开学就找碴儿好吗？"门佑忍不了，这无论如何也忍不了。

前面的顾南木停了下来，微扬起下巴说："今天晚上八点，操场见。"

他们是小学生吗，这是要约架吗？华歆哭笑不得，只好站在两个一米八几的大男生跟前，好声好气地分别挽起他们的手臂说："大家和和睦睦地享受大学生活好吗？你们不要开学第一天就这么惹人注目，我会成为众矢之的的啊。"

"那敢情好啊。你就专心致志地成为众矢之的吧，我们两个的恩怨你别管。"说出来都没人信，两个有恩怨的人说出来的话居然一字不差。

"那我可以现在就装作不认识你们吗？我觉得丢脸。"华歆说着飞一样的跑走了，只有行李和包包还分别在门佑和顾南木的手里。

"喂……"

偌大的校园里，没人知道即将会发生什么，但或许每个人都愿意相信未来发生的每一件事都将是美好的。曾经听说过的好的坏的，一并都将成为记忆留存在脑海深处，不管前方如何，相信每个人都希望未来的每一天都是充满爱与温暖的。